완벽한 계획

완벽한 계획

펴 낸 날   2023년 09월 04일

지 은 이   김시은
펴 낸 이   이기성
편집팀장   이윤숙
기획편집   서해주, 윤가영, 이지희
표지디자인   서해주
책임마케팅   강보현, 김성욱
펴 낸 곳   도서출판 생각나눔
출판등록   제 2018-000288호
주   소   경기도 고양시 덕양구 청초로 66, 덕은리버워크 B동 1708호, 1709호
전   화   02-325-5100
팩   스   02-325-5101
홈페이지   www.생각나눔.kr
이 메 일   bookmain@think-book.com

• 책값은 표지 뒷면에 표기되어 있습니다.
  ISBN 979-11-7048-576-6 (03810)

김시은 장편소설

완벽한 계획

***

계획된 인류의 종말, 그 거대한 계획의 마지막 장이 시작된다.

마지막 때를 위한 인류 생존 모형 '바이오스피어'의 실체는?

생각나눔

Contents

일러두기

이 소설에 등장하는 모든 인물과 상황은 모두 작가적 상상력의 산물입니다. 만약 실제와 겹치는 부분이 있다 하더라도 전적으로 우연에 의한 것임을 밝힙니다. 다만, 거리명, 건물명, 가게명, 소품 브랜드 등, 인물의 이름을 제외한 나머지 모든 명칭은 소설의 사실감을 극대화하기 위하여 실제 명칭을 그대로 사용하였음을 밝힙니다.

도재이

*
*
*

12월 중순의 아침 햇살을 침실에서 대면한다는 것은 이미 출근이 늦었음을 명확하게 의미하는 것이었다.

"빌어먹을…."

눈을 쑤셔대는 햇빛에 놀라 화들짝 몸을 일으킨 도재이는 머리맡의 스마트폰에 눈을 돌렸다. 여덟 시 십오 분. 여섯 시 오십 분에 맞추어 놓은 스마트폰 알람이 울지 않은 것이다. 아니, 울리지 않았을 리는 없을 테니, 아마도 잠결에 울리는 알람을 꺼버리고 다시 잠이 들은 것이리라.

도재이는 후다닥 이불을 차 던지고 욕실로 뛰어 들어갔다. 서둘러 옷을 벗고 – 옷이라야 삼 일째 안 갈아입은 팬티 한 장뿐이지만 –, 물을 틀고 샤워 꼭지에 머리를 디밀었다. 적은 평수의 빌라지만 온수 보일러는 즉시 작동을 하며, 뜨거운 물을 토해내기 시작했다. 아직도 대출금이 남아있긴 했지만, 20년의 기자 생활의 결과물인 자기 명의의 작은 빌라를 도재이는 항상 자랑스러워했다.

도재이가 『워싱턴데일리타임즈』에 취직이 된 것은 도재이에게 있어서는 일생일대의 사건이었다. 하긴 도재이 스스로도 깜짝 놀랐으니까. 무려 140 대 1의 경쟁률이었다. 1.4 대 1의 경쟁률이라고 해도 떨어질 것이 확실하다고 생각했는데, 무려 140 대 1의 경쟁을 뚫고 합격 통지서를 손에 쥐어버렸다. 합격 통지서를 받자마자, 도재이는 떨리는 손으로 가장 먼저 파툼 수도사에게 전화를 했다. 도재이가 헤어날 수 없는 늪, 움직일수록 더 빠져드는 잔인한 늪에 빠져있을 때, 도재이를 우연히 그러나 기꺼이 건져준 사람. 파툼 수도사는 도재이의 합격 소식을 듣고 제단 앞에 엎드려 꼬박 이틀간 물도 마시지 않고 신에게 감사의 기도를 드렸다.

"에스카, 정말 축하하네. 더할 수 없는 신의 축복이야."

파툼 수도사는 도재이를 항상 에스카라고 불렀다. 파툼 수도사는 그리스 사람으로, 고대 가톨릭의 한 분파인 빌데르베르크회 소속이었다. '에스카'라는 이름은 1900년대 초 빌데르베르크회 소속 추앙받는 성인의 이름이라고, 파툼 수도사가 도재이에게 붙여준 세례명 같은 것이었다.

도재이에게 세상일은 그런 것이었다. 도재이는 천문학적인 경쟁률을 뚫었다는 자만심에, 신입사원 연수가 끝난 후, 겁도 없이 그중에서도 똑소리 나는 인간들이 도전한다는 경제부 기자를 지원했고, 의지와 무관하게 사회부 기자가 되었다.

신(神)과 도재이의 의지는 가끔 일치하고, 대부분 불일치했다. 더 지독한 것은, 신의 의지는 그나마 모든 상황이 종료가 된 후에야 인지가 가능하다는 것이었다.

도재이가 출근하는 워싱턴데일리타임즈 사무실은 강남구 테헤란로에 있었다. 도재이는 허둥지둥 사무실 문을 들어서며 무의식적으로 시계를 보았다. 아홉 시 이십 분…, 지각의 민망함을 무마시키려 안내 데스크에 있는 여직원에게 일부러 큰 소리로 인사를 건넸다.

"구웃 모닝 혜정 씨."

"아아! 도 기자님도 굿 모닝이에요. 근데 오늘따라 왜 이렇게 늦으셨어요? 제임스 지사장님이 일찍부터 찾으셨어요. 빨리 지사장님 방으로 가보세요."

임혜정이 호들갑스럽게 이야기했다. 안내 데스크의 임혜정은 이제 갓 스무 살이 넘은 입사 1년이 되지 않은 신입사원이었다. 하지만 사십이 넘도록 평기자로 현장취재를 뛰어다니는 도재이에게 묘한 안쓰러움을 느껴 쓴 커피 한잔이라도 챙겨주려 하는, 도재이에게는 사내에 몇 없는 지원군이었다.

"무슨 일인지는 모르고?"

도재이는 삐뚤어진 넥타이를 고쳐 매며, 임혜정에게 바싹 다가갔다. 지사장이 아침 일찍부터 자기를 찾았다는 말에 불안감이 엄습해 왔다. 그도 그럴 것이, 아침부터 지사장이 도재이를 찾을 일은 무슨 잘못을 저질렀을 때 외에는 가능성이 희박하기 때문이었다.

"글쎄요, 저는 모르죠…. 하지만 벌써 세 번이나 찾으셨어요."

'세 번을 찾았다….'

도재이는 빠르게 지난 며칠 간의 업무와 행적을 복기해 보았다. 물론 늘 그렇듯이 대박 난 특종 취재도 없었지만, 그렇다고 게으르거나 상사의 취재 지시를 거부한 적도 없는, 늘 그저 그런 하루의 연속이었다.

"흠흠… 알았어요. 지금 바로 가볼게."

도재이는 긴장을 풀기 위해 크게 헛기침을 한 번 하고 자기 자리에 메고 다니던 백팩을 집어 던진 후, 곧바로 지사장의 방으로 향했다.

제임스 F. 고든

문 앞에 권위적으로 붙어있는 금장의 명패 앞에서 잠시 멈칫하고는 이내 문을 두드렸다.

(똑똑)

"컴온 인."

도재이는 조심스럽게 붉은색 오크목에 앤틱 무늬가 소박하게 문양되어있는 미닫이문을 열고 안으로 들어섰다. 제임스 고든 지사장은 시가를 입에 물고 손에는 커피를 들고 잘 선팅된 통유리 창문 앞에 서 있었다. 통유리를 통해 강남 테헤란로 아침의 분주한 모습이 한눈에 들어왔다.

지사장의 방은 유리창을 제외하고는 전부 검은색이었다. 벽의 색깔도, 가구도, 서류철도, 들고 있는 커피까지도 모두 검은색이었다. 검은색의 벽 사이에 설치된 간접조명에 시가의 연기가 남극의 오로라처럼 퍼지고 있었다.

"익스큐즈… 미…."

도재이의 유일한 경쟁력은 영어였다. 몰락한 가정에서 도재이를 일으켜 세울 유일한 대안이라 생각하고, 죽어라 영어에 매달린 결과이기도 했고, 파툼 수도사와 같이 보낸 3년의 세월은 능통한 영어 구사를 가능하게 만든 하늘이 준 기회였다.

"커피 한잔하겠어요?"

다짜고짜 제임스 지사장이 커피 한 잔을 권했다. 도재이는 거절할 명분도 이유도 없었다. 사실 조금 비굴한 느낌은 있었지만, 먼저 긴장을 풀어주려는 그의 배려가 고맙기까지 했다.

"저를 찾으셨다고요."

"네, 많이 기다렸습니다. 오늘 많이 늦었군요."

"…."

세상일이 논리대로 되는 것이 아니라는 것을 안 것은 도재이가 중학교 2학년 때였다. 갑작스러운 아버지의 사업 파산과 어머니의 죽음은 결코 논리적으로 설명할 수 없는 것이었다. 대단한 집안은 아니었지만, 먹고사는 데에는 문제가 없었던 평화로웠던 가정에 닥친 경제적 시련은 어린 도재이에게는 견딜 수 없는 큰 충격이었다. 집으로 들이닥쳐 마루에 일렬로 드러누워 돈 내놓으라고 소리를 질러대는 빚쟁이들을 피해 도재이는 양말 한 짝 못 챙긴 채 어느 날 새벽 집에서 도망쳐 나왔다. 무일푼으로 가출한 중학생이 길거리에서 6개월을 버틴 것은 기적이었다. 파툼 수도사를 만난 것은 도재이가 구멍가게에서 우유와 빵을 훔치다 걸려, 가게 주인에게 귀싸대기를 맞고 서있을 때였다. 우연히 그 모습을 본 파툼 수도사는 조용히 다가와 우유와 빵값을 지불하고, 도재이를 껴안아 주었다. 파툼 수도사는 도재이에게 먹을 것과 잘 공간을 제공해 주었고, 다시 도재이가 학교에 다닐 수 있게 해주었다.

파툼 수도사는 도재이가 겪었던 고난이, 그를 만나게 하려는 신의 계획 중의 일부라고 했다. 아니, 거꾸로 신의 계획의 중심에 도재이가 있는 것이라고 했다. 도재이가 파툼 수도사의 품을 떠날 때까지, 도재이는 신의 섭리 안에서 평안했다.

도재이가 열아홉 살이 되어, 대학에 들어가자, 새로운 세상은 도재이의 순진함을 비웃듯이 도재이가 가지고 있던 믿음에 상처를 주기 시작했다. 당장은 고통스럽지만, 정직하고 도덕적이며 충실한 삶은 신이 영원한 구원을 약속한 인간에게 요구하는 필연적인 훈련의 일부이며, 결국은 모든 것이 합력하여 선을 이루게 될 것이라는 강한 확신, 아니 신앙은 시간이 지나면서 휘몰아치는 파도 사이의 모래성처럼 허물어졌고, 도재이는 절망했다.

도재이는 스물다섯의 나이에 신을 떠나면서 신을 만났을 때처럼 울었다.

적당한 타협, 아부, 노력, 현명함으로 포장된 비굴함···. 그리고 결국 소위 '일반인'이 되었다. 나이가 들면 저절로 한둘씩 이루어질 줄 알았던 모든 것들, 예컨대 아파트와 자동차를 마련하고 사랑하는 여인과 결혼해서 행복한 가정을 꾸미는 일같은 것들, 하지만 아파트, 자동차, 결혼 따위는 고사하고 심지어 하루하루 먹고사는 일조차 인생을 갈아 넣어야 가능한 일이란 걸 알게 되었다. '일반인'이 되고 나서야 '일반인'이 된다는 것이 지극히 특별한 일이라는 것을 알았다. 도재이는

'일반인'이 되고 싶어서 신을 찾았지만, 결국 '일반인'이 되기 위해서 신을 버려야만 했다. 도재이가 신을 버리겠다고 파툼 수도사를 찾아갔을 때, 그는 도재이를 처음 만났을 때처럼 껴안아 주었다.

제임스 고든 지사장은 천천히 그리고 차갑게 웃었다. 그는 시가를 한 모금 빨고 입을 열었다.

"도재이 기자, 혹시 노르웨이에 아는 분이 있나요?"

도재이는 전혀 뜻밖의 질문에 당황했다.

"노르웨이… 노르웨이는 연어랑 바이킹 외에는 사실 잘 모릅니다."

제임스 고든 지사장은 도재이의 답변 따위에는 애초부터 관심이 없었다는 듯이 이야기를 계속했다.

"미국 본사에서 도재이 기자를 노르웨이 오슬로 지사로 급히 파견하라는 전문이 왔습니다. 그것도 이달 내로 말입니다."

"네? 노르웨이요…? 아니 왜 저를…?"

도재이가 신을 버린 후부터인지 신이 도재이를 버린 후부터인지 모르지만, 도재이는 밀려다니고 있었다.

부모님과 세를 놓으며 살던 여의도의 단독주택에서 신촌의 아파트로, 인천의 수도회로, 지금 살고 있는 부평의 작은 빌라로, 그리고 이제 지도상에서만 어렴풋이 알고 있던 지구 반대편 노르웨이로 밀려날 것이다.

도재이는 제임스 고든 지사장의 방에서 나왔다.

도재이가 자기 자리로 돌아오니 송해진 기자가 기다리고 있었다. 송해진. 경제부 기자. 서강대 국제통상학과, 미국 하와이 대학원 국제통상학과 석사, 동서문화센터(East West Cultural Centre) 전액 장학생. 도재이와 입사 동기. 나이는 도재이보다 두세 살 어리고, 아버지가 경기도 무슨 시의 시의원이자 대형 가구공장 사장님이라고 했다. 처음부터 '일반인'이었던 여자. 입사 동기이긴 했지만 연수 기간 내내 얼마나 잘난 척하는지 말 한번 제대로 못 붙여본 여자였다.

그나마 송해진 기자와 친해질 수 있었던 계기는 한창 연수받고 있던 수습기자 시절, 한 사건에 대한 동행취재 덕분이었다.

어느 장맛비가 내리던 여름날, 송해진 기자와 도재이는 사이비 종교 집단의 집단 자살을 같이 취재할 기회가 생겼다. 두 사람은 차량 배정도 못 받은 수습기자 신분으로 시내버스에 같이 올랐다. 장마철의 버스 속은 습하고 부더웠다. 에어컨이 작동하기는 했지만, 많은 사람이 내 뿜는 8월의 열기를 막기에는 역부족이었다.

사이비 종교의 광신도들은 교주를 위시하여 7명이 극약을 먹었고, 4명이 현장에서 즉사했다. 사망자 중에는 여섯 살짜리 아이도 있었다. 엽기적인 사교 집단 자살은 1978년에 세계를 경악게 했던 가이아나 사교 집단 자살 사건을 연상케 했다.

제임스 워런 존스라는 사교 교주는 자신을 샌프란시스코에 거점을 둔 '인민사원(人民寺院)'의 메시아라고 선포한 뒤 추종자들에게 남아메리카 밀림에 이상향을 세워주겠다고 약속하고는 결국 이들을 집단 자살로 이끌었는데, 이 사건은 '존스타운 대학살'로 알려지게 되었다.

1978년 11월 14일 미국 캘리포니아 하원의원 레오 라이언은 기자들과 비밀리에 존스타운의 사교 집단의 불법을 조사했는데, 4일 뒤 조사를 끝낸 라이언 일행이 존스타운 근처에 있는 활주로를 이용해 떠나려고 할 때 존스는 추종자들을 시켜 비행기를 가로막아 멈추고, 기내에 난입해 도검과 손도끼로 이들을 무차별 살해했다.

라이언 하원의원과 3명의 기자를 포함한 4명이 죽고 다른 사람들은 도망쳤는데, 도망친 사람들이 경찰에 신고했으리라는 보고에 접한 존스는 이전부터 세워놓았던 자살계획을 실행에 옮겨, 11월 18일 추종자들에게 청산가리를 주입한 탄산음료를 마시도록 명령했고, 불가사의하게도 많은 사람이 이 명령을 묵묵히 따랐다. 존스 자신은 머리에 권총상을 입고 죽었는데 스스로 쏜 것 같지는 않다고 알려졌다.

다음 날 군대가 현장에 도착했고, 희생된 사교 추종자들은 276명의 어린이를 포함해 913명이나 되었다는 것이 참혹한 사건의 내용이었다.

도재이와 송해진 두 초보 기자가 맡은 사건과의 차이점은 사망자의 숫자와 사용한 독극물의 종류가 다르다는 정도였다. 도재이와 송해진은 추적추적 내리는 비와 사건의 내용 때문에 침울해하고 있던 참이었다.

사건 현장은 생각보다 참혹했다. 희대의 엽기적인 사건을 보기 위해 수많은 사람이 몰려있었다. 피를 토하고 죽은 시신들을 조금이라도 더 자세히 보려고, 서로 경찰 통제선을 넘어 고개를 기웃거리고 있었다. 그 모습을 지켜보던 송혜진은 도재이에게 조용히 말했다.

"선배, 현실이 진리야. 현실을 뒷받침하지 못하는 종교는 대중적인 포교력이 없다고 생각해. 또 대중적이지 못하다는 것은 종교가 아니라는 의미지…. 최소한 인류의 구원을 논할 수는 없다고 생각해요."

세상은 예측하지 못한 일들에만 반응하는 것 같았다.

그 사건의 공동 취재 이후로는 도재이는 송해진 기자와는 같이 근무한 적이 없었다. 그저 지나가다 마주치면 가벼운 목례로 아는 체하는 정도였다. 그런데 송해진 기자가 도재이의 앞에 서있는 것이었다.

"도재이 기자님."

"어…? 송해진 기자가 웬일이야? 해가 서쪽에서 뜨겠네, 나를 다 찾아오고…."

도재이는 정말 뜻밖이라는 듯이 호들갑스럽게 말했다.

"도 기자님도 참…. 그런 꼰대 같은 표현 말고, 좀 산뜻한 비유 없나요? 기자가 그런 감각도 없으니까 아직 장가도 못 간 거 아녜요!"

도재이는 송혜진의 가시 같은 말에 갑자기 울컥 부아가 치밀었지만, 따지고 보면 틀린 말도 아니었기에 반박할 수도 없었다. 실제로 부서 회식이라도 할 때면 후배 기자들은 술김에, 아니 술김인 척하는 건지는 모르지만, 도새이에게 꼰대라는 표현을 서슴지 않았다. 역시 젊은 것들은 한마디도 그냥 넘어가는 법이 없다.

"나… 참, 나는 반가워서 한 소린데 웬 트집이야? 그리고 장가는 못 간 게 아니고 안 간 거라구. 그러는 송 기자는 왜 아직…."

도재이는 순간 정신이 퍼뜩 들어, 입술까지 밀고 나온 말을 꿀꺽 다시 삼켰다. 40대 노처녀에게 시집 운운하는 것이 얼마나 심각한 후유증을 낳을지 알기 때문이었다.

'내가 꼰대가 맞긴 맞나 봐.'

도재이가 자책하고 있을 때, 송해진 기자는 자기 다리를 한 번 스윽 쓰다듬으며 바싹 도재이의 곁으로 다가왔다.

"그나저나 도 기자님, 좋은 소식이 들리던데요?"

"응? 무슨 좋은 소식?"

아무리 새로운 기삿거리를 찾아다니는 것이 직업인 사람들이지만, 자신보다 더 빨리 자신에 대한 소식을 알고 있다는 것은 도재이에게는 그리 기분 좋은 일은 아니었다.

"노르웨이로 간다면서요?"

송해진 기자는 도재이의 책상에 궁둥이를 걸치며 물었다. 짧은 스커트가 올라가 도재이의 시야에 하얀 허벅지가 보여 순간적으로 시선을 피했다.

"으응…, 이번에는 좀 멀리 밀려날 것 같아…."

"밀려나다니 선배, 한국 사람이 유럽 특파원으로 발령을 받는다는 게 어디 쉬운 일인가요? 거기다 승진까지 해서 말이에요."

"응? 승진이라고? 나도 그 이야기는 못 들었는데…. 도대체 누가 그런 이야기를 하는 거야?"

도재이는 정말 깜짝 놀라 물었다.

"어머! 정말 모르고 계셨어요? 알 만한 사람은 다 알던데…."

송해진 기자는 보라색 컬러 렌즈를 낀 눈동자를 데굴데굴 굴리며 오히려 의아스럽다는 듯이 이야기했다.

"승진 이야기는 나도 사실 처음 듣는 이야기거든…? 좀 더 자세히 이야기해 봐."

"정말이요? 정보 이용료는 내실 거죠?"

"그래…? 오늘 저녁에 뭐 특별한 약속 있어? 내가 쏜다."

도재이는 자신에 대한 좀 더 많은 정보를 알아내고 싶었다.

"정말이요? 오늘 쏘는 거예요?"

기대치 않은 반응이었다. 도재이는 경망스럽게 고개를 끄덕였다.

그날 저녁, 송해진 기자와 도재이는 투명한 소주잔을 마주놓고 앉아있었다. 두 개의 초록색 빈 병이 사이좋게 서있었고, 막 새로운 한 병이 빈 병 대열에 합류하려는 순간이었다. 보초처럼 서있는 소주병 사이로는 곱창은 없어지고, 당면만 남은 곱창볶음이 철판에 눌어붙어 군데군데 까맣게 타들어 가고 있었다.

"솔직히 도재이 선배의 배경에 대해서 말들이 많아요."

송해진은 연거푸 들이켠 소주 두어 순배에 취기가 오르는지 턱에 손을 괴고 손가락으로 테이블을 또드락 또드락 두드렸다.

"도 기자님도 알겠지만, 우리 회사에 빽 없이 들어온 사람이 있나요? 편집부에 장현일 팀장은 아버님이 외무부 차관이시고, 경제부 김영상 기자는 삼촌이 무슨 부대의 사단장이라고 하는 것 같고…."

"송 기사는 누구 빽이야?"

도재이는 하등 자신과 관계없는 일인듯이 심드렁하게 물어보았다.

"후훗… 하긴 나도 내 입으로 말하긴 그렇네…."

송해진은 다시 소주 한 잔을 털어 넣으며, 말을 이었다.

"나는 어릴 때부터 어려움 없이 컸어요. 아빠는 사업 수완이 좋았어요. 아빠가 크진 않았지만 의정부에서 가구공장을 했었는데, 장사가 꽤 잘되는 편이었죠. 그렇게 번 돈으로 아빠는 무슨 바람이 들었는지, 아님 누군가에게 정보를 받았는지, 가족들의 결사적인 반대를 무릅쓰고 전 재산을 땅에 투자했어요. 투긴가? 하여튼, 그때 투자했던 곳이 신도시로… 개발되…며…언…서…."

송해진은 말끝을 길게 늘였다.

"아버님이 투자하신 곳이 어딘데?"

"천당 위에 분당이요. 그 뒤 이야기는 짐작하시겠지요?"

송해진은 장난스럽게 눈을 깜박거렸다.

"어마어마한 돈을 버셨겠군…."

"땡!"

송해진이 웃으며 입으로 종소리를 냈다.

"엥? 내가 틀렸나? 그럼 정답이 뭐지?"

도재이는 의아하다는 듯이 젓가락으로 눌어붙은 당면조각을 긁어 입에 털어 넣었다.

"정답은… 아빠가 엄마와 이혼하고, 아니 정확히 말하면 내쫓고, 나보다 여섯 살 많은 새엄마가 들어온 거예요. 그게 내가 열여섯 살 때 일이죠. 그리고 그 돈으로 공천 헌금을 내고 시의원에 당선이 되고 그때부터 승승장구하게 된 거죠."

"…."

"선배는 어땠어요?"

"…."

도재이는 잠시 자신이 열여섯 살 때 무엇을 했나 기억을 더듬어 보았다. 한때 잘 나가던 아버지의 사업은 IMF라는 처음 들어보는 단어에 속절없이 무너져 내렸고, 누구의 잘못인지도 알지 못한 채 회사는 부도가 났고, 아버지의 구속과 어머니의 죽음으로 이어졌다. 정신을 차려보니, 난데없이 고아가 되어 있었다. 이어진 파톰 수도사의 손에 이끌려 하게 된 수도원 생활….

도재이는 송해진에게 자신의 이야기를 하지 않았다.

운명은 우리의 머리 위에 떠다니고, 우리는 그것을 따를 수밖에 없을지라.
- 고대 그리스 철학자 헤라클레이토스 저서 『편지』 중

제임스 F. 고든

＊
＊
＊

굉장히 모욕적인 전화였다.

'적어도 한국 지사장은 내가 아닌가…?'

갑작스럽게 미국 본사로부터 온 전문은 그렇다 치더라도, 아시아 지역 책임자도 아닌 러시아 지역 본부장의 전화는 제임스 고든 한국 지사장에게는 일종의 수모였다.

하긴 도재이를 뽑을 때도 그랬다. 세르게이 러시아 지역 본부장이 오늘처럼 전화했었다. 이유를 묻지 말고 도재이라는 놈을 뽑으라는 것이었다. 제임스 지사장은 러시아 지역 본부장이 전혀 연관도 없는 한국 지사의 채용에 이래라저래라 하는 것에 부아가 치밀었지만, 세르게이 러시아 지역 본부장이 미국 본사 회장의 하나밖에 없는 조카임을 잘 알고 있었기에, 이유를 묻지 않고 도재이를 뽑았다. 그때의 일을 생각하자, 제임스 고든 지사장은 다시 부아가 치밀어 올라 침대 옆 테이블에 놓아둔 시가를 꺼내어 불을 붙였다.

"으음… 제임스… 무슨 일이에요, 자다가 말고?"

옆에서 자고 있던 여인이 시가 냄새에 부스스 눈을 떴다.

"오, 미안 미안, 내가 잠을 깨웠나 보군…."

싱싱한 검은 단발머리를 가진 매력적인 40대 여자였다. 제임스는 여인의 윤기 나는 머리칼을 옆으로 젖혀 이마에 살짝 입을 맞추었다. 여인은 제임스의 허리를 껴안으며 잠에서 덜 깬 목소리로 이야기했다.

"무슨 걱정거리라도 있어요? 표정이 안 좋은데…."

제임스는 부드러운 눈빛으로 그녀를 쳐다보았다.

"자기도 알지? 왜 도재이 기자라고. 세르게이 이 개자식이 또 전화했어. 도재이 기자의 노르웨이 발령 건 때문에 말이야. 아니, 왜 하필 한국의 기자를 노르웨이로 파견한다고 난리를 떠는 걸까? 게다가 다른 지역의 본부장까지 전화를 해대는 걸 보면 틀림없이 무슨 이유가 있을 텐데 말이야…."

제임스는 다시 한 번 시가를 길게 한 모금 빨아들이고 허공에 뱉었다.

"당연히 누군가 있겠지요. 우리 회사에 어디 빽 없는 사람이 있나요? 편하게 생각해요."

여인도 침대 옆 탁자에서 담배 한 개비를 빼어 물었다.

"하지만 그 뒤를 봐주는 사람이 누구인지는 확인을 좀 해봐야겠어…."

순식간에 방안이 시가와 담배 연기로 가득 찼다.

"창문을 좀 열지."

제임스 지사장의 말에 여인은 방 맞은편에 수줍게 달려있는 환풍창을 밀어서 열었다. 좁게 열린 창문 사이로, 순식간에 찬바람이 밀려들어와 코끝을 매콤하게 했다.

"도재이…"

여인은 '벤슨 앤 헤지스' 담배의 연 푸른 색깔의 연기를 허공에 뿜으며 나지막이 되뇌었다.

제임스 지사장은 다음 날, 평상시와는 달리 아홉 시가 다 되어서야 출근했다. 제임스는 출근하자마자 책상에 있는 컴퓨터를 부팅하고 돌아서서 커피를 내리기 시작했다. 제임스는 커피만큼은 자기가 직접 내려서 먹는 것을 좋아했다. 강남 테헤란로의 아침 햇살과 분주함, 그리고 갓 내린 커피 향과 시가 한 모금의 조화를 그는 사랑했다.

(보글보글 치익…)

드롱기 사(社)의 '매그니피카 이보' 커피머신은 제임스 지사장이 심혈을 기울여 선택한, 커피 향을 보존하면서도 번거로운 추출 절차를 없앤 커피 메이커였다.

(그그그그극…. 쪼르르륵)

커피 원두를 넣고 버튼을 누르자, 강한 커피 향이 증기와 함께 올라왔다. 하와이 군도의 '빅 아일랜드'를 여행했을 때 샀던 코나 커피였다. 약간 초콜릿 향이 가미된 듯한 달콤한 향기를 제임스는 좋아했다.

기실 제임스는 커피 애호가이기도 했다. 커피를 사랑하는 사람들에게 '정말 좋은 커피라고 할 때 어느 지역이 생각나십니까?'라고 물었을 때 주로 대답하는 것이 하와이 코나 지역일 만큼 코나 커피는 세계적으로 유명한 것이었다. 제임스 지사장도 부드럽고 달콤하면서 깊고 그

욱한 향기를 가지고 있는 코나 커피의 애호가였다. 특히 '피베리'라 불리는, 코나 커피 전체 수확량의 단 5%에 해당하는 최상급 품질의 커피는 생각만 해도 머릿속이 온통 커피 향으로 가득 차는 것 같아 제임스 지사장이 가장 선호하는 종류이기도 했다.

"후읍…."

향기를 깊이 한번 들이마신 제임스 지사장은 시가를 꺼내어 불을 붙였다. 1999년 처음 소개된 에쉬톤 VSG 라인 시가였다. 푸엔테가에서 블랜딩한 VSG 라인은 어두운 재즈의 느낌을 주면서도 독특한 강한 맛을 가지고 있어서 제임스 지사장이 애연하는 제품이었다. 가격이 좀 비싸다는 점을 제외하고는 아침 코나 커피와 나무랄 데 없는 조화를 이루었다.

"완벽해."

시가 향과 커피 향의 완벽한 조화를 그는 사랑했다. 때마침 컴퓨터에서 윈도우 부팅 완료를 알리는 웅장한 사운드가 들려왔다. 시계를 보니 9시였다.

"혜정 씨, 사회부 도재이 기자 좀 내 방으로 오라고 해 주세요."

제임스 지사장은 인터폰으로 데스크 직원 임혜정에게 도재이를 호출하고 컴퓨터 앞에 앉았다. 워크 업(Work Up)이라 불리는 워싱턴데일리타임즈 인트라넷은 강력한 보안을 자랑하는 자체 전산망이었다. 각종 ERP 커넥터와 전자결제 시스템, 구글 프로덕트 연동으로 구글 챗까지 가능한 그룹웨어였다. 제임스 지사장이 아이디와 패스워드를 입력하자 화면에 눈에 익은 폴더들이 보이기 시작했다. 인사관리 데이터에 접근하자 다시 한 번 본인인증을 요하는 화면이 나타났다. 제임스는 미간을 한번 찌푸리고는 액세스 코드를 입력했다.

회사 내의 모든 자료는 직급별로 접근 가능한 정보와 그렇지 못한 정보로 구분이 되어있었다. 제임스 지사장의 경우는 책임관리자 코드가 부여되어 있어서 사내 전산망의 거의 모든 자료에 접근할 수 있었지만, 코드 S라 불리는 본사 기밀 전산망에는 접근이 불가능했다. 본사 기밀 전산망에는 제임스를 비롯한 지사장급 이상 임원들의 각종 인사자료와 업무평가자료, 심지어 개인적인 비리 자료들이 있을 터였다. 익숙한 솜씨로 액세스 코드를 입력하자 한국 지사의 모든 직원과 관리 대상 인사들의 명단이 한눈에 들어왔다.

제임스 지사장은 어렵지 않게 도재이의 이름을 찾아서 클릭하고 신중하게 인사파일을 살펴보았다. 실상 워싱턴데일리타임즈의 인사 데이터베이스는 상상을 초월하는 것이었다. 일반적인 이력뿐만 아니라, 가계도, 주변 인맥, 과거 학업성취도, 취미, 심지어 병력까지 업데이트되어 관리되고 있었다. 제임스 지사장은 틀린 글자를 찾아내면 상이라도 받는 사람처럼, 한 자 한 자 읽어 내려갔다. 하지만 아무리 꼼꼼하게 살펴보아도 특별한 무언가를 발견할 수는 없었다. 굳이 특이한 이력이라면 중학교를 4년 동안 다닌 것, 이상한 사이비 종교 수도원 같은 곳에서 3년을 보냈다는 정도였다.

인사파일에 의하면 도재이는 특별히 뒤를 봐줄 만한 인맥을 가지고 있지도 않은, 지사장의 입장에서 보면 전혀 주목할 만한 사람이 아니었다.

지난 5년간의 업무적인 성과를 스캔해 보아도, 겨우 낙제점을 면할 정도의 업무성적을 보이고 있었고, 개중 히트 친 기사라는 것이, '한국 재벌가의 명암'이라는 기사였다. 굴지의 재벌가에서 부모의 반대에도 기를 쓰고 떼를 부리는 아들놈의 고집에 마지못해 연예인을 며느리로 삼았는데, 결혼한 지 채 삼 년도 되지 않아 새 며느리가 재벌가에서의 무시를 참지 못해 이혼소송을 벌였고, 천문학적인 위자료 소송이 시작되었는데 막상 알고 보니 그 며느리가 결혼 초기부터 운전기사와 바람을 피웠다는 게 드러나 오히려 위자료를 배상해야 할 것 같다는 둥, 너무 평범해서 오히려 손대기 싫은 기사를 어떻게 하나 건진 것이 전부였다. 최근에는 악질 연쇄 성범죄자의 출소 후 주거지 지역 주민들과의 마찰, 관리실태, 대책 등을 기획 기사 형태로 작성하고 있는데, 제임스 지사장은 그나마 이번 기획에는 다소 기대하고 있는 편이었다.

'음…, 제목만 좀 더 자극적으로 뽑으면 괜찮겠는데 말이야….'

"똑똑."

제임스 지사장이 혼잣말로 중얼거릴 때, 노크 소리가 울렸고, 제임스는 황급히 컴퓨터의 화면을 닫았다. 그는 반사적으로 벽에 걸린 벽시계를 들여다보았다. 사파이어로 디자인한 1자 형태의 시간 인디케이터 위로, 강렬한 빨간색 시침과 분침이 아홉 시 이십 분을 가리키고 있었다. 제임스 지사장은 얼른 다시 창밖으로 시선을 돌렸다.

도재이가 겸연쩍은 표정으로 들어왔다.

"저를 찾으셨다구요…."

저 자신 없는 표정과 말투…. 제임스는 뒤를 돌아다보지는 않았지만, 목소리를 통해서 도재이의 주저주저하는 모습을 읽을 수 있었다. 도대체 마음에 드는 구석이 없는 친구였다.

"오늘 많이 늦으셨군요."

"…"

"이쪽으로 앉아요."

제임스 지사장은 자리를 권하고, 그토록 아끼는 코나 피베리 커피 한 잔을 쪼르륵 체코 산 보헤미아블루 커피잔에 따라 도재이에게 건넸다. 제임스는 귀한 손님이 방문했을 때만 이 도자기 잔을 이용했다. 왕관과 D자 문양이 선명한 받침대에 커피잔을 올려 도재이에게 건넨 제임스 지사장은 조심스럽게 질문을 던졌다.

"도재이 기자, 혹시 노르웨이에 아는 사람이 있나요?"

"노르웨이라면… 북유럽에 있는 나라 말씀하시는 겁니까? 노르웨이라면 연어와 바이킹밖에 아는 것이 없는데요…."

도재이의 황당한 반응에, 제임스 지사장은 당황했다.

"저는… 노르웨이는 여행도 한 번 가본 적도 없구요…. 그런데 갑자기 저에게 노르웨이 이야기를 하시는 이유는…?"

도재이는 커피 한 모금을 홀짝 들이켰다. 강렬하면서도 달콤한 코나 커피 향이 도재이의 폐에 스며들었다.

"음…, 아닙니다. 갑자기 본사에서 도재이 기자를 노르웨이 지사로 파견하라는 지시가 있어서, 혹시나 하고 물어본 겁니다."

제임스는 도재이의 눈을 바라보았다. 숨길 이유도, 필요도 없는 눈이었다. 도재이는 어리둥절한 표정으로 두 눈을 껌뻑이며 제임스 지사장을 바라보고 있었다.

"알겠습니다. 구체적인 파견 일정과 노르웨이 지사와의 협조 내용 등은 사내 게시판을 통해서 공람하겠습니다. 갑작스러운 본사의 파견

지시라 저도 당황스럽긴 합니다만, 어찌 되었건 도 기자님은 파견에 동의하시는 거죠?"

사실 인사는 명령이라 도재이의 동의를 구할 필요는 없는 것이었지만, 제임스 지사장은 혹여 도재이 기자가 해외 발령에 대해 거부 의사를 표하지 않을까 살짝 기대를 하고 질문을 던졌다. 만약 도재이가 강하게 해외 파견 근무에 반발한다면 그걸 빌미로 잡아 지방 한직으로 발령을 내버려 눈에 더 이상 안 보이게 할 심산이었다.

"네… 뭐…."

도재이는 순간적으로 대답을 얼버무렸다. 속으로는 뛸 듯이 기뻤지만 그래도 '밀당'하는 모양새를 조금 갖추는 것이 체면상 유리하겠거니 생각이 들었다. 사실 도재이 입장에서는 해외 파견이라는 인사명령이 떨어졌을 때, 연봉이나 보너스 등이 미친 듯이 궁금했지만, 혹시 그런 이야기를 뱉었다가 해외 파견의 기회를 날리지 않을까 심장이 쫄아 입 밖으로 내뱉을 수 없었다.

"알겠습니다. 그럼 동의하신 거로 알고, 진행하겠습니다."

제임스 지사장은 서랍에서 외날 방식의 기요틴형 시가 커터를 꺼냈다. 한쪽 방향의 힘만으로 잘려 나가는 쾌감이 좋았다. 제임스 지사장은 달렌도르프 시가 커터로 짧게 남은 시가의 끝부분을 잘라냈다.

"딸깍."

발갛게 타들어 가던 시가의 모가지가 댕강 잘려 나갔다.

"이제 나가보셔도 좋습니다. 업무인수인계는 사회부 김현장 기자에게 하도록 지시해 놓겠습니다."

"땡큐 써."

도재이는 마지막 불꽃을 끔뻑이고 있는 잘린 시가의 타들어 가는 모가지를 보면서 자리에서 일어섰다.

제임스 지사장은 미국인인데 탁월한 언어적 감각과 오랜 한국 생활 덕에 동시통역이 가능할 정도로 한국어에 능통했고, 도재이는 한국인이지만 유창한 영어 사용자였다. 하지만 두 사람은 너무나 당연하다는 듯 영어로 대화했다.

네가 갈 길을 준비하고 또한 갈 길에서 너를 인도하시리라.

– 성서, 시편 139:9

송해진

＊
＊
＊

어제는 잠을 설쳤다. 제임스는 자다 말고 느닷없이 일어나서 에쉬톤 VSG 라인 시가를 피워 대기 시작했다.

"으음… 제임스…, 무슨 일이에요, 자다가 말고…."

해진은 침대 옆에 정갈하게 서있는, 덴마크 베르너 판톤이 디자인한 크롬 브라스 램프의 줄을 당겨 노란색 조명을 켰다. 하늘로 솟아오른 펼친 우산 모양의 심플한 디자인은 해진이 선택한 것이었다.

'심플 앤 럭셔리' 해진이 추구하는 가치의 기준이었다. 대체로 심플하면 럭셔리하지 않고, 럭셔리한 것은 심플하지 않기에, 해진은 두 가지를 동시에 충족하는 것은 무엇이든 진심으로 좋아했다. 라이프 스타일도, 심지어 생각까지도.

"자기도 알지? 왜 도재이 기자라고. 세르게이 개자식이 또 전화했어. 도재이 기자 놈의 노르웨이 발령 건 때문에 말이야. 회장 조카를 동원해서 전화해 대는 걸 보면 무슨 이유가 있을 텐데 말이야…"

제임스는 러시아 본부장이라는 명칭보다는 회장 조카라고 불렀다. 동급 임원에게 지시받는 느낌이 더러웠기 때문에 회장 조카라고 부르면 조금이나마 자존심이 덜 상하는 듯 느껴지기 때문이었다.

"해진, 해진이 도재이와 입사 동기라고 했지?"

"네. 하지만 신입 수습기자 때 외에는 같이 근무한 적은 없어요. 어찌 되었건, 선 세계 58개국의 지사에 근무하는 날고 긴다 하는 많은 기자 중에 하필 도재이 같은 인물을 본사에서 찍어서 유럽 국가로 발령을 낸다는 게 이상하긴 하네요."

해진이 제임스를 처음 만난 것은 재작년 회사 크리스마스 파티에서였다. 아시아 지부 전체 송년 파티여서 상해의 진마오타워 하얏트 호텔에서 벌어진 멋진 파티였다.

상해시 포동 세기 대로 88번지에 88층의 높이로 지어진 거대한 건물은 대단한 위용을 자랑하고 있었다. 특이하게도 54층에 호텔 로비와 연회장이 있어, 푸동의 아름다운 야경에 탄성을 지르게 했다. 아르데코 디자인의 이 은밀하고 아름다운 성에서 해진은 제임스 지사장을 만났다.

파티에는 아시아계 미국인으로 실리콘밸리의 신화를 만든 이클리어 그룹의 제랄드 슈 회장, 중국 경제인 상을 수상한 이리(伊利) 그룹의 이사장 겸 총재인 판진, 코스코(COSCO) 그룹의 웨이푸(魏福) 총재, 체리(CHERY)자동차의 이사장 겸 총재인 퉁야오(同耀), 바이두(Baidu)의 이사장 겸 CEO인 진옌홍, 중싱(中星)마이크로전자의 중한(中翰) 이사장, 중국해양석유 총회사(CNOOC)의 푸청야오(傅成耀) 총경리, 산이(SANY)그룹의 량원건(梁穩根) 이사장, 인도 내셔널 증권거래소의 아름무크 헤르지 부회장 등 재계 인사들이 대거 참석해서, 세계적인 언론사의 송년 파티라는 것을 입증해 주고 있었다.

한쪽에서는 유럽 어디에서 왔다는 실내악단이 끊임없이 올드랭 사인을 연주하고 있었다. 그때, 라틴계열의 멋진 신사가 해진에게 와인 잔을 건넸다. 칠레 최대 와인 업체인 콘차이토로사(社)와 프랑스 와인 명가, 바롱 필립 드 로칠드사(社)가 합작하여 만든 명품 칠레와인 알마비바(Almaviva)였다. 특별히 이번 송년 파티에는 2016년 빈티지 칠레 마이포밸리 푸엔테알토 지역에서 제조된 알마비바 와인이 선택되었다. 2015년 칠레는 다른 어느 해보다 날씨가 변덕스러웠다. 여름은 특히 더 건조했고, 4월에는 폭우가 내렸다. 덕분에 포도나무의 성장주기가 지연되었지만, 오히려 수확 시기를 앞당겨 세심한 양조를 통해 최고의 와인이 생산되었다. 그 진하고 강렬한 루비색의 와인을 불쑥 해진의 앞에 들이 밀은 사람이 제임스였다.

"우리 같은 패밀리군요."

제임스가 손가락으로 해진의 가슴에 달린 앙증맞은 명찰을 가리키며 이야기했다. 그것이 그와 나눈 첫 번째 대화였다.

물론, 이미 제임스는 미국 시카고대학에서 생물학 교수로 일하고 있는 아내가 있었고, 열다섯 살, 열두 살, 열 살 예쁜 아이들도 있었다. 해진은 왠지 아빠가 떠올랐지만, 제임스가 건네준 비냐 알마비바 와인의 비둘기 핏빛 향기는 그녀를 짓누르고 있던 것들을 지워나가기에 충분했다. 연회가 끝나고 송해진과 제임스 지사장은 87층의 클럽 진마오에서 푸동의 아름다운 야경 속에 서로를 탐색했다. 진마오타워 하얏트의 모든 객실은 54층에서 엘리베이터를 갈아타야 올라갈 수 있었다. 건물 중앙이 원형으로 비어있어, 모든 객실에서 야경을 즐길 수 있도록 배치가 되어있었다. 두 사람이 어색하게 들어선 객실은 전면 통유리로 되어있어, 이국에서의 은밀함을 무색하게 만들고 있었다.

조직은 매트릭스이다. 누가 누구에게 지시하는지, 그 지시가 어떤 통로를 거쳐서 누구에게 전달되는지는 본인들 외에는 알 수가 없다.

제임스 지사장은 자신이 모르는 어떠한 일이 자신이 책임자로 있는 지역에서 이루어지는 것을 견딜 수 없어 했다. 해진은 그를 도와줄 수 있을 것 같았다.

이튿날, 해진은 퇴근하면서 사회부 도재이 기자의 자리로 가서 그를 기다렸다. 도재이는 자리에 없었다. 하긴 아침에 꿈에도 예상하지 못한, 그것도 노르웨이라는 낯선 나라로 인사발령을 받은 도재이는 인수인계로 바쁠 터였다. 대충 해진과 제임스 지사장과의 관계를 아는 상사들은 해진이 무슨 일로 남의 부서에 왔는지 물어보지도 않았다. 지사장의 현지처가 사회부를 방문한 이유를 단지 서로 눈빛으로 추측하고 있었다.

'불쌍한 수컷들…. 저녁 술자리에서 얼마나 내 이야기들을 하며 씹어댔을 것인가…. 대놓고 따지면 눈도 제대로 못 마주치는 것들이….'

마침 도재이가 자리로 돌아왔다.

"도재이 기자님!"

예상했던 대로 도재이 기자는 뜻밖이라는 표정이었다. 하긴 제임스가 아니면 해진이 도재이를 찾아올 하등의 이유가 없질 않은가.

"어… 송해진 기자. 정말 오랜만이야. 우리 회사 최고의 엘리트가 우리 부서에는 웬일이야?"

도재이는 과장된 제스처를 취하며 환하게 웃었다.

"도재이 기자님 만나러 왔죠. 갑자기 좋은 소식이 들려서 축하해 드리려고요."

"무슨 소식?"

도재이는 짐짓 무슨 일인지 모른다는 투였다. 하긴 아직 사내 전산망에 발령 공고가 올라오지 않은 상황이었기에, 아침에 지사장에게 들은 발령 이야기를 쓸데없이 미리 꺼낼 필요는 없어 보였다.

"노르웨이로 간다면서요?"

"아… 음…, 이번에는 좀 멀리 밀려날 모양이야…."

"밀려나다뇨, 노르웨이 발령은 아무나 가는 자리가 아닌데 말이죠…. 회사에서 수군대는 사람들이 많더라구요, 도재이 기자님의 뒷배에 대해서 말이죠."

해진은 남들이 듣든 말든 하고 싶은 이야기를 대놓고 떠들었다. 퇴근 준비를 하던 다른 직원들이 일시에 웅성거리기 시작했다. 도재이의 노르웨이 발령 소식은 처음 듣는 다른 기자들에게는 충격적인 뉴스임은 틀림없었다. 어색한 공기에 도재이는 당황스러웠다.

"뒷배라…. 나도 좀 알았으면 좋겠네! 헤헤, 솔직히 나도 이상해. 도대체 나 같은 사람에게 이런 기회가 오다니 말이야… 하, 하, 하."

분위기 수습을 위해 도재이는 너스레를 떨 듯 짐짓 호탕한 목소리로 말을 이어갔다.

"아이참, 나한테는 이야기해도 돼요. 아무에게도 이야기하지 않을게요. 약속."

송해진은 한껏 애교스러운 표정으로 새끼손가락을 불쑥 내밀었다.

"흠…."

도재이는 엉거주춤 새끼손가락을 걸었다. 주변의 호기심과 따가움이 혼합된 묘한 시선이 도재이의 몸에 날아와 꽂히는 것 같았다.

"게다가 승진까지 하신다니, 선배님! 진짜 진짜 축하드려요!"

해진은 꼭 낀 새끼손가락을 힘주어 흔들며 소리쳤다. 사방에서 질투와 의혹의 시선이 도재이에게 꽂혔다.

두 시간 뒤, 도재이와 해진은 강남 선릉이 바로 맞은편으로 보이는 곱창집에 마주 앉아있었다. 선릉은 서울 강남 삼성동 테헤란로 한가운데 위치해 빌딩 숲 속 공원과 같은 분위기를 자아냈고, 노란색의 은은한 조명은 시멘트벽에 갇혀있던 직장인들에게 잠시나마 위로를 주고 있었다.

도재이는 소주잔을 비우며 해진의 눈을 쳐다보았다.

"정말이라니까. 나도 뭐가 있으면 좋겠는데, 아무리 생각해도 이해가 안 된단 말이야. 나 같은 놈이 왜 유럽 특파원으로 선택이 되었는지…. 더구나 승진까지. 아무래도 좋아. 어쨌거나 나는 회사로부터 인정을 받은 것 아니겠어! 누가 뭐래도 회사는 내 능력을 높이 평가한 거란 말이지. 하지만 말이야, 나! 이번에는 정말 열심히 할 거야. 이런 기회를 놓칠 수는 없지. 최고의 유럽 특파원 도재이 기자! 하하하."

송해진은 술기운으로 흐리멍덩해진 도재이의 눈동자를 쳐다보았다.

의도적으로 마련한 저녁 술자리에서도 송혜진은 도재이에게서 아무

것도 찾아낼 수가 없었다. 유도 질문을 해보기도 하고, 술기운을 빌린 허세라도 부추겨서 도재이가 아는 것들을 토해내게 하려 했지만, 도재이는 정말로 갑작스러운 노르웨이 발령의 이유를 모르는 듯했다. 아니, 오히려 도재이는 자신에 대해서 해진보다도 모르고 있었다. 도재이에게 무엇을 알아내기 위해 더 이상 노력하는 것은 무의미했다. 단언하건대 도재이는 배경이 없다. 설령 있다고 하더라도 적어도 본인은 모른다.

해진은 술에 취해 비틀거리는 도재이를 택시에 태워 보내고, 가로등 불빛만 남은 강남 테헤란로의 을씨년스러운 사거리에서 벤슨 앤 헤지스 담배를 한 개비 빼 물었다. 그리고 전화기를 꺼내 바로 단축번호 1번을 눌렀다.

"제임스, 저예요 해진."

인생은 마치 큰 강이며, 인간은 강물에 떠내려가는 나뭇잎 같은 존재일 뿐이다.
- 미국 철학자 체스터턴 저서 『신비주의』 중

파 톰

*
*
*

"잘 부탁합니다."

"걱정하지 마십시오. 에스카 노르웨이 발령은 워싱턴데일리타임즈 로건 회장을 통해 제가 처리하겠습니다. 지난번 에스카의 취업 때도 로건 회장이 도와주었잖습니까, 염려하지 않으셔도 됩니다. 수도사님 의 요청은 개인적 청탁이 아니지 않습니까. 신의 뜻을 이루는 하나의 과정일진데, '부탁'이라는 용어는 적합하지 않은 것 같습니다. 그저 이 러이러한 결과가 필요하다는 언질만으로 충분합니다."

수화기 속의 남자는 진중하면서도 격조 있는 어투로 이야기를 이어 갔다.

"수도사님, 그나저나 들리는 소문에 에스카가 요즘 믿음이 많이 떨어진 듯한대요. 에스카가 파툼 수도사님의 품을 떠났다면서요. 혹여 에스카를 선택하신 것에 대해 후회는 없으십니까?"

수화기 너머의 목소리가 조심스레 질문했다.

"후회라…. 에스카의 믿음 없음도 신의 섭리 안에 들어있을 것이고, 결국은 합력하여 선을 이루게 될 것입니다. 그리고 제가 선택한 것이 아니라 에스카가 선택된 것입니다."

파툼 수도사는 덤덤하게 말했다.

"알겠습니다. 수도사님께서 그렇게 말씀하시니 부족한 제 마음에도 평안이 도래하는군요. 저도 신의 섭리를 믿고 저의 조국 미국과 에스카를 위해서 기도하겠습니다."

"감사합니다. 다음 콘클라베 최고회의에서 뵙겠습니다. 대통령님."

전화를 끊은 파툼 수도사는 가슴에 성호를 그은 뒤, 혼잣말로 중얼거렸다.

"알레아 이악타 에스트(주사위는 던져졌다)…."

우리가 아는 바와 같이 하느님을 사랑하는 자 곧 그 뜻대로
부르심을 입은 자들에게는 모든 것이 합력하여 선을 이루느니라.

- 성서, 로마서 8:28

콘클라베

*
*
*

"이제 곧 빌데르베르크 콘클라베를 시작하겠습니다. 모두들 지정된 좌석에 착석해 주시기 바랍니다."

장내 방송에 따라, 150명이 모인 콘클라베는 엄숙하면서도 진지하게 시작되었다. 1년에 한 번씩 전 세계의 지도자들이 모이는 빌데르베르크 콘클라베는 항공기가 상용화된 1954년부터 시작되어 벌써 70년이 되었다. 1954년 이전에는 고작해야 10년에 한 번, 그것도 특별한 일이 있을 때만 열렸었다.

정통 가톨릭에서의 콘클라베는 가톨릭의 수장인 교황을 선출하는 추기경들의 모임을 의미하는 것이지만, 빌데르베르크의 콘클라베는 수장을 선출하는 것뿐만 아니라, 빌데르베르크회의 앞으로의 계획을 확정하고 회원 각자의 역할을 분담하고 실행을 논의하는 실질적 협의체의 역할을 하는 것이었다.

빌데르베르크 콘클라베는 해당 개최 국가의 사제가 마련한 비밀장소에서 개최되었는데, 그 이유는 콘클라베에서 결정된 사항들은 신의 숨겨진 뜻으로 간주하기 때문이었다.

이번 콘클라베는 한국에서 개최되었고, 참석자들은 회의 장소인, 과거 정권에서 안전 가옥으로 사용했던 청운동 고즈넉한 기와집으로 모였다. 세 채의 독립된 전통 가옥으로 구성된 건물은 과거 최고 권력자의 비밀 공간으로 사용되었던 역사처럼 빛바랜 고풍스러움을 자랑하고 있었다. 현재에도 「국가보안법」 시행령에 따라 국가 기밀문서 및 정보를 보관하고 있는 안전가옥은 보안을 위해서 창문이 없는 특징을 지니고 있을 만큼, 일반인은 아예 접근 자체가 허용되지 않는 엄격한 보안시설이었으나 미합중국 대통령의 사적인 부탁을 대한민국 정부가 기꺼이 받아들여, 콘클라베가 이곳에서 열리게 된 것이었다. 각국에서 온 최고 회의 회원들이 자리를 확인하고 착석하기까지 다소 분주함이 있었지만 이내 장내는 정리가 되었고, 마침내 파툼 수도사가 중앙 앞쪽에 마련된 단상으로 걸어 나왔다.

"바쁜 일정과 긴 여정에도 불구하고 이 자리에 참석해 주신 모든 콘클라베 최고 회의 회원분들께 감사의 말씀을 드립니다. 이제 빌데르베르크 콘클라베의 개회를 선언합니다. 달과 별들이 항상 여러분을 비춰주며, 신의 깊은 평안과 축복이 여러분들과 함께하시길 기도합니다."

파툼 수도사는 정중하게 개회를 선언했다. 그 자리에 참석한 각국의 빌데르베르크회 지도자들은 파툼 의장의 개회 선언에 대한 존중의 의미로 동시에 성호를 그었다. 이윽고 파툼 수도사는 오늘의 의제에 관한 선언을 하였다.

"그간 우리가 기도로써 준비해 왔던 '새 하늘과 새 땅'을 위한 첫 발걸음을 드디어 시작하였습니다. 이를 위해 힘써주신 모든 분들께 최대의 경의와 감사를 표합니다. 오늘의 의제는 신의 가호와 여기 계신 여러분들의 오랜 헌신, 그리고 재정적 지원의 결과로 마침내 그 위대한 여정이 시작된 '새 하늘과 새 땅'의 실현을 위한 구체적이고 실질적인 계획과 준비를 논의하는 것입니다. 여러분들의 허심탄회한 의견 제시와 결정된 사안에 대한 충성스러운 헌신을 당부드립니다. 성서에 나와 있는 한 구절을 인용함으로, 토론을 시작하겠습니다."

파툼 수도사는 경건하게 가슴에 손을 모으고 성서의 구절을 암송했다.

> 숨겨진 것은 드러나기 마련이고, 감추어진 것은 알려지기 마련이다. 그러므로 너희가 어두운 데에서 한 말을 사람들이 모두 밝은 데에서 들을 것이다. 너희가 골방에서 귀에 대고 속삭인 말은 지붕 위에서 선포될 것이다.

참석자 모두 가슴에 손을 얹음으로 신의 섭리에 복종을 표했다.

너희 목자들에 대하여 순종하고 복종하라. 그들은 너희 영혼을 위하여
지켜봐야 할 자들인즉 마음으로 기쁘게 할 것이요, 근심 없이 하여
마치 너희 소명을 할 것 같게 하려 함이니라.

– 성서 히브리서 13:17

출 국

＊
＊
＊

　도재이는 정확히 발령 이야기를 들은 지 이십이일 만에 노르웨이행 비행기를 탔다. 노르웨이로의 직항은 없었다. 영국 런던을 경유해 오슬로로 가는 노선을 선택했다. 런던으로 출발하는 대한항공 KE901편은 낮 12시 20분 출발 예정이고, 이미 짐을 다 부치고 수속까지 끝낸 지금 시각이 오전 8시 50분.

　2017년 오픈한 인천 공항 2터미널은 연간 수용 능력 5,200만 명 규모의 초대형 공항이었다. 공항에 들어서자 키네틱 아트(Kinetic art- 작품 자체가 움직이거나 움직이는 부분을 포함하는 예술작품)와 미디어파사드(Media facade- 건축물 외벽에 LED 조명을 설치해 미디어 기능을 구현하는 것)로 아름답고 편안한 분위기가 출국의 긴장감을 누그러뜨려 주었다. 2019년에 발생하여 근 3년간 전 세계를 마비시킨 코로나 사태로 초토화되었던 인천 공항은, 다시 활기를 띠고 있었다.

전 세계에서 가장 빠른 출입국 수속을 자랑하는 인천 공항의 전자 여권 무인 수속 시스템, CT X-ray 보안검색대 시스템은 불과 5분도 안 되어 도재이를 인천 공항 면세구역으로 토해내었다.

탑승 시각까지는 두 시간 이상 여유가 있었다. 도재이는 남은 시간을 면세점 구경이나 하며 보내기로 생각했다. 각종 명품이 빼곡히 들어차 있었고, 하회탈, 부채, 도자기 미니어처 같은 식상한 기념품들이 즐비하게 진열되어 있었다. 심드렁하게 돌아보던 도재이는 한 곳에 시선이 머물렀다. 한 면세점의 입구에 걸려있는 펜던트였다. 펜던트에는 영어로 다음과 같은 글씨가 쓰여있었다.

"Be still, and Know that I am God(너희는 가만히 있어 내가 하나님 됨을 알지어다, 성서 시편 46:10)"

신(神)이 도재이 앞에 그의 모습을 나타내기 위한 전제조건은 도재이가 가만히 있는 것이었다. 도재이가 그의 모습을 보고자 움직이는 그 순간부터, 그토록 뚜렷하게 보였던 그는 모습을 감추기 시작했고, 도재이가 발버둥을 칠수록 늪 속에 잠기듯이 그는 점점 더 숨어버렸다. 도재이는 두렵고 놀라서 그를 찾아 헤맸다. 복잡한 시장에서 엄마 손을 놓친 아이처럼 극적인 공포에 마주쳐 울어야 했다. 그리고 절망했고, 도재이의 눈앞에 보이는 아무 손이나 잡아야 했다. 파툼 수도사는 기꺼이 도재이에게 손을 내밀어 주었다.

처음에는 신이 도재이를 떠났다고 생각했다. 한참 후에야 도재이가 그를 떠난 것이라는 것을 알았다. 하지만 결과는 마찬가지이다. 도재이는 신이 어디에 있는지 어렴풋이 알고 있었지만, 그를 찾아 나서지는 않았다.

도재이는 펜던트를 사서 목에 걸어보았다. 영국행 대한항공 KE901편의 탑승 안내 방송이 나온 것은 그때였다. 도재이는 영국행 비행기로 '밀려' 들어갔다. 도재이의 의지와는 무관했다.

보잉777-300ER 기체는 최대 550명까지 승객을 태울 수 있는 대형 기종이었다. 육중한 기체는 곧 꿍음을 내고 이륙을 시작했고, 급격한 기압 차로 인해 도재이의 귀는 먹먹해졌다. 불안하게 흔들리던 기체는 일정 고도를 통과하면서 잠잠해졌고, 이어 천장의 안전벨트 착용 사인 등이 꺼지며, 기내 안내방송이 나오기 시작했다.

"안녕하십니까, 저는 오늘 서울 출발 영국 히스로 공항까지 운항하는 KE901편으로 승객 여러분을 모시게 된 기장 한종혁입니다. 부기장 미스터 안드레스, 캐빈 서경희 캡틴과 함께 오늘 승객 여러분을 모시게 되었습니다. 목적지인 런던까지는 약 14시간 15분이 소요될 예정이며, 도착 현지 예정 시간은 18시 30분으로 예정됩니다. 현재 고도는 10,700미터, 속도는 시속 930km로 순항하고 있습니다. 목적지까지 가시는 동안 두 번의 식사가 제공될 예정이며. 현재 기상은 런던까지 맑을 것으로 예상됩니다만, 혹시 발생할지 모르는 난기류를 대비해서 좌석에 계실 때는 항상 안전벨트를 착용해 주시길 바랍니다. 여행 중 불편하신 사항이 있으시면 언제든지 저희 승무원을 호출하여 주십시오. 목적지까지 안전하게 모시겠습니다. 오늘도 저희 대한항공과 즐거운 여행 되십시오."

영국 히스로 국제공항에 도착하는 시각은 현지 시각 오후 6시 30

분. 노르웨이 오슬로행 비행기는 에어프랑스로 운행하는 AF1274편으로 파리 현지 시각으로 저녁 8시 50분 출발, 오슬로에는 현지 시각 밤 11시 15분에나 도착하게 될 것이었다. 2시간 20분의 환승 시간을 포함하여 총 비행시간은 19시간에 달하는 긴 비행이었다. 도재이는 비행기 좌석에 기대어 살포시 잠이 들었고, 꿈을 꾸었다.

도재이에게는 꿈이 없었다. 꿈은 꿈일 뿐이라는 것을 아는 데에는 긴 시간이 필요하지 않았다. 동화적인 상상력이 깨어진 후의 그 을씨년스러움이란….

파툼 수도사의 교육은 엄격하면서도 신지했다. 교육의 대부분은 신을 찾아가는 여정이었고, 도재이는 충실히 파툼 수도사의 지도를 따랐다. 파툼 수도사는 철저히 질문과 답변을 통한 스스로의 깨우침을 추구했다.

"에스카, 신이 어떠한 존재라고 생각하나?"

"전지전능한 존재라고 생각합니다."

"전지전능이 무슨 말인가?"

"모든 것을 알고, 모든 것을 할 수 있다는 말입니다."

"전지하면서 동시에 전능한 존재가 신이라는 말인가?"

"그렇습니다."

"그렇다면 전능한 신은 너무 무거워 자신이 들어 올릴 수 없는 바위를 만들 수 있다고 생각하나?"

"…."

"그렇다면 다른 질문을 하겠네. 신이 전지, 즉 모든 것을 미리 알고 있다면 신은 미래에 자신이 할 행위도 알고 있을까?"

"네, 그렇다고 생각합니다."

"신이 전능, 즉 모든 것을 할 수 있다면 신은 미래에 자신이 할 행위와 결과를 바꿀 수 있을까?"

"…"

"신이 전능해서 이미 알고 있는 미래의 자신의 행위와 결과를 바꿀 수 있다면 '전지하다.'라는 말은 모순에 빠지게 되고, 반대로 신이 전능해서 미래의 자신의 행위와 결과를 바꿀 수 있지만, 전지하기 때문에 그것까지 알고 있다면 전능하다는 명제는 모순이 되네. 따라서 전지하면서 동시에 전능한 존재는 가능하지 않게 되겠지. 즉, 전지와 전능은 절대로 동시에 충족될 수 없는 완벽한 모순 명제라네. 에스카, 신에 대한 환상에서 벗어나야 해."

수도원에서의 3년이라는 시간은 도재이가 완전히 신의 품에 자신의 삶을 위탁하기에 충분한 것이었다. 수도원을 나와 조악한 살림살이 몇 가지를 가지고 독립이란 걸 시작했을 때만 해도, 도재이는 가슴 깊은 곳에서 우러나는 신의 향기에 취해있었다.

잠이 깨었다. KE901편은 날짜 변경선을 넘고 있었다. 주기적인 난기류의 영향으로 자고 깨기를 여러 차례, 결국 14시간의 비행은 도재이를 런던 히스로 국제공항에 내려놓았다.

"다른 비행편을 이용하실 분은 이쪽으로 오세요."

꾸역꾸역 나가는 승객 틈 사이에서 히스로 공항 직원은 필사적으로 손님을 구분해 내려고 애쓰고 있었다. 공항 직원의 안내에 따라 긴 복도를 지나 다시 한 번 신체 검색대를 통과하고, 드디어 갈아탈 비행기를 기다리는 넓은 로비에 자리를 잡은 도재이는 젖은 빨래처럼 의자에 기대어 널브러졌다. 그나마, 항공사가 연결편 비행기에 자동으로 수화물을 옮겨 실어주는 시스템 덕으로, 부쳤던 짐을 찾지 않고 몸만 이동할 수 있다는 것이 천만다행이었다.

"미스터 도재이?"

순간 누군가가 그의 이름을 부르는 것 같았지만, 이역만리 영국 공항에서 자신의 이름을 부를 사람이 있을 리 만무하기에 도재이는 심드렁하게 비슷한 발음의 다른 사람을 찾는 것이려니 했다.

"미스터 도재이?"

다시 한 번 도재이의 이름이 불리사 그제야 노재이는 깜짝 놀라 소리 나는 곳을 쳐다보았다. 이 영국 땅에서 자신의 이름이 불리는 것이 황당하기까지 했다. 50대 초반으로 보이는, 키가 190cm는 되어 보이는 마른 체구의 백인 남자가 시원시원한 걸음으로 도재이에게 다가오고 있었다. 데님 청바지에 푸른색 체크무늬 셔츠, 거친 조직감의 헤링본 블레이저(영국의 헤링본 마을에서 시작된 천을 교차하는 무늬의 직물로 만든 캐주얼 정장)를 입고, 흰색 더비 슈즈(전면에 눈홀이 있어 끈을 묶어 착용하는 가죽으로 제작된 비즈니스나 캐주얼 스타일의 신발)까지 장착해 막 패션 잡지에서 튀어나온 듯한 모습이었다. 게다가 옅은 갈색 선글라스를 통해 보이는 푸른색 눈동자와 잘 정돈된 수염까지, 한 눈에도 자기관리가 철저한 사람으로 보였다.

"네…, 제가 도재이입니다만…."

도재이는 장시간의 비행으로 초췌하기 이를 데 없는 자신의 모습을 떠올리며, 엉거주춤한 자세로 그의 이름을 부른 사람을 쳐다보았다.

"반갑습니다. 저는 워싱턴데일리타임즈 런던 지사장 '알렌 체커'라고 합니다.”

알렌 체커라 자신을 소개한 사람은 과장된 제스처를 보이며 해링본 블레이저의 상징과도 같은 오른쪽 가슴 부위의 포켓에서 명함을 꺼내어 도재이에게 건네며 악수를 청했다.

“네…, 저는 한국지사의 도재이 기잡니다.”

도재이는 머뭇거리며 인사를 했다.

“알고 있습니다. 기다리고 있었습니다. 만나서 반갑습니다.”

영국영어 특유의 억센 억양이 다소 낯설게 느껴졌다.

“네? 저를 기다리고 계셨다고요?”

“그렇습니다.”

런던 히스로 국제공항의 탑승 대기실은 당연히 출국심사를 거치지 않은 일반인의 출입이 불가능한 곳이었다. 이런 곳까지 도재이를 만나러 들어왔다는 것은 크게 미심쩍은 일이었다.

“아! 도재이 기자님을 만나기 위해 워싱턴데일리타임즈 명의로 히스로 공항에 협조공문을 발송했습니다.”

마치 도재이의 속마음을 꿰뚫어 보기라도 하듯 알렌 체커 지사장은 입을 열었다.

“저를 만나려고 공문까지 발송했다는 말입니까?”

“물론입니다. 저에게는 본사의 지시를 수행하는 것이 무엇보다 중요한 일이니까요, 헤헤헤.”

알렌 체커는 틀에 찍어낸 듯한 정갈한 외모와 다르게 헤벌쭉하게 웃었고, 도재이는 의아함과 황당함, 왠지 모를 기대감이 섞인 묘한 긴장감을 느꼈다.

"아…, 공문을 발송하면서까지 저를 기다리신 이유를 듣고 싶군요."

알렌 체커 지사장은 행여 누가 들을까 쓰윽 주위를 한번 살피고는 작은 목소리로 속삭였다.

"어제 오후 늦게 워싱턴데일리타임즈 허버트 브라운 사장 명의로 런던지사에 DHL 소포가 도착했습니다. 내용물은 확인할 수 없도록 봉인처리가 되어있었지만 무슨 일이 있어도 이 상자를 도재이 기자에게 전달하라는 메시지가 첨부되어 있었습니다."

도재이는 어리둥절했다. 미국 본사의 사장이 일개 한국 지사의 기자에게, 그것도 런던 지사장을 동원해서 전달하고 싶은 무언가가 있다니….

말이 끝나자마자 알렌 체커 지사장이 들고 온 가방에서 끄집어내어 도재이에게 내민 것은 가로와 세로가 십여 센티미터 정도 되어 보이는 붉은색 작은 상자였다. 뚜껑과 몸체는 봉해져 있었고, 허버트 브라운 사장의 서명으로 보이는 글씨가 뚜껑과 밑판 사이에 봉해진 종이테이프 위에 적혀져 있었다. 도재이는 상자를 건네받은 뒤 고대의 유물이라도 발견한 양 조심스럽게 이리저리 살펴보았다. 치밀하게 재단되어 엇갈리게 상감기법으로 짜 맞춘 단풍나무 상자였다. 상자의 뒤편은 금장의 고급스러운 경첩이 세 개나 달려서 고풍스러움을 더하고 있었다. 도재이는 건네받은 상자를 조심스럽게 이리저리 돌려 보았다.

"미스터 도, 아직 노르웨이행 비행기는 탑승까지는 시간이 넉넉한 듯한데 같이 차나 한잔하실까요?"

그렇지 않아도 도재이도 예기치 못한 뜻밖의 손님과의 만남에 긴장감에 싸여있던 터라 카페인이 절실히 필요한 시점이었다. 그들은 자리에서 일어나 한켠에 있는 간이 바(Bar)로 걸어갔다. 세계적인 커피 체인점인 스타벅스가 향기로운 커피 향을 연신 뿜어내고 있었다.

"캐러멜 마키아토 플리즈."

먼저 알렌 체커라고 본인을 소개한 사람이 주문을 넣었다.

"저는 강렬한 달콤함을 좋아하지요. 도 기자님은 무얼 드시겠습니까?"

친절하게 물어오는 알렌 체커 지사장의 물음에 도재이는 대답했다.

"같은 거로 부탁합니다."

딱히 선호하거나 기피하는 메뉴가 없는 이상, 상대방과 같은 걸 주문하는 것이 비즈니스 미팅의 긴장된 분위기를 누그러뜨리는 데에 한몫한다는 것쯤은 경험상 알고 있었다. 채 3분도 지나지 않아, 양 갈래로 길게 머리를 늘어뜨리고 있는 초록색 여인이 그려진 커다란 종이컵에 캐러멜의 색깔이 부드럽게 어우러진 커피가 나왔다. 알렌 체커 지사장은 두 손으로 컵을 꼭 잡고 조심스레 한 모금을 마시더니 이내 얼굴이 환해졌다.

"저는 스타벅스를 좋아합니다. 조화와 대조가 절묘하게 교차하는 스타벅스만의 특유한 스타일을 좋아하지요. 현대와 과거가 어우러진 느낌이랄까…. 이 로고를 보십시오. 초록색의 긴 머리 여인, 16세기 노르웨이의 목판화에서 발견된 전설상의 반인반어(半人半魚) '세이렌'이라고들 합니다만, 역시 현대와 과거의 공존을 묘하게 상징하고 있지요."

도재이는 컵에 새겨진 세이렌의 얼굴을 물끄러미 쳐다보았다. 캐러멜 마키아토 커피의 강렬한 달콤함이 그 출처와 관계없이 도재이의 온몸에 퍼졌다.

"후읍."

알렌 체커 지사장은 솟아나는 커피 향을 하나도 낭비할 수 없다는 듯 깊게 숨을 한번 들이마시고는 입을 열었다

"무슨 일인지는 잘 모르지만 아마 굉장히 중요한 일이 도 기자에게 맡겨진 것 같습니다. 제가 허버트 브라운 사장님을 모신지 10년이 넘었지만, 이런 일은 처음이거든요. 게다가 사장님이 직접 전화를 주셔서 도재이 기자를 만나 상자를 전달하라고 지시하실 때, 허버트 사장님의 목소리가 떨리기까지 했어요. 제가 사장님에게 무슨 일인지를 물어보았지만, 허버트 사장님은 마치 누구에겐가 쫓기듯이 전화를 끊어버리셨어요. 평소의 태도나 그분의 성품으로 미루어 봤을 때, 있을 수 없는 상황이었지요."

"음…, 저도 도대체 무슨 일이 있는 건지 모르겠네요, 저는 심지어 허버트 사장님을 뵌 적도 없거든요, 사장님께서 저를 아신다는 사실 자체가 신기한 일이…"

도재이는 말을 하다가 너무 자신의 존재가 초라해 보이는 것처럼 느껴져 화제를 급히 돌렸다.

"아, 아무튼 허버트 사장님이 제게 전달하라고 하신 이 작은 상자에 그 해답이 있을 것 같은데, 한번 뜯어볼까요?"

도재이도 사실, 그 상자에 무엇이 들어있는지 궁금해서 미칠 지경이었다. 노르웨이 특파원 발령을 축하하는 메시지와 선물이려니 생각이 들었고, 도재이의 생각이 맞는다면 그래도 본사의 사장이 보낸 것이라면 꽤 값이 나가는 선물을 보냈으리라 내심 기대도 하고 있었다.

"오, 저도 굉장히 궁금합니다만, 제가 있어도 괜찮겠습니까?"

알렌 체커 지사장은 얼굴에 화색이 도는 듯했다. 하긴 외모와 어울리지 않게 간간이 풍겨 나오는 알렌 체커 지사장의 허당끼와 나중에 혹시 모를 이러쿵저러쿵 소문까지 고려한다면 오히려 그와 함께 상자를 열어보는 것이 더 나을 듯했다.

"그럼요. 같이 보시죠. 뭐."

도재이는 지사장에게 넘겨받은 상자를 꺼내어 한번 흔들어 보았다. 아무런 소리가 들리지 않았다. 이윽고, 도재이는 허버트 사장의 서명이 적힌 봉인을 뜯었다.

(찌익)

봉인이 뜯겨 나가는 소리에 도재이는 짧게 심호흡을 한 번 하고, 보물 상자를 열듯이 상자의 뚜껑을 열었다. 순간, 짧은 침묵이 흘렀다. 상자 안에 있는 것은 오래된 두 장의 마이크로피셔 필름(마이크로필름의 일종으로, 한 장씩 따로 보관하도록 만들어 기사나 사진을 저장할 때 쓰는 소형 필름)이었다.

"이게… 뭐야…?"

꽤 기대했던 도재이가 느낀 실망만큼이나 알렌 체커 지사장도 적잖이 실망한 표정이었다. 마이크로피셔 필름은 말 그대로 내용을 축소해 놓은 필름이어서 전용 판독기가 있어야 내용을 읽을 수 있기 때문이었다. 마이크로피셔 필름은 컴퓨터가 일상적으로 보급되지 않은 1980~1990년대에 신문이나 잡지 등을 축소해서 저장하기 위한 방법이었다. 이미 USB나 클라우드 같은 저장장치가 일반화된 요즘 세대 젊은 친구들은 마이크로피셔가 무엇인지도 모를 법한 구닥다리 저장매체에 도대체 허버트 브라운 사장은 무슨 내용을 담았고, 또 왜 그것을 도재이에게 전달하려 했는지, 즉시 풀지 못한 궁금증은 도재이를 더 갈증 나게 했다.

"흠…, 아쉽군요. 저도 내용이 무엇인지 상당히 궁금했었는데…"

혹여, 뭔가를 읽어낼 수 있을지 마이크로피셔 필름을 들고 유리창을 뚫고 활주로 쪽에서 들어오는 햇빛에 이리저리 비추어 보던 알렌 체커 지사장은 아쉬운 듯 입맛을 쩍쩍 다셨다.

"그러게요. 저도 어쩔 수가 없군요."

서로의 실망의 이유는 달랐지만, 실망의 감정은 일치했다. 알렌 체커 지사장은 마이크로피셔의 내용을 맨눈으로는 판독할 수 없다는 사실을 두 번, 세 번 확인한 후, 주변을 두리번거리며 심드렁하게 한국의 정치 상황, 북한의 미사일 도발 문제 따위를 건성으로 몇 마디 물어보기 시작했고, 도재이도 건성으로 대답했다. 도재이의 입은 알렌 체커 시사장의 질문에 답하고 있었지만, 머릿속은 온통 허버트 브라운 사장이 보낸 마이크로피셔 필름으로 가득 차있었다.

그 어색한 대화가 정점에 이를 때, 오슬로행 승객의 탑승을 알리는 에어프랑스의 방송이 공항에 울려 나왔다. 바닥에 남은 마지막 커피를 홀짝 마셔버린 알렌 체커 지사장은 드디어 도재이를 버려도 될 때가 왔다는 듯이 훌쩍 자리에서 일어났다.

"저는 이제 가봐야 할 것 같습니다. 신의 가호가 함께하시길…."

"감사합니다. 수고하셨습니다."

알렌 체커 지사장은 예의 처음 만날 때 보였던 시원한 미소를 띠고 이내 시야에서 사라졌다. 도재이는 마이크로피셔 상자를 어깨에 멘 가방에 넣고 오슬로행 에어프랑스기를 타기 위해 걸어가기 시작했다.

> 하늘과 땅이 없어져도 내 말씀은 없어지지 않을 것이다.
>
> - 성서, 마태복음 24:35

알렌 체거

*
* *
*

아미르 세리프 아랍에미리트 지사장이 전화가 온 것과 DHL을 통해 허버트 브라운 사장의 소포가 도착한 것은 거의 동시에 일어난 일이었다.

아랍에미리트의 정식 국가 명칭은 '아랍에미리트연합', 명칭에서 보듯 아랍에미리트연합은 아라비아반도 남동부 페르시아 만과 접하고 있는, 아부다비, 두바이, 샤르자, 아지만, 움알쿠와인, 라스알카이마, 푸자이라, 이렇게 7개의 작은 국가가 연합하여 만들어진 연합체 국가이다. 7개의 연합체 중 가장 크고 영향력이 있는 도시국가가 아부다비이며, 두 번째 서열이 두바이이다. 워싱턴데일리타임즈 아랍에미리트 지사는 두바이 부르츠 칼리파 빌딩 내에 위치하고 있었다. 한국의 삼성물산이 시공한, 지구상에 현존하는 건물 중 가장 높은 지상 828미터 163층 부르츠 칼리파의 144층에 있는 아랍에미리트 지사는 두바이 왕실의 지원이 없으면 유지 자체가 불가능한 것이었다.

눈에 보이는 직급상으로는 알렌 체커 영국 지사장이 아미르 세리프 지사장과 동급이었지만, 두바이 국왕의 셋째 부인의 남동생으로, 두바이 왕실의 전폭적 지지를 받는 아미르 세리프 지사장은 애당초 평범한 영국 웨일즈 출신의 알렌 체커 지사장과는 출발부터가 아예 상대가 되지 않는 레벨이었다.

"네, 알겠습니다. 하지만, 도재이 기자가 나중에 알게 되면 충격이 클 텐데요. 네, 네, 알겠습니다. 걱정하지 마십시오, 틀림없이 제가 직접 도재이 기자에게 전달하겠습니다."

알렌 지사장은 스스로가 다소 비굴하다고 느꼈지만, 같은 직급이랍시고 아미르 세리프 지사장의 지시에 이러쿵저러쿵 토를 달만 한 멍청이는 아니었기에 서둘러 전화를 끊었다.

'도재이 기자가 런던 히스로 공항에 도착하기까지 6시간이 채 남지 않았군…. 서둘러야겠는걸.'

워싱턴데일리타임즈 런던 지사의 사무실은 런던의 상징이라 할 수 있는 웨스트민스터 사원과 빅벤이 위치한 다우닝가 칵스톤 하우스와 영국 대법원 건물 뒤쪽으로 세인트 제임스 파크 호수가 한눈에 들어오는 4층짜리 건물에 있었다. 사무실에서 히스로 공항까지 직선거리야 30km가 채 되지 않는 거리지만, 비행기 탑승권이 없는 상태에서 공항 내 탑승 대기 장소를 들어가기 위해서는 외교부와 이민국의 특별 허가와 에스코트가 있어야 하기에, 6시간은 결코 넉넉한 시간이 아닐 터였다.

알렌 지사장은 서둘러 회사에서 공식적으로 지급한 영국산 투명 스마트폰인 '폰원'을 꺼내어, 외교부 차관인 케임브리지대학 선배의 전화번호를 검색하기 시작했고 곧이어 버튼을 눌렀다.

"헬로우, 친구! 오랜만이야. 잘 지내지?"

전화기 너머에서 들리는 목소리는 경쾌했다.

"아. 차관님 물론입니다. 저는 잘 지내고 있습니다. 차관님도 별일 없이 잘 지내시지요!"

알렌 지사장도 반갑게 인사를 나누었다.

"그럼 그럼. 근데 간만의 전화인데 이번에는 또 무슨 부탁이지?"

폴 맥도널드

영국 외교부 사무차관,

1961년 3월 9일생,

케임브리지 대학 졸업,

2003년~2006년 주이스라엘 대사,

2006년~2007년 외교부 이라크 국장,

2007년~2010년 총리 외교 보좌관,

2010년~2015년 주독일 대사,

2015년~현재, 외교부 사무차관.

부인과 자녀 4명, 장인인 패트릭 라이트 역시 1986년~1991년 외교부 사무

차관을 역임.

어깨에 전화기를 걸친 채, 두 손으로 사내 전산망을 통해 폴 맥도널 드의 자료를 보던 알렌 체커 지사장은 폴 차관의 단도직입적인 질문에 정곡을 찔린 듯 움찔하면서 하마터면 전화기를 떨어뜨릴 뻔했다.

"아, 죄송합니다. 선배님, 항상 부탁이 있을 때만 전화를 드리는 것 같군요."

영국 내에서 케임브리지 대학의 인맥은 대단한 것이었다. 현 찰스 3 세 국왕을 비롯한 대부분의 역대 국왕들이 케임브리지에서 수학했고, 헨리 캠벨배너먼 총리를 비롯하여 총 10명의 영국 총리가 케임브리지 졸업생이며, 영국뿐만 아니라 리셴룽, 리콴유 전 싱가포르 총리, 만모 한 싱, 자와할랄 네루 전임 인도 총리, 주세페 콘테 전 이탈리아 총리, 툰쿠 압둘 라만 말레이시아 총리도 케임브리지 동창 명부에 그 이름 이 올라가 있다. 그뿐만 아니라, 버트런드 러셀, 토머스 홉스, 프랜시 스 베이컨 등 철학, 문학, 역사, 경제의 수많은 명사가 케임브리지 출 신이기도 하다. 영국에서 케임브리지 출신이라는 것은 단순한 동창을 넘어서는 암묵적인 카르텔 같은 것이었다.

"선배님, 죄송하지만 히스로 국제공항청사 출입증이 좀 필요합니다. 노르웨이 오슬로로 트랜스퍼 하는 한국인 한 명에게 전달해야 할 물 건이 있어서요. 저도 오늘 아침에 급하게 지시를 받은 것이어서 선배 님께도 급하게 부탁을 좀 드리겠습니다."

알렌 체커 지사장은 최대한 간결하게 그러나 명확히 목적을 밝혔다.

"알았네, 급한 부탁이니 급하게 처리해 주어야겠지. 공항공단에 이 야기해 놓겠네. 출입증을 어디서 받을지는 문자로 남겨 놓겠네. 또 다 른 부탁은 없고?"

"아닙니다. 감사합니다. 언제 한번 식사 대접하겠습니다. 아! 말 나온 김에 내일 저녁 어떠세요, 선배님? 마침 르 가브로쉐(Le Gavroche) 레스토랑이 이번에도 미슐랭 별 3개를 획득했다는 소식을 들었는데, 간만에 부부 동반으로 식사 한번 하시죠."

"오, 그래? 그럼 내일 저녁 8시 괜찮아? 간만에 부부 동반으로 한번 뭉치자고. 마침 샤토 파비(Chateau Pavie) 와인 한 병을 프랑스 대사님한테 선물 받았는데, 내일 가지고 갈게."

폴 맥도널드는 시원시원하게 약속을 승낙했다.

"그래, 그건 그렇고 지난번 내가 이야기 한 건은 잘 되고 있겠지?"

비즈니스의 기본은 기브 앤 테이크이다.

폴 맥도널드 차관은 기회를 놓치지 않고, 몇 개월 전, 알렌 체커 지사장에게 영국 외교부의 이란 핵합의(JCPOA)에 대한 입장을 긍정적으로 보도해 달라는 부탁을 상기시켰다.

"네, 알고 있습니다. 염려하지 마십시오. 그러지 않아도 제가 제 라인에 있는 후배 하나를 콕 집어서 차관님 일에 배정했습니다. 아, 물론 편집 방향도 넌지시 알려놓았구요. 또, 그 친구가 캠브리지 후배 아닙니까 흐흐, 곧 특별기사로 지원사격을 하겠습니다."

"그래 그래, 자네만 믿어. 요즘은 언론에서 지원을 못 받으면…, 아니 아니, 지원은 둘째치고 씹지만 않아도 좋겠어. 암튼, 자네가 요청한 건은 한 시간 내에 처리해 줄 테니 일 잘 보고 내일 저녁에 마누라들이랑 보자고."

"넵, 감사합니다. 낼 뵙겠습니다."

다섯 시간 뒤, 알렌 체커 지사장은 허버트 브라운 사장이 도재이에게 전달해 달라고 한 작은 상자를 손에 꼭 쥐고, 히스로 공항 에어프랑스 탑승구에 서있었다.

도재이 기자를 알아보는 것은 그리 어려운 일이 아니었다. 오슬로행 에어프랑스 항공사 게이트에는 동양인은 한 사람밖에 없었기 때문이었다.

'저 사람이 과연 그 일을 해낼 수 있을까…?'

해변으로 밀려 나와 축 널브러진 미역 같은 도재이를 보고 알렌 체커는 의심이 들었지만, 상부의 명령이니 믿을 수밖에 없다는 생각이 들었다. 알렌 체커는 다가가서 말을 걸었다.

"저, 도재이 기자시죠? 저는 런던 지사장 알렌 체커라고 합니다."

세상은 무너지고, 별들은 쏟아질 것이며,
바다는 치솟고 무더기가 된 산들이 움직일 때 그날이 됨을 알리라.

- 쿠란, 알-인피타르 81:1-4

오슬로

*
*
*

얼마나 잤을까, 도재이는 기내 방송에 눈을 떴다.

"탑승객 여러분, 좋은 여행 되셨습니까? 저희 에어프랑스 AF1274 편은 지금부터 약 30분 뒤에 목적지인 오슬로 가르데르모엔 국제공항에 도착할 예정입니다. 등받이와 의자를 원 위치해 주시고, 모두 안전벨트를 착용하셨는지 다시 한 번 확인해 주시기 바랍니다. 저희 에어프랑스는 승객 여러분의 편안한 여행을 기원하며, 곧 다시 뵐 수 있기를 희망합니다. 감사합니다."

프랑스어와 영어, 노르웨이 언어인 노르스크어까지 3개 언어방송이 끝나자, 비행기는 고도를 낮추기 시작했다.

가르데르모엔 노르웨이 공항의 입국장은 생각보다 굉장히 작았다.

그러지 않아도 작은 공항에 열려있는 입국심사 창구도 단 4개밖에 되지 않아 이미 긴 줄이 형성되어 있었다. 그나마 EU 여권의 경우는 별도의 창구가 있어서 빠르게 입국심사가 이루어지지만, 나머지 국가 여권 소지자는 어쩔 수 없이 긴 줄 끝에 서서 차례를 기다리는 수밖에 없었다. 기다리는 승객들을 배려해서인지, 입국심사대 옆 벽면에 대형 티브이를 설치해 CNN 뉴스를 틀어놓았다. 도재이도 틀어진 티브이에 시선을 고정하고, 기다림의 지루함을 달래고 있었다.

우크라이나군이 북동부 하르키우수에서 대규모 영토를 탈환하며 성과를 거두고 있습니다. 지난달 말 우크라이나는 남부 헤르손과 하르키우에서 공세를 펼쳐 상당한 성과를 낸 이후, 거세게 러시아를 몰아붙이는 모양새입니다. 미국의 고속 기동 포병 로켓 시스템(HIMARS)과 유도형 다연장로켓포(GLMRS)가 우크라이나에 공급된 이후, 우크라이나 전력은 눈에 띄게 상승하였고, 우크라이나 공군의 고속 대 레이더 미사일(HARM)은 러시아군의 레이더를 무력화하고 있습니다.

러시아와 우크라이나의 전쟁 상황을 보도하는 화면을 응시하던 도재이는 화면 밑에 붉은색 자막으로 떠있는 긴급 속보를 보고 깜짝 놀라, 기껏 기다렸던 줄을 이탈하여 티브이 앞으로 달려갔다. 자막에는 '워싱턴데일리타임즈 허버트 브라운 사장 피살'이라고 선명하게 쓰여있었다. 곧이어 관련 뉴스가 속보로 진행되었다.

오늘 오후 워싱턴 현지 시각 오후 열두 시 이십 분 경 워싱턴데일리타임즈 지의 사장이자 튜너 매거진 그룹의 대주주인 허버트 브라운 씨가 피살당 했습니다. 누가 살해했는지는 아직 알려지지 않았고, 다수의 괴한에게 칼에 찔려 살해를 당한 것으로 알려졌습니다.

허버트 브라운 사장은 그가 자주 들르던 카페에서 식사를 하고 커피를 구매한 것이 최종 확인되었으며, 그 카페에서 불과 한 블록 떨어진 뒷골목에서 정체불명의 괴한들에게 난자당해 살해된 것으로 알려졌습니다. 경찰의 말에 의하면 목격자는 전혀 없었던 것으로 보이며, 경찰은 긴급히 현장을 폐쇄하고 주변 CCTV를 확인하고 있다는 소식입니다.

사망 추정 시간으로부터 약 10여 분이 경과한 후에, 이 골목길을 지나가던 한 시민이 쓰러져 있는 허버트 브라운 사장을 발견하고 경찰에 신고했지만, 경찰과 구급차가 도착했을 때는 허버트 브라운 사장은 이미 사망했던 것으로 알려졌습니다. 워싱턴 경찰청은 특별 조사팀을 구성해서 현장에 급파했으며, 사체는 워싱턴 퀸스 메디컬 센터로 부검을 위해 이송된 상태입니다. 현장은 경찰에 의해 철저히 출입이 통제되고 있습니다. 예기치 않은 사고를 당한 워싱턴데일리타임즈지는 당혹스런 표정을 감추지 못하고 있으며, 이 시각 현재 긴급 비상 임원회의가 열리고 있습니다.

허버트 브라운 사장이 대표이사로 취임한 이후로 공격적인 M&A를 통해 종합 미디어 그룹으로 성장한 워싱턴데일리타임즈는 이번 사태로 인해 치명적인 경영 공백 사태가 예상됩니다. 검찰은 일단 원한 관계에 의한 살인으로 보고 주변 인물들을 중심으로 수사를 전개하고 있습니다. 더 자세한 소식이 들어오는 대로 알려드리겠습니다.

이상 워싱턴에서 CNN 뉴스 찰리 도로시였습니다.

뉴스에서 나오는 소리가 동굴 속의 메아리처럼 도재이의 뇌와 고막 사이에 진동하고 있었다. 워싱턴 시각으로 열두 시 이십 분이면 아까 런던 공항에서 알렌 체커 지사장에게 마이크로피셔 상자를 넘겨받던 시간이 아닌가? 허버트 브라운 사장이 건네준 마이크로피셔가 도재이 기자에게 전달되던 순간에 사장 자신은 끔찍하게 살해당한 것이었다.

'뭔가 있다!'

순간 도재이는 머리카락이 쭈뼛 서는 것을 느꼈다. 도재이는 가방에서 마이크로피셔 상자를 꺼내어 꼭 움켜쥐었다. 온갖 생각이 머리를 스쳐 지나갔다. 갑작스러운 노르웨이의 발령, 런던 공항에서의 알렌 체커 지사장과의 예기치 않은 만남, 허버트 브라운 사장의 소포, 그의 죽음….

다시 대기열로 돌아온 도재이는 서둘러 스마트폰의 전원을 켰다. 한국에서 출발하기 전 이미 로밍서비스를 신청하였기에 바로 통화가 가능할 터였다. 스마트폰을 켜자마자 대한민국 외교부에서 보내는 여행자 주의사항 문자가 쏟아졌다. 도재이는 검색엔진을 열어 우선 허버트 브라운 사장의 이름을 검색해 보았다. CNN, ABC를 비롯한 모든 언론사가 긴급하게 미디어 재벌의 살해 소식을 발 빠르게 전하고 있었다.

도재이는 몇 가지 기사를 검색한 후, 스마트폰 번호 저장 목록을 엄지손가락으로 훑어 내리기 시작했다. 몇 군데 멈추었다가 결국 그중에서 한 명의 이름을 선택했다. 한국 시간으로는 새벽이었다. 도재이는 잠시 망설이다가 결심한 듯, 발신 버튼을 눌렀다. 한참 신호가 울린 후, 도재이가 전화를 끊으려 할 때 상대방이 전화를 받았다.

"해진 씨, 나 도재이 기자야."

"네? 뭐예요. 지금 몇 시인지는 알고 전화하신 거예요? 노르웨이에는 도착했어요?"

전화기 너머의 목소리는 침착했지만, 짜증이 완연하게 배어있었다.

"아, 미안미안. 지금 오슬로 공항에 도착했고, 워낙 급한 일이어서 한국은 새벽인 걸 알지만 전화했어."

도재이의 목소리는 오랜 비행 때문인지, 지금 당한 상황의 황망함 때문인지 추욱 가라앉아 있었다.

"무슨 급한 일이기에 이 새벽에 저에게 전화하셨을까요?"

해진은 역시 까칠한 목소리로 비꼬듯이 쏘아붙였다.

"나도 지금 방금 뉴스를 보고 알았는데, 혹시 본사 허버트 브라운 사장님이 피살되었다는 소식을 알고 있어?"

"네? 뭐라구요?"

강심장 해진도 갑작스러운 본사 사장의 피살 소식에는 소스라치게 놀라는 눈치였다.

"나도 깜짝 놀라긴 마찬가지야. 근데, 황당한 것이 몇 시간 전에 영국 공항에서 허버트 브라운 사장님이 런던 지사장을 통해서 나한테 보내신 소포 하나를 받았어. 열어봤더니 마이크로피셔 필름이어서 판독은 못 했지만, 이게 혹시라도 허버트 사장님의 피살과 연관이 있을까 싶어서…."

도재이는 최대한 침착하게 지난 몇 시간 동안 일어난 일을 해진에게 설명했다.

도재이가 전화할 상대로 해진을 선택한 이유는 단순한 것이었다. 제임스 고든 한국 지사장에게 소식을 전하는 가장 빠른 방법이기 때문이었다. 도재이의 예측은 맞았다. 수화기 너머로 제임스 지사장의 목소리가 들려왔다.

"미스터 도, 지금 한 말이 사실인가요?"

"네 네, 지사장님, 저도 어떻게 상황이 돌아가는 것인지 모르겠습니다."

"알았어요, 일단 나도 지금 상황을 알아볼 테니까 내가 연락할 때까지 허버트 사장님이 보내셨다는 소포에 대해서는 누구한테도 말하지 마세요. 내가 아침에 확인해 보고, 따로 전화하겠습니다."

제임스 지사장은 해진과 같이 있다는 사실이 알려지는 것 따위는 전혀 개의치 않고 해진의 전화를 빼앗아서 다급하게 이야기했다.

"네, 알겠습니다."

전화를 끊은 후, 도재이는 계획을 바꾸기로 했다. 예약한 숙소가 아닌, 먼저 워싱턴데일리타임즈 오슬로 지사로 가기로 마음먹었다. 허버트 브라운 사장의 피살 소식을 접하고 나니, 그가 보낸 마이크로피셔 필름을 판독을 내일까지 미루고서는 도저히 잠들 수 없을 것 같았다. 오슬로 지사에는 마이크로피셔 판독기가 있을 것이었고, 그 누군가 숙직을 하는 직원이 있으면 사정을 해서라도 마이크로피셔에 어떤 내용이 있는지 살펴볼 참이었다.

길게 느껴졌던 줄도 없어지고, 도재이는 이제 입국 심사관 앞에 섰다.

이제 세상이 다가오고 있으며, 불행한 것은 긴박하게 다가오고 있노라.
또한, 놀랄 만큼 지독한 죽음의 문을 열어 놓을 것이며,
이는 복수하는 신의 노여움에 의해 이루어지리라.

－ 노스트라다무스 예언서 중

허버트 브라운

*
*
*

이제 모든 것이 드러날 때가 되었다.

허버트 브라운 사장은 최대한 동공을 확장시켜 흐린 날씨의 자외선
을 많이 받아들였다.

'도재이 기자에게 모든 것이 달려있다….'

허버트 브라운 사장은 혼잣말로 중얼거리며 옷깃을 추슬렀다.

'그가 잘해낼 수 있을까…?'

웨스트 윙 카페는 워싱턴 D.C 뉴저지 애버뉴 300번지에 있는 델리
카페였다. 직사각형의 유리로 이루어진 카페는 시원시원한 공간감이
마음에 들기도 했지만, 햇볕이 좋은 날에는 야외 테이블에서 식사를

즐길 수 있다는 장점도 있었다. 6개밖에 없어서 경쟁이 심하긴 하지만. 국회의사당과 붙어있는 워싱턴데일리타임즈 본사 빌딩에서 걸어서 5분 거리에 있다는 사실을 제외하고도, 허버트 브라운 사장은 웨스트 윙 카페의 고집스러운 운영방식과 그에 걸맞은 다양한 음식에 만족하는 편이었다. 카페 측에서 '씨 월드 샐러드'라 이름 붙인, 상추, 시금치, 토마토, 오이, 그린 완두콩, 아보카도, 오렌지에 훈제연어를 큼직하게 썰어서 넣은 샐러드는 언제나 주문하는 단골 메뉴였다. 여기에 칠면조와 프로볼로네 치즈, 바삭한 베이컨, 토마토, 볶은 후추와 러시아 드레싱으로 마무리한 '핫 파니니'는 완벽한 조화를 이루는 메뉴였다.

특별한 외부 스케줄이 없는 이상, 거의 매일 이곳에서 점심을 먹고, 에스프레소에 화이트 초콜릿과 캐러멜 시럽, 우유 거품으로 마무리한 밀키웨이 카푸치노 한 잔을 테이크아웃 해서 사무실로 산책하듯이 걸어가면서 마시는 것이 사실 하루의 유일한 낙일 정도였다.

오늘도 같은 메뉴로, 방문한 워싱턴 주지사 아놀드 인슬리와 점심을 마치고, 역시나 오른손에는 밀키웨이 카푸치노를 들고 카페를 나섰다. 워싱턴 주지사 아놀드는 겉으로는 기후변화 문제를 중요하게 생각하고, 클린 에너지 산업을 육성하고 환경 보호를 강화하는 활동에 워싱턴데일리타임즈의 지원사격을 바라는 듯했지만, 사실 핵심은 워싱턴 주의 대마초 합법화에 방점을 두고 허버트 브라운 사장의 지지를 부탁해 왔다.

아놀드 주지사와 식사를 마친 허버트 사장은 계산하고 카페를 나섰다. 웨스트 윙 카페에서 본사 빌딩까지는 로우어 세넛 공원을 거쳐 스탠턴 공원을 향해 뻗어있는 D 스트리트 노스웨스트거리와 콜럼버스

서클 노스이스트 대로를 따라서 갈 수 있지만, 허버트 브라운 사장은 웨스트윙 카페의 뒤 블록 좁은 옛날식 골목으로 가는 것을 더 좋아했다. 좁고 꼬불꼬불한 골목이었지만, 옛날 붉은 벽돌로 지은 집들과, 삐뚤빼뚤 늘어서 있는 가로등 사이를 걸으면 허버트 브라운 사장은 항상 고향에 있는 듯 기분이 평온했다.

오늘도 낯익은 골목으로 접어드는 순간이었다. 허버트 브라운 사장의 눈에 흐릿하긴 하지만 청년들의 모습이 들어왔다. 한 녀석은 검은색 후드티를 입고 메이저리그 지역 구단인 워싱턴 내셔널스 로고가 보이는 모자에 후드까지 깊숙이 눌러쓰고 있었고, 다른 녀석은 바지를 내려 입는 로우라이즈 배기팬츠에 헐렁한 셔츠를 입었다. 둘 다 검은색 마스크를 눈 밑까지 올려 쓰고 선글라스까지 착용하고 있어, 사실상 얼굴은 전혀 알아볼 수 없었다.

저벅저벅 다가오는 자못 등등한 기세에 눌려 허버트 브라운 사장은 한쪽으로 비켜섰다. 녀석들이 그가 비켜선 방향으로 같이 비켜섰다. 허버트 브라운 사장은 엄습하는 불길한 기운에 뒤로 돌았다. 이제 앞이 되어버린 뒤에도 다른 녀석이 있었다. 그는 다시 뒤로 돌아섰다. 야구모자를 쓴 녀석이 허버트 브라운 사장의 앞으로 확 다가섰다. 순간, 무언가 뜨거운 것이 허버트 브라운 사장의 옆구리를 스치고 지나갔다. 허버트 브라운 사장이 아래를 내려다보니 입고 있던 버버리 트렌치코트에 붉은 피가 번지고 있었다. 코트를 들춰 보았다. 잘린 살 사이로 분수처럼 피가 뿜어져 나왔다. 그는 순간 동공을 축소했다. 멀리 있어 흐리게 보였던 미 의회 의사당의 순백색 원형 지붕 첨탑이 순간 선명해졌다. 또 뜨거운 것이 등 뒤에서 늑골 사이로 밀고 들어왔다. 허리가 쫙 소리를 내며 튕기듯 움츠러들었다.

"하악!"

입에서는 하얀 연기가 쉴 새 없이 뿜어져 나왔다. 서있을 수가 없었다. 최대한 동공을 축소했다. 초점을 잡으려고 노력했다. 녀석들의 얼굴을 하나라도 기억해야 했다.

"헉!"

이번에는 어깨였다. 팔을 뻗어 옆에 있는 가로등 기둥을 잡으려고 했지만, 팔은 의지와는 상관없이 몸에서 덜렁거리고 있었다.

"제발… 그만…."

억지로 뱉은 말에 울컥 피가 솟아 나왔다. 장기가 손상을 입어 피가 역류한 모양이었다. 다시 배가 뜨거웠다. 그는 상처를 쳐다보았다. 그의 피부조직은 깊은 자상을 이겨내지 못하고 껍질이 밖으로 밀려 나와서, 피부 안쪽의 허연 지방조직이 꾸역꾸역 잘린 단면을 밀고 나오고 있었다. 그 사이로 뿜어져 나오는 혈액은 움켜쥐고 있는 손가락 사이로 서서히 굳어가고 있었다.

다시 아랫배…

다시 목…

칼날은 오른쪽 귀밑 외경동맥을 자르고 지나갔다. 본능적으로 뇌는 오른팔을 들어 뿜어져 나오는 피를 막아보려 했지만, 이미 신경이 절단된 팔은 뇌의 긴급한 명령에도 무기력하게 축 처져서 꿈틀대고 있었다. 귀, 눈, 코, 입, 얼굴 근육 등에 혈액을 공급해 머리와 얼굴 부분을 살아있게 하는 외경동맥의 절단은 허버트 사장의 시각과 후각, 그리고 촉각을 한순간에 무디게 만들었다.

이제는 아프거나 뜨겁지는 않았다. 그나마 청각은 제대로 작동해서 녀석들이 그의 몸에 칼을 꽂아대는 소리가 들렸다. 정확히 13번의, 그 것도 급소만을 향한 칼질은 허버트 사장의 죽음만을 목적으로 하기에 는 분명 지나친 것이었다. 보도블록에 뿌려진 피가 순식간에 눈앞으 로 다가왔고, 허버트 브라운 사장의 얼굴은 보도블록에 처박혀 감각 이 없었다. 갑자기 추위가 몰려왔다. 견딜 수 없는 추위였다. 그리고 졸음이 몰려왔다.

그의 호흡이 끊어지면 흙으로 돌아가서 그 날에 그의 생각이 소멸하리로다.

- 성서, 시편 146편 4절

데이비드와 라미네즈

*
*
*

"드디어 그분의 은총이 내렸어."

데이비드는 건조한 표정으로 기도하고 있던 라미네즈에게 말을 건넸다. 그 말을 들은 라미네즈는 여전히 고개를 숙이고, 가지런히 모은 손을 풀지 않은 채 속삭이듯 말했다.

"헌신과 희생으로 정결하게 하소서."

데이비드와 라미네즈는 루이지애나주 먼로시에서 쌍둥이로 태어났다. 어린 시절, 매춘부인 누나가 사실은 어머니고, 어머니는 할머니라는 사실을 알고 여성에 대한 강한 증오심을 품고 살았다. 이 증오심은 17살이 되던 해에, 뒷골목에서 마리화나를 피우던 두 형제에게 침을 뱉고 지나가던 45세 백인 여성을 주먹으로 때려죽이는 것으로 처음

표출되었다. 형제의 무자비한 주먹질에 여성은 비명을 질러댔지만, 같이 마리화나를 피워대던 동네 녀석들이 폭행 현장을 둘러싼 채 어깨에 메고 다니던 구형 오디오에 갱스터 랩을 크게 틀면서 같이 소리를 질러댄 덕에 거리를 지나던 다른 사람들은 폭행이 이루어지고 있는지도 몰랐다. 한참이 지나 신고를 받은 경찰이 현장에 도착했을 때는 이미 피해 여성은 두개골 골절과 뇌진탕 장기파열로 사망한 후였고, 용케 현장에서 검거되지 않은 형제는 이후 루이지애나 각 도시를 오가며 살인과 강도질을 반복했다. 미 전역에 지명수배된 형제가 할 수 있는 것은 또 다른 범죄밖에 없었다. 두세 건의 추가적인 강도 살인 후, 범죄는 점점 엽기적으로 변해 갔고 살인에 대한 감각도 무디어졌다. 여성을 강간, 살해하고 그 시신의 일부를 훼손해 냉장고에 보관 후, 이웃을 초대해 소고기라 속여 같이 구워 먹은 것으로 밝혀져 미국 사회를 발칵 뒤집어 놓았다. 밝혀진 살인만 13건, 루이지애나주 일대를 공포로 몰아넣은 형제는 결국 검거되어 아직 사형제도가 존재하는 루이지애나 주법에 따라 각각 전기의자 사형이 선고되었다.

전기의자 사형이, 모든 인류가 존경해 마지않는 에디슨이 당시 경쟁자였던 테슬라의 교류 방식을 질투하여, 테슬라의 교류 송전 방식을 비판하기 위하여 만든 발명품이라는 걸 아는 이는 많지 않다. 1890년 첫 전기의자 사형 집행 대상자였던 윌리엄 켈러 사형 집행 시 에디슨의 권유에 따라 사형수의 손을 소금물에 담그고 1,600볼트의 교류 전류를 흘렸으나 8분간이나 살아있었고, 당황한 에디슨은 2,000볼트로 전류를 올렸다. 온몸의 수분이 증발하고 피부가 타들어 갔지만, 여전히 윌리엄 켈러는 온몸에서 연기를 내 뿜으며 비명을 질러댔고,

사형을 집행하던 교도관들은 구역질을 하며 사형실을 뛰쳐나갔다. 에디슨은 미친 듯이 전류를 올렸다. 2,500볼트, 3,000볼트, 마침내 전압을 3,200볼트로 올리고 나서야 20분 만에 심장이 멈추었다. 사형실은 피와 살이 타는 연기와 냄새로 자욱했다. 이 잔인한 처형 방식은 산 채로 불태워 죽이는 중세 마녀사냥과 비견되기도 했으나 루이지애나와 같은 보수적인 주에서는 데이비드와 라미네즈 같은 연쇄 살인마들에게는 자신들이 피해자에게 준 고통을 경험해 봐야 한다는 여론이 강해 아직도 선호되는 처형 방식이기도 했다.

데이비드와 라미네즈는 미국 최악의 감옥이라 불리고, 수감자 5,108명 가운데 90%가 사형수나 가석방 없는 종신형을 판결받은 중범죄자들만 모아놓은 루이지애나 앙골라 교도소에 수감되었다. 루이지애나 주 법원은 주민들의 탄원과 여론에 밀려 이례적으로 판결 3개월 만에 사형 집행일을 결정하였다. 게다가 미국 역사상 처음으로 동시에 같은 장소에서의 사형이 결정되었다.

데이비드와 라미네즈 형제는 국선 변호인의 조언에 따라, 3개월 만의 사형 집행은 인권유린이라고 국제사면위원회(Amnesty International), 인권협약기구(Treaty-based bodies), 시민적정치적권리위원회(CCPR), 경제적사회적문화적권리위원회(CESCR), 인종차별철폐위원회(CERD), 프리덤하우스 등에 무작정 편지를 보냈다.

엠내스티 관개자들 보시오.

우리는 채근 사형을 선고받은 데이비드와 라미네즈요. 우리 형제는 몸을
팔아 먹고사는 불쌍한 창녀의 아들들로 태어났소. 아비가 누군지도 당연
히 모르지! 당신들도 우리와 같은 형편에서 태어났다면 우리와 가튼 선택
을 할 수밖에 업썼을 거요. 즉, 우리 잘못이 아니라 우리를 이러케 만든 새
상의 잘못이라는 거요. 또, 죽은 년들도 가마니 있었으면 안 주것을 것을,
내 얼굴에 손톱자국을 내고 반항을 심하게 하니 죽일 수바께 없었소. 이
거슨 사실이요. 실제로 우리가 강간한 년 중에 반항하지 않았던 세 명이
나 풀어주었단 말이야. 물론 그중 풀어준 은해를 모르고 경찰에 신고한 한
년은 다시 찾아가 죽이기는 했지만 말이요. 이런 점들은 고려하지 않고,
재판장은 개인적인 감정 때매, 우리를 불법적으로 3개월 만에 전기의자로
보내려 하고 있소.

당신들이 하는 일이 바로 우리 가튼 억울한 사람들이 사형당하지 않게
도와주는 거 아니요! 시간이 업스니 빠르게 도와주기 바라오. 그리고 우
선 영치금을 5,000불만 너어주시오. 이곳에서 대마초라도 몰래 사 피려면
돈이 필요하요. 당신들은 우리 같은 사람을 핑계대고 년간 수백만 불을 모
금한다고 들었소. 거기에 비하면 우리가 요구하는 금액은 아무것도 아니
자나? 그러면 당신들이 얼마나 빨리 도와줄지 기다리게쏘.

       루이지애나 앙골라 교도소에서 데이비드와 라미네즈가

살인마들이 본인들의 목숨을 구명하고자 보낸 편지들은 그 편지를 받고 황당해했던 국제 인권 단체의 극단적인 공분을 샀다. 국제 인권 단체는 이 편지를 언론에 공개하기로 결정했고, 피해자 중 한 명의 아버지가 ABC 방송국 보도 국장으로 근무했던 탓에 미국 주요 매체들이 경쟁적으로 잔인하고 최소한의 반성도 없는 살인마들에 대해서 대서특필을 하기 시작했고, 일부 루이지애나 지방 방송사는 데이비드와 라미네즈의 일대기를 다룬 다큐멘터리를 만들어 방영하기까지 했다. 덕분에 미 전역이 분노로 들끓었다. 오히려 그나마 있던 사형 폐지론자들의 동정론조차 분노로 바뀌었고, 연일 데이비드와 라미네즈가 수감되어 있는 앙골라 교도소 앞에서 형제의 사형 조기 집행을 촉구하는 단체들의 시위가 계속되었다. 심지어 시위대는 형제에게 국제 인권 단체에 구명 편지를 쓰라고 조언했던 국선 변호사 사무실에까지 몰려가 유리창을 깨고 소란을 피워댔다. 근 한 달간의 한바탕 소란이 있은 후, 데이비드와 라미네즈 형제는 자포자기했다. 하루 종일 멍하니 좁은 감방의 천장만 쳐다보고 있을 때, 잭슨 교도소장이 찾아와 쪽지를 건넸다.

"너희가 육신대로 살면 반드시 죽을 것이로되 영으로써 몸의 행실을 죽이면 살리니 무릇 하느님의 영으로 인도함을 받는 그들은 곧 하느님의 아들이라(성서, 로마서 8장 13절, 14절)."

무슨 의미인지는 잘 모르지만, 아예 삶의 희망을 놓아버린 데이비드와 라미네즈 형제에게 묘한 위안을 주는 글귀였다. 두 사람은 하느님의 영이 무엇인지 생각해 보았다.

'한 번만, 단 한 번만 기회가 더 주어진다면…'

쓸데없는 희망인 걸 알지만 형제는 저 어딘가에 있을지도 모르는 신을 향해 기도했다. 사형 집행일을 미리 알려주는 애리조나 주법에 따라 두 형제는 자신들의 이 땅에서의 마지막 날을 통보받았고, 사형 집행일이 가까워져 올수록, 데이비드와 라미네즈 형제의 기도는 간절해졌다.

사형 집행일 당일, 교도관이 데이비드와 라미네즈 형제에게 미리 주문을 받았던 최후의 식사인 켄터키 프라이드 치킨과 감자튀김 그리고 콜라를 제공했을 때까지만 하더라도 두 형제는 여전히 담대한 척 허세를 부려댔다. 하지만 그날 오후 막상 교도관들에 의해 전기의자 사형실로 질질 끌려가면서부터는 형제는 이미 정신줄을 놓았다. 자신들이 저지른 범죄의 피해자들이 맞닥뜨렸던 공포와 고통을 처음으로 스스로 느꼈지만, 자신들이 직접 마주친 죽음의 그림자는 견딜 수 없는 것이었다. 교도관들이 절차에 따라 그들을 전기의자에 묶었을 때, 형제는 확정적으로 다가올 죽음의 그림자에 자신들도 모르게 오줌을 지렸다. 교도관들이 두 형제를 전기의자에 고정시킨 후, 잭슨 교도소장의 명령으로 교도관들은 모두 밖으로 나가고, 잭슨 교도소장과 검은 사제복을 입은 사람, 사망선고를 내릴 흰 가운을 입은 의사, 시체를 관에 넣을 장의사만 남아 두 형제를 둘러쌌다. 사형실 앞쪽에는 별도의 방이 유리 칸막이로 구분되어 있었고, 피해자의 가족들이 살인마의 최후를 관람하기 위해 유리창 건너편 방에 착석해 있었다.

"마지막으로 할 말은 없는가?"

검은 복장의 사제의 마지막 질문에, 데이비드와 라미네즈는 하느님이 자신들의 영혼을 받아주길 기도해 달라고 했다. 사제는 성호를 그었고, 악마들의 마지막 가는 길에 신의 자비를 빌었다. 유리창 밖의 피해자 가족들은 오열을 터뜨리며, 살인마에게 베풀어지는 최후의 자비에 대해서 항의했다. 교도관이 다시 들어와 피해자 가족들과 살인마들 사이를 가로막은 유리창의 커튼을 닫고 다시 나갔다.

그때였다. 검은 복장의 사제는 두 사람에게 다가와 귀에다 이상한 질문을 속삭였다.

"한 번의 기회가 더 주어진다면 신의 은총을 받아들이고 신의 뜻에 복종하겠는가?"

공포에 질려 전기의자에 앉아있던 데이비드와 라미네즈 형제는 극심한 스트레스로 인해 실핏줄이 터진 눈으로 사제를 바라보았다.

"그게 무슨⋯."

"신의 은총을 받아들이고 신의 뜻에 복종을 맹세한다면 이곳을 나가게 될 거야."

사제는 낮은 목소리로 형제에게 다시 한 번 속삭였다.

"무슨 말씀인지는 잘은 모르겠지만, 제가 신의 뜻에 복종을 맹세한다면 이 전기의자에서 풀어주신다는 의미입니까?"

벌벌 떨면서 겨우 입을 뗀 데이비드에게 사제는 희미한 웃음을 띠며 이야기했다.

"그렇다. 신의 뜻에 복종하겠는가?"

데이비드와 라미네즈는 그것이 무슨 의미인지 알지 못했지만, 눈물과 콧물이 범벅된 채로 크게 그리고 여러 번 고개를 끄덕였다. 그 모습을 본 사제는 잭슨 교도소장에게 눈짓을 보냈고, 곧이어 잭슨 교도소장은 데이비드와 라미네즈의 손가락에 연결된 단자를 분리한 후,

밖에서 대기하던 교도관들에게 스위치를 올릴 것을 명령했다. 비록 단자는 빠져있었지만 2,000볼트가 넘는 전류가 흐르는 전기의자는 불꽃을 튀겼다.

"으아아아…."

전기 불꽃이 튀는 소리만으로도 데이비드와 라미네즈는 비명을 질렀다. 가려진 커튼 뒤의 피해자 가족들은 사형수들의 비명을 들으며, 증오와 슬픔의 성호를 그었다. 4분의 시간이 경과된 후, 잭슨 교도소장은 같이 있던 의사에게 사망진단서를 발급하게 했고, 장의사가 준비해 온 관에 두 사람을 넣게 했다. 두 사람의 관은 미리 밖에서 기다리고 있던 수도회의 차량에 실렸고, 곧 차량은 출발했다.

이름 모를 콜로라도주의 어느 수도원에서 형제는 거듭났다. 수도원의 사제는 데이비드와 라미네즈에게 엄숙히 선언했다.

"너희들은 이미 이 세상에서는 완전히 지워진 사람들이다. 과거는 말소되었고, 현재는 구원되었으며, 미래는 계획될 것이다. 남은 생애에서 너희가 해야 할 일은, 그간의 악행을 참회하고 신의 명령을 따르는 것이다. 신은 너희들에게 자비를 베풀었고, 너희의 헌신과 희생을 기다리신다."

데이비드와 라미네즈 형제가 수도원에서 단 한 번의 외출도 없이 매일의 참회와 신의 자비를 구한 지 2년 만에, 신께서는 데이비드와 라미네즈에게 속죄의 은총을 내렸다. 허버트 브라운이라는 사람이 속죄 제물로 선택이 되었다는 전갈이었다. 형제에게는 허버트 브라운에 관한 모든 정보가 제공되었고, 중세 수도원으로부터 내려온 속죄제를 지낼 때 사용했던 두 자루의 단검이 주어졌다. 단, 데이비드와 라미네즈가 살해한 사람의 숫자와 동일한 단 13번의 칼질만이 허락되었다.

데이비드와 라미네즈 형제는 참회의 기회를 주신 신에게 하염없이 감사의 기도를 올렸다.

제물을 먹는 자들은 모든 죄에서 벗어날 것이다. 자신의 영혼을 위하여
제물을 바치는 자들은 영원히 그 죄악에서 벗어나리라.

– 힌두교 바가바드 기타서 3:13

입 국

*
*
*

　지금 도재이가 가지고 있는 마이크로피셔 필름이 허버트 브라운 사장의 유품이 되어버렸다.

　"입국 목적이 무엇이죠?"

　딱딱하고 무미건조한 입국 심사원의 질문이었다. 하긴, 하루 종일 입국자들에게 같은 질문과 답변을 들어야 하는 사람의 입장을 고려하면 그나마 친절한 응대였다.

　"지사 파견 근무입니다."

　도재이는 입국 심사관과 도재이 사이를 막고 있는 아크릴판 밑의 조그만 구멍으로 미리 준비하고 있던 워싱턴데일리타임즈 오슬로 지사가 발행한 노르웨이 입국 보증 서류들을 들이밀었다. 코로나가 바꿔

놓은 수많은 풍경 중의 하나인 입국 심사대의 아크릴판은 그러지 않아도 위축되는 입국 심사관과의 거리감을 더욱 깊게 만들었다. 아크릴판을 설치하면 바이러스가 전염되지 않는다는 황당한 믿음인지 또는 누군가 이야기하듯 조작된 음모론인지는 모르지만, 사람들은 엄청난 비용을 들인 불편함을 그냥 감수하고 있었다. 중국을 마지막으로 전 세계가 코로나의 종식을 선언하고 일상으로 복귀했지만 여전히 입국 심사대의 아크릴판은 남아있었고, 입국 심사관들도 마스크를 착용하고 있었다.

"얼마나 체류할 예정입니까?"

"정확지는 않지만, 1년 이상 체류할 예정입니다."

"관광목적이 아니면 체류 기간 90일 이내에 다시 주재원 비자를 신청하셔야 합니다. 미스터 도의 노르웨이 회사에 의뢰하면 알아서 처리해 줄 겁니다."

잠시 도재이가 내민 서류들을 살펴보고 나서, 도재이의 여권에는 90일간의 체류 가능함을 의미하는 스탬프가 쾅하고 찍혔다.

입국심사대를 통화하자 한국과는 다르게 도착 면세점들이 즐비하게 있었지만 아무도 관심을 가지는 사람은 없는 듯 종종걸음으로 배기지 클레임(수하물 수취대)으로 이동하고 있었다. 짐 찾는 곳에는 이미 수하물 벨트가 가벼운 금속성 소음을 내며, 비슷비슷한 모양과 색깔과 크기의 가방들을 꾸역꾸역 토해내고 있었다. 도재이는 구분하기 쉽게 미리 손잡이에 매어놓은 앙증맞은 파란색 리본 덕에 30kg에 육박하는 짙은 카키색 캐리어를 쉽게 발견하고, 서둘러 수하물 벨트에서 끄집어냈다.

마침내 공항 밖으로 나오자, 노르웨이는 온통 눈과 얼음뿐일 거라는 선입견 때문이었는지 생각보다 춥다는 생각이 들지는 않았다. 차고 있던 스마트워치는 영하 5도를 표시하고 있었다. 한편에는 도착한 여행객과 마중 나온 가족들이 저마다 반갑게 포옹하며, 그들이 가져온 짐을 차에다 싣고 있었다. 가족의 느낌은 언제나 도재이에게는 부러움의 대상이었다.

도재이는 한국에서 출발하기 전 스마트폰에 미리 깔아놓은 트래픽스(노르웨이 콜택시앱)를 서둘러 켜서 택시를 불렀다. 전 세계에서 가장 비싸다는 노르웨이의 물가는 대단한 것이었다. 트래픽스를 통해 미리 확인한 노르웨이의 택시는 기본요금에 사람 수, 거리, 목적지까지의 소요 시간, 가지고 타는 짐의 무게와 개수까지 요금을 따로 계산하는 방식으로, 오슬로 공항에서 오슬로 지사까지 약 30km의 거리에 2,600크로네, 한국 돈으로 약 35만 원의 요금이 계산되었다.

"기사님, 칼 요한스 게이트 가로 가주세요."

앱으로 택시를 부른 지 채 오 분도 안 되어 택시가 도착했고, 도재이는 혹시나 실수할까 택시 기사에게 목적지를 다시 한 번 확인했다.

"예스, 써."

짧은 대답과 함께 택시는 질주하기 시작했다. 낯선 풍경이 지나갔고, 서서히 휘황한 네온사인이 보이기 시작했다. 곧이어 애플, 엡손(EPSON), 휴렛팩커드(HP), 소니(SONY) 등 세계적인 다국적 기업들의 네온사인이 빛나고 있었고, 그중에서도 한국의 삼성, LG의 광고판들은 이 낯선 나라의 이방인에게 왠지 모를 위안을 안겨주었다.

얼마나 달렸을까, 택시는 오슬로 시내 칼 요한스 게이트가 번화가 국회의사당과 그랜드 호텔을 마주 보고 있는 V자 교차로 한가운데에 멈춰 섰다. 택시에서 내려서 주위를 한번 쓱 훑어보았다.

워싱턴데일리타임즈 오슬로 지사 건물은 붉은색 적벽돌의 고풍스러운 5층짜리 빌딩이었다. 입구의 돌계단 난간 위쪽에는 날개를 단 천사 모양의 대리석 상징물이 서 있었고, 거기에는 '헤븐스 게이트 빌딩'이라는 이름이 새겨져 있었다.

"헤븐스 게이트… 천국의 문이라…."

도재이는 혼잣말로 중얼거렸다.

도재이는 천국은 어떤 곳인지 항상 궁금해했었다. 파툼 수도사는 천국은 우리가 상상할 수 없는 곳에 있다고 항상 가르쳤다. 하지만 도재이는 언젠가부터 이 땅에서도 천국이 이루어질 수 있다고 생각했다. 그가 생각하는 천국은 성서에 나오는 '만나'와 같은 곳이었다. 하루가 지나면 썩어버리기 때문에 내일을 위해서 저장할 필요가 없는, 내일 또 공급될 것이기에 지금 가지고 있는 것에 집착할 필요가 없는 것. 지극히 개인적인 천국, 내일도 모레도 필요한 것이 반드시 공급될 수 있도록 시스템을 만드는 것. 도재이가 상상하는 천국이었다. 도재이는 공교롭게도 '천국의 문' 앞에 서있었다.

"후읍."

그는 심호흡을 크게 한 번 하고 천국의 문 안으로 들어갔다. 자정이 훨씬 넘은 시간인데도 건물 로비 중앙에는 정복을 입은 경비원 한 명을 비롯해 한결같이 셔츠의 소매를 걷어붙인 몇몇의 사람들이 분주히 움직이고 있었다. 도재이는 건물 로비 한쪽켠에 붙어있는 층별 안내도를 훑어보았다. 워싱턴데일리타임즈 사회부 기자실은 5층이었다. 낯선 동양인의 심야 방문에 의구심을 품은 경비원이 다가와 신원확인을 요청했지만, 도재이가 내민 서류를 쓰윽 훑어보고는 자기 자리로 돌아갔다.

(띵)

경쾌한 종소리와 함께 5층 엘리베이터의 문이 열렸다. 회색 카펫이 깔려있는 중앙복도를 마주 보고 워싱턴데일리타임즈의 팻말 옆에 투명한 유리문이 보였다. 유리문 너머에는 늦은 심야 시간임에도 제법 많은 직원이 분주히 움직이고 있었다. 미국 워싱턴 DC는 아직 저녁 시간이기에 아마도 허버트 브라운 사장의 피살과 관련된 미국 본사의 최신 소식을 취재하기 위함일 것이었다.

그는 바쁘게 움직이는 사람들 사이로 비집고 들어갔다. 사람들은 그러지 않아도 바쁜데 혹 도재이가 그들의 업무를 방해할 수도 있다고 생각해서인지 힐끔힐끔 곁눈질로 보기만 했다. 누구에게 이야기를 걸어야 할지 난감하고 있던 순간에, 한 여인이 도재이에게 다가왔다.

"처음 보는 분인데 무슨 일이지요?"

상당히 유창한 영어였다.

"아. 네, 저는 한국에서 온 도재이 기자입니다."

도재이는 어떻게 하면 효율적으로 자신을 설명할 수 있을까 생각해보았다.

"아! 네, 한국에서 오신다는 기자분이시군요. 반가워요. 나는 실빈 아니타라고 합니다."

얼핏 보면 기형이다 싶을 정도로 긴 다리, 바비인형을 떠올리게 하는 얼굴…. 블랙 벨벳 재킷에 카프스킨 블랙벨트(어린 송아지의 가죽으로 만든 부드러운 재질의 벨트)를 한 여인은 전형적인 북유럽의 미인이었다. 실빈 아니타 양은 그에게 반갑다는 듯이 손을 내밀었다.

"네, 네."

도재이는 엉거주춤 두 손으로 악수를 하며 한국에서의 버릇처럼 고개를 숙였다. 실빈은 낯선 광경을 보았다는 듯이 눈이 동그래졌다.

"풋, 제가 마치 메시츠 앙트와네트 왕세자비가 된 듯하군요."

'메시츠 앙트와네트 캐쉬르 카스파알' 현 노르웨이 왕세자비, 암페타민과 코카인 소지혐의로 교환학생으로 갔던 호주에서 추방, 집단 섹스, 마약밀매조직 보스와 동거 후, 아들 '캘빈 호이뷔' 미혼모로 출산, 오슬로에서 식당 종업원으로 근무, 음악 축제에서 카스파알 현 왕세자와 만남, 왕세자와 동거, 결혼 발표, 왕실 지지도 폭락과 왕실 폐지 시위, 눈물의 기자회견 후 마침내 왕세자와 결혼. 앙트와네트 왕세자비의 화려한 이력이었다.

도재이의 엉거주춤한 태도가 속으로는 경멸하지만 겉으로는 존중을 표하는 앙트와네트 왕세자비에 대한 노르웨이인들의 태도처럼 보였기 때문이었다.

실빈은 진정이 되었는지 웃음을 한번 터트리고는 입을 열었다.

"내일 출근하는 거로 알고 있었는데요."

"아, 제가 오는 걸 알고 있었단 말입니까?"

도재이는 기분이 좋았다.

"네, 동양의 한국에서 특파원이 그것도 수석특파원으로 온다고 해서 지난주 사무실 전체에 화제가 되었었습니다. 오슬로 지사가 생기고 처음 있는 일이거든요. 그런데 왜 이 시간에 사무실에 들르신 거예요? 피곤하실 텐데, 숙소에서 쉬고 내일 출근하시지…"

"아, 저도 내일 출근하려고 했지만, 아까 공항에서 허버트 브라운 사장님의 피살사건을 접하고 확인할 것이 있어서 늦은 시간이지만, 찾아 왔습니다."

"오, 그 소식을 알고 계셨군요. 사실 저희도 그 사건 때문에 이 시간 까지 정신이 없어요. 그런데 확인할 게 있다구요?"

"네."

도재이는 이 금발의 아가씨에게 지난 몇 시간의 이야기를 해야 되나 말아야 되나 잠시 망설였다. 송해진 기자가 떠올랐기 때문이었다. 하 지만 어차피 이 낯선 땅에서 누군가의 도움을 받아야 했고, 이 여자 가 그 누군가였으면 좋겠다는 생각을 했다.

"이곳에 오기 전 런던 공항에서 환승을 했습니다. 근데 뜻밖에 런던 공항에서 허버트 브라운 사장님이 보내신 소포를 받았습니다. 그것도 매우 특별한 방법으로 말입니다. 그것은 마이크로피셔 필름이었습니 다. 제가 그 마이크로피셔를 받을 때… 물론 우연이겠지만… 허버트 브라운 사장님이 피살된 것으로 보입니다."

갑자기 실빈의 얼굴에 특종 냄새를 맡은 기자 특유의 생기가 돌았다.

"다시 말씀드리지만… 에… 지극히 우연이라고 생각합니다만… 허버 트 브라운 사장의 피살과 제가 받은 마이크로피셔 필름과 어떤 연관 이… 없겠지만서도… 그래도 한번 확인해 보고 싶어서 늦은 시간이 지만 회사로 찾아오게 된…."

갑자기 실빈이 도재이의 손을 잡아 분주한 직원들을 피해, 노르웨 이 국민화가로 추앙받는 에드바르 뭉크의 「절규」 모사작이 붙어있는 비상계단 출입문 옆, 베이지색 벽 쪽으로 이끌었다.

"지금 그 말이 사실이에요?"

실빈은 눈이 동그래져서 대들듯이 물었다.

"아니… 뭐… 꼭 연관이 있다기보다도, 혹시나 해서…"

"이건 대박 사건인데요? 딴 사람에게는 아직 이야기 안 했죠?"

실빈은 호들갑스럽게 말을 이어갔다.

"지금은 마이크로피셔를 사용하지 않지만, 옛날 자료 보관 때문에 판독기는 4층 자료보관실에 있어요. 같이 내려가서 우리 확인해 봐요."

실빈의 그 큰 눈이 호기심과 긴장감으로 번들거렸다. 실빈은 도재이의 대답 따위는 중요하지 않다는 듯이 도재이의 손을 꼭 잡고 주위를 살피며 비상계단으로 내려갔다. 불 꺼진 4층 복도는 도재이와 실빈이 지나가자 차례차례 센서 등이 켜졌고, 자료보관실이라는 팻말이 붙은 복도 마지막 방에 도착하자 실빈은 목에 걸린 출입증을 보안장치에 재빨리 태그 했다. '떨꺽'하는 소리와 함께 자료보관실 문이 열렸다. 자료보관실 안쪽 문 옆에 있는 전등 전원을 올리자 요즘은 어울리지 않을 옛날 형광등이 껌뻑껌뻑하면서 켜졌다. 자료보관실은 상당한 크기였다. 사방 벽면으로는 분류별로 캐비닛과 책장들이 빼곡했고, 중간중간 배치된 넓은 책상에는 초록색 등에 금색 다리를 가진 예쁜 램프들이 놓여있었다. 실빈은 그중에도 대각선 끝쪽에 위치한 별도의 방으로 도재이를 이끌었다. 작은 방 앞에는

마이크로피셔 판독실- 자료 확인 후, 반드시 반납

이라는 종이가 붙어있었다. 판독실의 문을 열자 다섯대의 마이크로피셔 판독기가 둘러서 있는 것이 보였다. 언제 마지막으로 사용했는지

기억도 나지 않는 구닥다리 기계들에는 먼지가 뽀얗게 쌓여있었다.

도재이와 실빈은 그중에 똑똑해 보이는 놈으로 하나 골라서 자리를 잡고 앉았다. 손으로 쓰윽 쓰윽 대충 먼지를 털자 사마귀처럼 생긴 판독기는 죽음에서 깨어난 듯 무섭게 그를 노려보았다. 실빈이 전원 스위치를 켜자, 놈은 깊은 동면에서 깨어나듯 웅장한 모터 소리를 내더니 곧이어 커다란 눈에 불을 켜고 판독 준비가 되었음을 알려왔다.

"어서요, 가지고 온 마이크로피셔 필름을 꺼내보세요."

실빈의 재촉에 도재이는 긴장된 손짓으로 짐 속에서 허버트 브라운 사장이 건네준 마이크로피셔 상자를 꺼내어 뚜껑을 열었다. 상자 안에는 두 장의 마이크로피셔 필름이 이제는 비밀을 밝힐 준비가 되어있다는 듯 얌전히 누워있었다. 실빈은 더 이상 참을 수 없다는 듯이 상자 속 마이크로피셔 필름을 낚아채어 그중 첫 번째 장을 마이크로피셔 판독기에 올려놓았다. 판독기의 강한 불빛의 굴절이 그림자에 그림자를 만들어 수십 개의 눈이 마이크로피셔 필름을 쳐다보는 듯했다. 드디어 마이크로피셔 필름의 첫 번째 내용이 스크린에 영사되었다.

네가 들었으니 이 모든 것을 보라. 너희가 선전하지 아니하겠느냐. 이제부터 내가 새 일 곧 네가 알지 못하던 은비한 일을 네게 듣게 하노니.

– 성서, 이사야 48:6

실빈 아니타

*
*
*

"사장이 피살됐대!"

갑자기 사무실이 웅성댔다. 워싱턴발 허버트 브라운 사장의 피살 소식이 오슬로 지사에 타전되자 삽시간에 사무실은 벌집을 쑤셔놓은 듯 웅성대기 시작했다.

하지만 실빈 아니타는 전혀 실감이 나지 않았다. 하긴 얼굴도 한 번 본적이 없는 사장이 아닌가. 그나저나 워싱턴 본사에서 지시받아 작성하던 기획 기사는 어떻게 되는 것일까.

얼추 6개월 전, 아네르스 다니엘센 오슬로 지사장은 전 직원을 모아놓고 미국 본사, 그것도 허버트 브라운 사장의 직접 지시라며 노르웨이 기후변화탐사 TF팀(태스크포스팀– 특정 업무를 해결하기 위해 임시로 편성

한 조직)을 만들었다. 당시에는 뜬금없는 미국 본사, 그것도 사장의 지시에 황당해했었지만, 기획의도에 대해서는 모두들 공감하는 바가 있었기에 별 반발 없이 다섯 명으로 구성된 TF팀이 만들어졌다.

하긴, 최근 노르웨이 서부 순달소라 마을의 1월 기온이 기상 관측 이래로 가장 높은 영상 19도를 기록했고, 이는 순달소라 마을 해당 월 평균기온보다 무려 25도나 높은 것이었다. 사람들은 두꺼운 방한 패딩 대신 반팔 티셔츠를 입고, 스키 대신 수영을 즐겼다. 디즈니 애니메이션 「겨울왕국」의 배경인 노르웨이의 겨울 기후라고는 상상할 수도 없는 일이었다.

특히나, 지난 6개월 동안은 노르웨이 해상의 안개 발생이 급증했다. 단순히 빈도가 늘어난 것뿐만 아니라, 그 농도도 이전에는 경험해 본 적이 없을 정도로 강한 해무(바다 안개)였고, 이 때문에 노르웨이 해협을 항해하는 상선, 어선으로부터 해양경찰로 들어온 VHF-DSC(초단파대 무선전화 위치발신 통신기) 조난신호가 갑자기 10배 이상 증가한 것은 도저히 정상적이라고 판단할 수 없는 상황이었다.

1912년 4월 14일 타이타닉호가 빙산과 충돌해 승객과 승무원 1,513명이 사망한 것도, 시야를 확보할 수 없을 만큼의 짙은 안개 때문이었다. 실빈은 그 TF팀에 소속되어 '안개'를 집중적으로 조사하고 있던 참이었다.

실빈은 허버트 브라운 사장의 피살사건 상황을 좀 더 세밀하게 알기 위해 얼마 전에 구입한 아이폰을 꺼내어 평소에 친분이 있던 워싱턴 본사 아드리안 국장의 왓츠앱(미국 소셜미디어 앱) 번호로 급하게 전화했다.

"아드리안 국장님, 저 오슬로의 실빈 아니타예요."

"어. 미스 실빈. 노르웨이는 지금 한밤중 아닌가? 이 시간에 전화한 걸 보니 실빈 양도 어지간히 급했나 보군."

"네, 당연하죠. 국장님, 도대체 어떻게 된 일이에요? 허버트 브라운 사장님 사망 원인은 밝혀졌나요? 가해자는 신원이 특정됐나요? 우리 TF팀이 진행하고 있는 기획 기사는 어떻게 되는 거예요? 사장님이 사망했으니 지원금은 끊기는 건가요?"

실빈은 쉴 새 없이 질문을 퍼부어댔다.

"아… 아…, 하나씩 천천히 하자구. 미스 실빈."

국장도 숨이 찬다는 듯이 실빈의 말을 끊었다.

"우리도 지금 발칵 뒤집어져서 모든 인원이 취재 중이야. 지금 본사도 워싱턴 D.C 서부지방검찰청에서 들이닥쳐서 압수수색 중이고. 더구나, NSD(국가안보국) 리사 모나코 차관보하고 제니 듀칸 검사장이 직접 나왔다니까. 잠깐만."

"야! 거긴 뒤지지 말란 말이야! 거긴 영장에 나온 압수수색 대상이 아니라니까! 당신들 한번 해보자는 거야 뭐야!"

"뭐? 당신 뭐라 했어? 합법적 법 집행을 방해하겠다는 거야?"

보지 않아도 상황이 짐작되는 악다구니들이 수화기를 통해 실빈의 귀에 꽂혔다.

"아, 미안해, 저 자식들이 개인 노트북까지 털고 있어서 말이야. 어쨌건, 사건 현장 일대는 FBI가 폐쇄했어. 조사 중이라고는 하는데, 방송사 기자는 물론 허버트 브라운 사장의 가족도 접근금지 상태야. 들리는 소식에 의하면 워낙 난자를 당해 시신의 공개 자체가 불가능할

지경이라고 하더군. 안 된 일이지. 유능한 사람이었는데 말이야. 가해자에 대해서는 이러쿵저러쿵 소문들이 많은데, 확실한 것은 한 명이 아니라는 거야. 칼에 찔린 상처가 한 사람이 저지를 수 없는 여러 방향에서 찔렀다는 거지. 더군다나, 찔린 부위가 프로의 솜씨라는 거야. 즉, 절대로 우발적인 강도 살인이 아니라, 반드시 살해하겠다는 의도를 가지고 조직적으로 저지른 계획범죄라는 거지.

워낙에 허버트 브라운 사장이 강성이어서 회사 내·외부에도 적은 좀 있는 편이었지만, 글쎄… 그렇다고 이 정도로 잔인하게 살해당할 만큼 심각한 상황은 만들지 않았을 텐데. 일단 그 문제는 입조심을 하고 경찰에 맡기자고. 어쨌거나 아무리 허버트 사장이 중요인물이라고 해도, 한 명의 피살 사건에 대해서 국가안보국이나 FBI까지 들러붙어서 난리를 떠는 것이 뭔가 있기는 한 것 같아. 아! 잠시만."

다시 수화기 너머로 아드리안 국장의 고함 소리가 들렸다.

"야! 이 개자식아!, 그걸 가져가면 일을 어떻게 하란 말이야!"

"너 이 자식, 한 번만 더 방해하면 공무 집행 방해로 처넣어 버릴 거야! 말조심해!"

"그래? 한번 처넣어 봐라 이 자식아! 야! 리암 기자, 이 상황 폰으로 촬영해!"

다시 한바탕 북새통이 일었다. 더 길게 통화하는 것은 무리였다.

"알겠어요, 아드리안 국장님. 지금 상황에서 기획 기사 운운하는 것은 바보 같은 소리일 테고…. 국장님, 허버트 브라운 사장님의 인사파일을 좀 보내주세요. 정리해서 기사도 좀 쓰고, 알아볼 것도 있구요. 그리고 뭔가 집히는 게 있으면 꼭 좀 연락 주시구요."

"오케이. 메일로 바로 넣어줄게."

전화를 끊고 바라본 시계는 새벽 1시를 너머 가리키고 있었다. 실빈은 바로 보내준다는 아드리안 국장의 메일을 확인하기 위해 5층 기자실로 향했다. 5층 복도를 지나 기자실로 가는 도중 엘리베이터 앞에서 주위를 두리번거리고 있는 동양 남자가 눈에 띄었다.

'하필 저 사람은 이렇게 황망스러운 날 내 앞에 서있는 것일까?'

"무슨 일로 오셨는지요?"

"저는 한국에서 온 도재이 기자라고 합니다."

'이, 이 사람이 도재이 기자였구나…'

순간, 호기심이 일어났다.

그 날에는 하늘이 큰 소리로 떠나가고 물질이 뜨거운 불에 풀어지고
땅과 그 중에 있는 모든 일이 드러나리로다.

- 성서, 베드로 후서 3:10

마이크로피셔

* * *

1995년 9월 2일 워싱턴데일리타임즈

오늘 바이오스피어2의 역사적인 공식 실패 선언이 있었다. '바이오스피어'는 생명을 의미하는 바이오와 공간을 의미하는 스피어의 합성어로 말 그대로 자연생태계를 의미하는 것이다.

바이오스피어 1은 현재 우리가 살고 있는 지구를 의미하기에, 인류의 도전적인 실험에는 바이오스피어 2라는 이름이 붙었다. 하지만 인간의 힘으로 인공적인 지구를 만들어보려는 무모한 시도는 불과 3년도 지나지 않아 완전한 실패를 선언하게 되었다. 무려 4억 달러를 투자해서 미국 애리조나주 투손(Tucson) 지역에 약 4만 제곱미터의 땅에 유리와 콘크리트로 밀폐

공간을 형성하고 태양빛을 제외한 모든 외부 유입물질 차단한 바이오스 피어 2는 열대우림, 사막, 습지, 사바나, 바다 등 5개 구역으로 나누어, 돼지, 닭, 염소 등 3천8백 종의 생물과 300여 종의 식물, 산호초, 다양한 척추동물들과 남녀 각각 4명씩 총 8명의 참가자가 2년 주기 교대로 100년 동안 자급자족하는 것을 목표로 진행되었다.

첫 6개월은 순조롭게 진행되는 듯했지만, 이후부터 산소 농도가 급격히 떨어졌고, 특히 1991년~1992년에는 해당 지역에 엘니뇨 현상으로 구름이 낀 날이 많아 유리돔은 태양빛을 제대로 투과하지 못했으며, 식물들의 성장은 원활하지 못했다.

인공 바다가 있는 곳은 이산화탄소의 증가로 산성화가 진행되어 산호초들이 녹기 시작했다. 그래서 이산화탄소 흡수량이 많은 나팔꽃을 심었지만, 나팔꽃이 과증식하며 다른 식물들이 죽기 시작했고, 식물이 죽자 곤충들도 죽어 나갔다. 이뿐만 아니라, 콘크리트로 만든 바이오스피어2 내부 인공구조물 속의 석회성분이 이산화탄소를 7톤이나 흡수해 버렸다.

$$Ca(OH)2 + CO2 \quad CaCO3 + H2O$$

이 문제를 해결하기 위해서 콘크리트를 삶아서 이산화탄소를 빼내고, 콘크리트 위를 페인트로 칠해서 겨우 문제를 해결했지만, 임시방편에 불과해서 결국 산소와 이산화탄소 모두가 부족해진 상황이 되어버렸고, 이 때문에 모든 실험 참가자들은 고산병에 시달렸다.

또한, 곰팡이가 창궐하여 심은 작물들의 절반 이상이 죽어 나갔고, 어디서 들어왔는지 모를 바퀴벌레, 응애 등 해충까지 득세하였다. 실험에 참여한 사람들은 산소부족과 영양실조, 극심한 스트레스로 인해 서로 파벌이 갈리고 심각한 대립과 분열로 정신마저 피폐해졌으며, 일부 참가자는 극심한 정신질환으로 사망하였다. 2년 만에 열린 바이오스피어 2는 이미 함께 들어갔던 동식물들의 90% 이상이 멸종한 상태였다.

인간의 신에 대한 또 하나의 도전이 완벽한 실패로 끝이 난 것은 바람직한 일이지만, 이 무모한 도전이 향후의 믿을 수 없는 과학기술의 진보와 접목된다면 꼭 불가능하다고만 이야기할 수 없을 것이다. 이 기이한 실험이 비록 실패로 끝이 났지만, 인류의 미래에 어떤 영향을 미칠지는 아무도 예측할 수 없다. 하지만 한 가지 분명한 것은 인류는 최후의 도피처를 향한 첫 발걸음을 내디뎠다는 것이다.

- 워싱턴데일리타임즈 허버트 브라운 기자

마이크로피셔의 첫 장은 허버트 브라운 사장이 기자 시절인, 28년 전에 작성한 기사였다.

"아, 이런 일이 있었군요. 저는 처음 들어보는 내용이에요."

허버트 브라운 사장이 작성한 기사를 꼼꼼히 읽은 후, 도재이가 입을 떼었다.

"글쎄요… 저도 정확히 기억은 나지 않지만, 한두 번 바이오스피어에 관해 들어본 적은 있는 것 같아요. 이론적으로는 바이오스피어는 자체적으로 생존이 가능한 구조물을 의미하는 것으로 알고 있어요. 허버트 사장님의 취재에서 보다시피 외부로부터 어떠한 자원의 유입이 없이 자체적으로 생존환경을 만들면서 살아가는 거죠. 심지어 공기까지도요. 음, 우리가 지금 살고 있는 지구가 큰 의미에서 바이오스피어죠."

그래도 실빈은 어느 정도 바이오스피어에 대한 지식이 있는 듯했다.

"근데 허버트 사장님의 견해에 따르면 무모하기 짝이 없는 이 같은 바이오스피어 실험을, 미국은 왜 천문학적 비용을 들여서 무리하게 진행했을까요?"

도재이는 특별한 의미 없이 질문을 던졌다가, 실빈의 대답을 듣고 화들짝 놀랐다.

"종말에 대한 대안이겠죠."

"엥? 종말이라구요?"

"네. 지구의 종말 말예요. 원인이 무엇이든 지상에 인류가 살 수 없는 때가 올 것이고, 그것에 대비한 여러 가지 대안들이 마련되고 있는데, 바이오스피어도 그러한 대안 중에 하나로 순비한 것 아닐까요?"

"인류의 종말에 대한 대안이라…, 하긴 '심판의 날(Judgement Day)'이니 '둠스데이(Dooms Day)' 같은 지구 종말 시나리오가 한참 유행하긴 했었죠. 당시에는 전부 그럴 듯해 보이지만, 지나보면 다 끼워 맞추기식 음모론에 불과하긴 했지만 말예요. 근데 허버트 브라운 사장은 나에게 왜 자신이 취재한 바이오스피어에 대한, 그것도 근 삼십 년이 지난 신문기사를 보낸 것일까요?"

"글쎄요, 그건 앞으로 풀어야 될 숙제인 것 같은데요."

실빈이 길게 한숨을 내뿜었다.

"일단 다음 마이크로피셔 필름을 올려보죠."

실빈의 재촉에 도재이는 정신이 퍼뜩 들어서 다음 필름을 올려놓았다.

CODEXREGIUSVOLUSPA41

EZEK382GENOESERV916

642432N310755E

알 수 없는 알파벳과 숫자의 나열이었다.

"허버트 브라운 사장이 직접 작성한 바이오스피어 기사와 알 수 없는 알파벳과 숫자의 나열…. 사장님이 피살당하기 전 저에게 하고자 했던 말을 찾아내야 하는 일이 남아있군요. 하지만 도대체 어디서부터 시작을 해야 할지…."

도재이는 다시 한 번 심각하게 암호와 같은 숫자를 쳐다보았다.

"음, 무슨 암호 같은데…. 무슨 의미일까요?"

"글쎄요…. 저도 잘 모르겠어요."

도재이의 말을 듣고 있던 실빈이 고개를 갸우뚱거리며 말했다. 도재이도 자신이 없기는 마찬가지였다. 두 장의 마이크로피셔는 이렇게 뜬금없는 허버트 브라운 사장의 오래된 기사와 난수표와 같은 영문자와 숫자로 채워져 있었다.

"지금 상태로는 알 수 없겠어요. 허버트 브라운 사장에게 물어보면 되겠지만, 숙제만 남겨놓고 고인이 되었으니…. 고민을 더 해봐야겠어요. 일단, 이 일은 당분간 우리 둘만의 비밀로 하죠."

"왜 굳이 우리 둘만의 비밀로…?"

도재이는 얼른 허버트 브라운 사장이 건네준 상자를 회사에 공개하고 허버트 브라운 사장의 피살에 뭔가 실마리를 찾고 싶은 심정이었다. 도재이의 생각을 안다는 듯이 실빈이 이야기했다.

"살해당한 허버트 브라운 사장의 마지막 유품을 전달받은 사람, 지금 같은 혼란스러운 상황 속에 도 기자님이 주인공이 돼서 노르웨이 도착 하루 만에 경찰서를 들락날락하고 싶진 않으시겠죠?"

실빈이 도재이를 올려다보며 이야기했다. 도재이는 마치 추리소설의 주인공이 된 양 묘한 흥분감마저 들었다.

"아, 그도 그렇겠군요."

"숙소는 정하셨나요?"

실빈의 말에 퍼뜩 정신이 들었다.

"아… 네. 우선 여기서 가까운 래디슨 사스 플라자로 인터넷 예약을 해놓았습니다. 지도상으로는 여기서 십 분 이내 거리로 보이던데요?"

"아. 어딘지 알고 있어요. 음, 그러면 지금 시간에 택시를 기다리기도 그렇고, 어차피 오늘은 저도 할 일을 다 한 것 같으니까 숙소까지 제가 모셔다드리죠. 제가 정리하고 나올 테니까 조금만 기다리세요."

도재이는 뜻밖의 호의에 적잖이 당황했다. 하지만 금발의 미녀가 숙소까지 바래다준다는 것이 기분 나쁠 리는 없을 터였다.

"네. 감사합니다. 여기에서 기다리고 있겠습니다."

외국계 언론사 20년 기자 경험으로, 호의를 제안받았을 때 체면상 거절을 하면 안 된다는 것쯤은 알고 있었다. 사실 아까와 같은 호의는 낯선 타국에 첫발을 디딘 이방인인 도재이가 부탁했어야 하는 것이기도 했다.

"잠시만요."

실빈은 종종걸음으로 밖으로 나갔다.

잠시 뒤, 도재이는 실빈의 테슬라 자동차에 탑승하고 있었다. 1,020마력의 최고급 세단은 채 10분도 되지 않아 래디슨 사스 플라자 호텔 앞에 도착하였다. 노르웨이의 극단적 물가를 감안하면 가격이 2억 원이 넘을 고가의 차량을 일개 신문기자가 어떻게 샀을까? 제임스 지사장과 송해진이 잠시 생각났지만, 이내 도재이의 생각을 알고 있다는 듯 내뱉은 실빈의 짧은 한마디에 모든 의혹을 지웠다.

"아빠가 노르웨이 원유회사 에퀴노르사(社) 임원이에요."

도재이도 노르웨이로 발령 전에는 노르웨이라 하면 연어나 고등어 같은 수산물로 유명한 그저 그런 나라라 생각했었다. 발령 후 알아본 노르웨이는 1인당 국민소득이 8만 불이 넘는 세계 최고의 부자 국가였고, 그 이유는 노르웨이가 산유국이기 때문임을 알게 되었다.

1965년 노르웨이, 덴마크 그리고 영국의 대표가 한자리에 모여 영해와 관련된 회의를 하였다. 당시의 핵심 주제는 조업권이었기에, 나라별로 연어가 어디서 몇 마리가 잡히느냐 따위를 두고 싸우다, 덴마크 외무 장관과 노르웨이 통상 장관은 지도를 앞에 놓고 마치 19세기 서구 열강들이 아프리카 대륙의 국경을 정하듯이 사이좋게 금을 그어서 협상을 마무리했다. 그 금이 두 나라의 운명을 갈랐다.

불과 몇 년 뒤, 노르웨이 쪽에서만 하루에 160만 배럴의 원유가 터져 나왔다. 바로 앞, 덴마크 쪽 바다에서는 소금물만 뿜어져 올라온 것은 어쩌면 신의 장난이었을지도 모른다.

실빈의 아빠가 임원이라는 에퀴노르사는 1972년부터 이 황금시장을 독점해 온 석유, 천연가스 매출 세계 13위에 랭크되어 있는 회사였다.

약 한 시간 뒤 도재이는 래디슨 사스 플라자의 1403호에서 팔짱을 끼고 오슬로의 밤거리를 내려다보고 있었다. 래디슨 사스 플라자는 무난한 비즈니스호텔이었다. 객실에서는 유, 무선 인터넷이 모두 사용 가능하고, 다른 호텔과 마찬가지로 커피포트와 커피, 홍차가 비치되어 있었다.

한 가지 특이한 점은 수건, 양말 등 간단한 빨래를 말릴 수 있도록 전열기로 작동하는 빨래건조봉이 있어, 비즈니스를 위해 장기 투숙하는 사람들이 출장비를 다소라도 아낄 수 있도록 배려해 놓은 정도였다. 도재이는 커피포트에 물을 끓여 홍차 한 잔을 우려내 마시며 생각에 잠겼다.

'뜻 모를 노르웨이로의 발령. 허버트 브라운 사장의 피살. 런던 공항, 마이크로피셔 필름, 바이오스피어, 알 수 없는 숫자들….'

도재이는 연결 고리를 만들어 보느라 잠을 잘 수 없었다.

머리맡에 직삼각형으로 햇살이 비추었다. 눈을 떠보니 유리창 햇살 사이로 아지랑이가 이글이글 피어오르고 있었다. 커튼을 닫고 잔다고 한 것이 가운데 일부가 벌어져 있었나 보았다. 도재이는 일어나서 커피포트에 전원을 꽂고, 가지고 간 노트북 컴퓨터의 전원을 켰다.

(탁, 탁, 타타탁)

그는 손가락에 힘을 주어 자판을 두드렸다.

b.i.o.s.p.h.e.r.e 2

92,400개의 기사 및 연관어가 검색되었다. 한참 바이오스피어 검색에 정신이 빠져 있느라 커피포트에 물이 끓는지도 몰랐을 때, 갑자기 객실 전화벨이 울렸다.

(삐리리리릭)

반사적으로 수화기를 들었다.

"헬로우."

"저 실빈이에요. 상의할 일이 있어서 아침 일찍 전화를 드렸어요."

"어차피 조금 뒤에 사무실에서 볼 텐데 이 시각에 무슨…?"

"전화로 계속 말씀하실 건가요? 저는 지금 호텔 로비에 와있거든요?"

정확히 십이 분 뒤에 도재이와 실빈은 34층의 스카이라운지에 마주 앉아있었다. 오슬로 시내의 전경을 바라볼 수 있는 스카이라운지는 비즈니스맨들의 아침 식사를 위해 일찍부터 분주했다.

"허버트 브라운 사장의 국적이 어디인지 알고 계시나요?"

실빈이 주문을 받으러 온 직원이 내민 메뉴판에 손가락을 가리키며 이야기를 시작했다.

"어? 그 말은 허버트 사장님의 국적이 미국이 아니란 이야긴가요?"

"본명은 메나헴 리보(Menachem Ribo).

1963년 이스라엘 '페타티크바' 출생.

1971년 이스라엘 히브리대 대중매체 전공.

1975년 이스라엘 정보국 모사드 미주 통신 담당으로 배치.

1979년 미국 영주권 취득. 워싱턴데일리타임즈 이스라엘 특파원.

1985년 본사로 발령. 편집장 승진.

1988년 걸프전 종군 대기자.

1993년 최연소 워싱턴데일리타임즈 대기자.

2002년 최연소 워싱턴데일리타임즈 대표이사 취임.

2002년 타임워너사 지분 인수.

2005년 브랜든매거진사 인수.

2008년 『타임지』 세계를 움직이는 100인에 선정.

2012년 빅 브라더 영화사 인수. 채널21 인수, 『포춘지』 올해의 기업
       인 선정.

2016년 소니뮤직 지분 인수.

2018년 드림웍스사와 M&A.

2019년 『보그지』 지분 인수.

2021년 『코스모폴리탄지』 지분 인수.

2023년 2월 잔혹하게 피살….

여기까지가 제가 알아낸 허버트 브라운, 아니 메나헴 리보 사장의 이력이에요."

"우와, 대단한 이력의 사람이었군요."

도재이는 허버트 브라운 사장의 이력을 보고는 진심으로 감탄했다. 20년간 한 자리에서 그저 그런 기사만 써대며, 잘리지만 않기를 바라고 꾸역꾸역 회사에 다녔던 자신이 새삼 초라해 보였다.

"허버트 브라운 사장이 태어난 '페타티크바'는 이스라엘 텔아비브에서 10km 정도 떨어진 작은 도시예요. 아마도 페타티크바 출신 중에서는 허버트 사장이 가장 성공한 사람일 정도로 작은 마을이죠. 하지만 이스라엘 내에서도 가장 보수적인 유대교 지역이기도 하죠. 탁월한 사업가적 기질에, 충실한 유대교인, 히브리대와 모사드에서의 경력까지, 주변 중동 국가들과 끊임없이 분쟁이 있는 이스라엘 정부가 서방세계와의 창구로 키우기에는 더할 나위 없는 사람이었죠."

실빈은 잠시 말을 멈추었다.

"허버트 사장의 고향 '페타티크바'가 이스라엘 말로 '희망이 열린다.'라는 뜻인 것은 우연이겠지만, 이스라엘 정부는 허버트 사장을 십분 활용한 것은 틀림없어요. 이번 피살도 허버트 사장이 알고 있는 비밀 정보 유출을 막기 위함이 아닌가 생각이 들구요."

"에? 이스라엘 정부가 허버트 사장님을 살해했단 말입니까?"

도재이는 실빈의 말에 지나친 음모론이 아닌가 생각했지만, 실빈의 말을 막지는 않았다.

"후후, 당연히 아직은 제 상상력에 의한 추측일 뿐이에요. 도재이 기자가 가져온 마이크로피셔를 해석하면 알게 되겠죠."

실빈은 통유리 밖의 을씨년스러운 풍경을 한번 쳐다보았다. 잔뜩 찌푸린 날씨는 곧 눈이 올 것만 같았다.

"사실 노르웨이에는 워싱턴데일리타임즈의 지사가 없었어요. 2002년 허버트 브라운 사장이 취임하고 나서 갑자기 유럽 쪽 지사를 노르웨이 오슬로로 옮기고, 각종 헤드쿼터들이 대거 노르웨이로 이전되기 시작했어요. 오슬로 헤븐즈 게이트 사옥을 매입한 것도 그 무렵이었죠. 헤븐즈 게이트라는 이름도 허버트 사장이 직접 지은 것이구요. 당시의 지사장과 임원들은 너무 종교적인 이미지가 강하다고 반대했었죠. 하지만 허버트 브라운 사장은 막무가내였어요. 결국, 사장의 뜻대로 건물 이름은 '천국의 문'이라 지어졌고, 회사에는 신문사로써는 생소한 부서들이 만들어지기 시작했죠."

실빈이 여기까지 이야기를 마쳤을 때, 커피가 나왔다. 사실, 노르웨이는 커피 소비량 세계 2위의 나라일 만큼 커피 애호가가 많은 나라이고, 실빈도 하루 4~5잔의 커피를 즐겼다. 특별히 오늘은 월드 바리스타 챔피언인 '팀 웬델보'가 래디슨 사스 플라자 호텔과 협업하여, 특별히 자신의 이름을 내건 커피를 제공한 탓에 실빈은 더할 나위 없이 만족스러운 기분이었다.

"생소한 이름의 부서라구요?"

도재이도 같이 커피를 한 모금 마시며 실빈에게 질문했다. 커피맛을 잘 모르는 도재이에게도 팀 웬델보 커피의 향은 특별한 것이었다.

"예를 들면, '기후변화 탐사팀' 같은 거죠. 명칭에서 느끼시겠지만,

언론사와는 전혀 관계가 없을 것 같은 부서들이죠."

"흠, 기후변화 탐사라…. 신문사와는 전혀 어울리지 않는 명청한 이름의 부서이군요, 하하."

"…. 제가 그 명청한 팀의 팀장이에요…."

실빈이 살짝 얼굴을 붉히며 말했다.

"아, 그렇군요…. 그게 아니고… 제가 명청하다는 의미는…."

도재이는 당황스러워 말을 더듬었다.

"괜찮아요. 저도 명청하다고 생각했어요."

"죄송합니다."

도재이는 시무룩해졌다. 어색한 분위기를 깨려는 듯 다시 커피를 한 모금 홀짝인 후, 도재이는 조심스레 다시 입을 열었다.

"근데 그 팀에서는 무슨 일을 하는 거죠? 명칭만 놓고 보면 뭔가 기후변화에 관한 조사를 하는 것 같기는 한데 말이죠."

"훗, 한마디로 이야기하자면 '안개'예요. 대충 6개월 전쯤 본사 지시로 기후변화 탐사 TF팀이 만들어진 이후 몇 가지 주제로 나누어 기자들이 심층 취재를 하고 있는데, 저는 그중 최근 기이할 정도로 이상 현상을 보이는 '안개'를 맡아 조사하고 있었어요. 허버트 브라운 사장의 특별 지시였거든요."

"안개라구요?"

"네."

실빈은 다시 말을 이었다.

"노르웨이는 대략 2억3천만 년 전 유럽대륙이 하나로 붙어있을 때, 영국, 그린란드와 같은 대륙에 속해있었다는 것이 지질학계의 정설이에요. 빙하가 녹으면서 심해의 바닷물의 양이 늘어나게 되고, 대륙이 뜯어지듯 분리가 된 거죠. 그래서 '피오르'라고 불리는 웅장한 절벽과 협곡이 형성되었고, 이 자체만으로도 지형적으로 안개가 많이 낄 수밖에 없긴 하지만, 최근 5년간 그 정도가 재난 상황으로 생각될 만큼 심각해졌어요. 노르웨이 정치인들은 석유를 퍼 올려 벌어들인 돈을 어디에다 쓸 지에만 몰두해서 이 방면에는 아예 관심도 없어 보이고, 저희도 다방면으로 취재를 하고는 있지만, 워낙 이쪽으로 전문가가 희귀해서…."

"정말 안개 같은 이야기군요."

도재이는 실빈의 말을 듣고 다소 무성의하게 대답했다. 사실 도재이에게 노르웨이의 안개 따위는 관심사가 아니었다. 이 시점에서 온통 도재이의 머릿속을 차지하고 있는 생각은 '안개'가 아니라 허버트 브라운, 아니 메나헴 리보 사장의 죽음과 그가 남긴 마이크로피셔 속의 메시지였기 때문이었다. 하지만 이은 실빈의 대답은 도재이의 구미를 바짝 당기는 것이었다.

"처음에는 단순히 기획 기사 취재 정도로 생각했어요. 하지만 지금은 생각이 달라요. 허버트 사장이 '안개'를 통해 전달하고자 하는 메시지가 반드시 있다고 생각해요."

"메시지라구요?"

"그래요. 메시지. 도재이 기자에게 전달한 상자처럼 말이죠."

도재이는 복잡한 머릿속에 하나의 단어를 추가하였다.

'안개.'

그는 머릿속이 정말로 안개로 꽉 차있는 느낌이었다.

"그나저나 어제 그 암호는 무슨 뜻인지 고민을 좀 해보셨나요?"

도재이가 문득 어제 같이 본 마이크로피셔 생각이 나서 실빈에게 물었다.

"아, 아니오. 솔직히 잘 모르겠어요. 저도 잠이 오지 않아서 이것저것 찾아보긴 했지만 잡히는 게 아직은 없네요. 나열된 알파벳만 보면 CODEX는 고대문서들, 예를 들어 고대 성서와 같은 것들을 통칭하는 말이더군요. REGIUS는 옛 로마 시대의 도시 이름이라고 검색되는데, 로마 시대의 고대 문서를 몽땅 다 뒤질 수도 없는 것이고, 레기우스라는 도시에서 발행된 고대 문서만 따로 찾을 수도 없고, 도통 무슨 말인지…"

실빈은 다시 한 번 팀 웬델보 커피를 홀짝였다.

"CODEX가 고대문서를 의미한다면 VOL은 '볼륨', 즉 책의 판형을 이야기하는 것 같긴 한데…. 알파벳도 알파벳이지만, 뒤에 붙어있는 숫자는 전혀 감도 오지 않아요."

"고대문서, 도시 이름, 그리고 판형이라…"

도재이는 점점 더 안갯속으로 빠져드는 기분이었다.

도재이는 이 복잡한 문자와 숫자의 나열들을 통으로 외워버리기로 작정했다. 언제 어디서든 단서를 찾으면 비밀을 풀 열쇠라는 것을 바로 인지할 수 있는 유일한 방법은, 머릿속에 각인하는 방법뿐이었다. 수십 번을 되뇐 끝에 도재이는 미스터리한 문장을 단 한자도 빠지지 않고 머릿속에 새겨 넣을 수 있었다.

이 비밀은 하나씩 드러나리라.

- 밀교 혼공서 중

미스티 노르웨이

＊
＊
＊

노르웨이 피오르 협만 북쪽에서 일흔두 번째 해안, 트레펠레 만에는 도재이 기자와 실빈을 포함해 이백칠십 명의 승객이 겨울 노르웨이 해양 크루즈 여행을 위해 피어 2번에서 게이트가 열리기를 기다리고 있었다.

석양에 반사된 바다를 떠올리게 하는 은빛이 도는 흰색의 선체에 총톤수 86,000톤, 전장 292m, 전폭 32m, 운항속도 24노트, 최대승객수 2,119명, 갑판 수 12개, 400석 규모의 연회장과 숙박룸을 보유하고 있는 스웨덴산 크루저였다.

(미스티 노르웨이 호)

13,000마력의 터보 스플린터 엔진과 첨단 소닉(Sonic:음파) 장비, 위성과의 교신을 위한 폴리곤 네트워크 장비, 매너 있고 잘 교육된 팔백

마흔여섯 명의 승무원, 삼십 년 경력의 항해사.

이 모든 것이 2월의 노르웨이 하늘과 완벽한 조화를 이루고 있었다. 미스티 노르웨이호는 일본에서 출발하여 튀르키예, 이탈리아를 거쳐 노르웨이를 오기까지 이미 두 달을 항해한 상태였다. 실빈과 도재이는 미스티 노르웨이호가 노르웨이를 경유할 때 하루짜리 티켓으로 승선을 예약한 상태였다. 실빈이 기후탐사팀장 직권으로 현장탐사 스케줄을 잡았고, 이유는 알 수 없었지만 동행 취재 파트너로 도재이를 선택한 것이었다.

노르웨이는 눈 앞에 펼쳐진 평온한 풍광과는 달리 2차 세계대전의 중요한 접전지 중 하나였다. 독일군의 입장에서는 영국을 공격하기 위한 전초 기지이기도 했고, 짙은 안개와 구불구불한 피오르 협만의 해안선은 자국의 해군들이 숨어지내기에도 더할 나위 없는 전략적 요새였기 때문이었다. 영화로도 만들어졌던 독일 잠수함 U-234 보트의 회항 명령지도 바로 노르웨이 베르겐 항구였다.

(크르르르르르… 끼이익)

미스티 노르웨이, '노르웨이의 안개'호는 중후한 마찰음을 내며 항구로 들어왔다. 탑승 시각이 다 되어서인지, 탑승 대기실에는 노르웨이의 겨울 바다를 만끽하러 온 관광객이 발 디딜 틈 없이 들어차 있었다. 탑승 대기실의 문이 열리자, 미스티 노르웨이호로 연결된 흰색의 구름다리가 아름다운 자태를 드러냈다.

"원더풀!"

사람들은 저마다 탄성을 지르며, 게이트로 몰려갔다. 도재이와 실빈도 엄청난 규모와 화려함에 입이 딱 벌어졌다. 이윽고 두 사람은 관광객 틈에 묻혀서 종종걸음으로 미스터 노르웨이호의 게이트로 향했다.

"날씨가 이렇게 좋은데 '안개'가 낄까요?"

난데없이 도재이가 물었다. 도재이의 질문에 실빈도 정신이 퍼뜩 들었다.

'그렇다. 우리는 피살당한 허버트 브라운 사장이 조사를 지시했던 '안개'를 보러온 것이다.'

"걱정하지 마세요. 이곳 날씨는 하루에도 서너 번씩 급격하게 변한답니다. 관광객들도 그걸 즐기러 오는 것이구요. 그리고 배의 이름을 보세요. 미스터 노르웨이…, 노르웨이의 안개…. 기대해 보자구요."

실빈은 도재이에게 위로하듯이 말을 건넸다. 허버트 브라운, 아니 메나헴 리보 사장의 지시로 벌써 수차례 안개 취재를 위해 탑승을 해 보았지만, 오늘은 느낌이 달랐다. 마치 메나헴 리보 사장이 쳐다보고 있는 느낌이었다.

미스터 노르웨이 호는 출발을 알리는 혼(Horn: 경적)을 길게 두 번 울렸다. 도재이와 실빈은 서둘러 갑판으로 올랐다. 날씨는 추웠지만, 청명한 공기를 뚫고 내려오는 아침 햇살 때문인지 체감온도는 그리 낮지는 않았다. 관광객들이 모두 들어가기에 충분한 선실이 있었지만, 선실로 들어가는 승객은 아무도 없었다. 모두 갑판에 서서 미세먼지 하나 없는 청정수역을 즐기고 있었다.

"춥지는 않으십니까?"

도재이와 실빈은 흠칫 놀라 소리 나는 곳을 동시에 돌아보았다. 흰색의 구레나룻이 멋있어 보이는 중후한 신사가 한 손에 커피잔을 들고 서 있었다. 신사는 흰색의 여덟 버튼 짜리 보팅 블레이저(Boating

Blazer: 배나 보트를 탈 때 착용하는 스포티한 상의)를 입고 있었고, 블레이저 안쪽에는 자카드 원단의 두툼한 조끼를 받쳐입고 있었다.

"놀라게 했다면 죄송합니다. 두 분이 너무 정겨워 보이고, 잘 어울려서 잠시 제가 질투를 했나 봅니다. 하하하."

중후한 신사는 넉살 좋게 이야기했다.

"제 이름은 모리스 패커드라고 합니다. 직업은 미스터 노르웨이호의 항해사입니다. 동양인과 서양인 부부는 흔히 보게 되는 것이 아니라서 제가 실례를 했습니다. 하하하."

"아, 그러시군요. 저희는 워싱턴데일리타임즈 오슬로 지사의 기자들이에요. 저는 실빈 아니타, 이쪽은 한국에서 온 도재이 기자입니다. 일단 저희는 '아쉽게도' 부부는 아니구요, 항해사님도 인지하고 계시겠지만 최근 심각한 상황인 '안개'를 취재하러 나왔습니다."

실빈의 이야기를 들은 모리스 패커드 항해사는 당황하는 표정으로 말을 이었다.

"어이구, 직장 동료시군요. 제가 연속으로 실례를 하는군요. 이거 죄송하게 됐습니다."

"괜찮아요. 저도 기분 나쁘지는 않았구요. 호호."

'아쉽게도' 부부가 아니라는 실빈의 말에 2월 노르웨이의 찬바람에 빨개졌던 도재이의 얼굴이 더욱 붉은 빛을 띠었다.

"안개를 취재하러 오셨다구요?"

"네, 아시는지 모르겠지만, 저희 본사 사장님께서 며칠 전 석연치 않게 피살을 당했는데, '노르웨이의 안개'가 사장님의 사실상 마지막 기획 기사 지시였어요. 여기 도재이 기자와 함께 좀 더 심층 취재를 해볼 생각입니다."

실빈의 이야기를 들은 모리스 패커드 항해사는 잠시 침울한 표정을 지었다가 이내 밝아졌다.

"사장님의 일은 유감입니다. 그러고 보니 며칠 전에 티비 뉴스에서 본 것 같습니다. 하지만 '안개'에 대해서 취재를 원하신다면 번지수를 제대로 찾으신 것 같습니다. 말씀하신 것처럼, 요 몇 개월 동안은 특히나 안개가 많이 끼는 것 같아요. 기상 이변임에는 틀림이 없는 듯합니다만…"

"그렇군요."

"제가 실수가 많았는데 기자님들이시니 크루즈를 하는 동안에 잠시 안내를 해드려도 될까요?"

뜻밖의 환대에 도재이는 서둘러 감사인사를 전했다.

"오히려 저희가 영광입니다. 항해사님께 직접 설명을 들으며 크루즈를 즐기는 사람이 몇이나 되겠습니까?, 안내를 해주신다면 정말 감사하겠습니다."

"오, 천만의 말씀입니다. 제가 전문 안내원이 아니라 서툴긴 하겠습니다만, 어설픈 안내를 양해해 주신다면 두 분 취재에는 조금이나마 도움을 드릴 수 있을 것 같긴 합니다."

도재이와 실빈은 과장된 표정으로 가슴에 손을 올리고 고개를 숙여, 배려에 감사를 표했다.

"자. 그럼 이쪽으로 와보시겠습니까?"

모리스 패커드 항해사는 도재이와 실빈을 데리고 유람선의 앞쪽 갑판으로 인도했다. 그동안 미스터 노르웨이 호는 미끄러지듯 항만을 빠져나와 베르겐 북쪽 로가란드 지역의 프레케스톨렌 협곡을 지나고 있었다. 협곡 양쪽으로 보이는 뤼세피오르(Lysefjord)의 높이 604m의 절벽은 감탄스러운 것이었다.

"와, 대단한 장관이군요!"

도재이는 감탄사를 연발했다.

"수백만 년을 거치면서 만들어진 장관이지요. 마지막까지 끊임없이 수만 가지의 변화된 모습을 우리에게 제공할 것입니다."

모리스 패커드 항해사는 말을 이었다.

"지금 우리가 지나고 있는 이 계곡의 이름은 프레케스톨렌 협곡입니다. 이렇게 아름다운 협곡이지만 그 뒤에는 비극적인 역사가 감추어져 있습니다. 프레케스톨렌은 13세기 이 지역의 성주의 이름이었습니다. 두 분 다 '바이킹'에 대해서는 알고 계시겠지요?"

"네. 잘은 모르지만 알고는 있습니다. 8세기 말에서 11세기까지 북유럽과 중앙 유럽까지 항해하며 교역 약탈을 하던 사람들이란 것 정도는 알고 있습니다. 개인적으로는 용맹, 전투적이라는 이미지도 있지만, 호전적 잔인성 따위의 부정적인 이미지가 더 강한 것 같아요."

도재이는 예전에 읽었던 라스 브라운워스(Lars Brownworth) 작가의 『바다의 늑대』라는 책을 떠올렸다.

바이킹은 공통의 언어를 사용했지만 결코 단일한 민족이 아니었으며, 바이킹 시대에도 스칸디나비아에서 살아가던 이들 대다수는 결코 고향을 떠나지 않았다. 침략자들은 모험에 나서지 않으면 안 되는 모종의 이유를 가진 다소 수상쩍은 소수의 무리였다. 사회 질서는 혹독한 처벌을 통해 유지했다. 간통을 저지르다 걸린 남성에게는 거꾸로 매달아 놓거나 말에게

짓밟히는 형벌을 내렸으며, 방화범은 화형에 처했다. 그런가 하면 이 같은 폭력적 시대에 어울리지 않게 바이킹은 문화인이라면 응당 음악을 즐길 줄 알아야 한다고 믿었다. 바이킹은 신을 모시기는 하나 '종교'라는 단어는 사용하지 않았다. 예배를 올리는 '공식적' 방법도, 보편적 교리도, 중앙 교회도 따로 없었다. 대신 이들은 지역에 따라 편차가 크기는 하지만 일련의 일반적인 믿음을 지니고 있었다. 얼음에 뒤덮인 대재앙으로부터 몸을 피할 곳은 없었지만 그럼에도 바이킹은 끊임없이 신들, 특히 바다의 신들에게 도움을 호소했다. 바이킹의 세계는 바다의 세계였다.

"맞습니다. 그 '바이킹'이 협곡 사이사이에 숨어있다가 지나가던 상선 따위를 약탈하곤 했습니다. 그 소문이 퍼지자 상선들은 이 지역을 통과하기를 주저했고, 바이킹은 약탈할 상선의 출현이 뜸해지자 궁여지책으로 육지의 성들을 공격하기 시작했습니다.

로가란드 성도 바이킹의 습격을 받게 되었죠. 이 지역의 성주였던 프레케스톨렌은 바이킹과 맞서서 싸웠지만 역부족이었습니다. 프레케스톨렌 성주는 구사일생으로 가족을 모두 남겨놓은 채 단신으로 탈출을 하게 되지만, 마을을 장악한 바이킹은 프레케스톨렌 성주의 가족을 모두 도륙하였습니다. 바이킹은 프레케스톨렌 성주 가족들의 배를 가르고 창으로 꿰어 성벽마다 걸어놓았습니다. 성주의 복수심을 일으켜 유인하려는 것이었죠. 프레케스톨렌 성주는 이 꼬임에 넘어가서 단신으로 다시 성으로 잠입을 시도했습니다. 짙은 안개를 방패 삼아 수십 개의 수급을 거두었지만, 결국은 생포되어 산채로 절벽에 매달리게 됩니다. 바이킹은 성주의 목 정맥을 칼로 끊은 뒤 아직 목숨이 붙어있는 상태로 거꾸로 매달아 놓아 극심한 고통을 겪으며 죽게 합니다. 성주는 절벽에 거꾸로 매달려 목을 타고 내리는 피를 느끼며, 자신의 가족들의 처참한 주검들 사이에서 서서히 죽어갔습니다.

목숨이 끊어지기 전, 프레케스톨렌 성주는 신에게 복수를 허락해 달라고 부르짖습니다. 신이 그 기도를 받아들여서인지 이후 바이킹은 점차 궤멸되었고, 신은 비극적인 프레케스톨렌 성주와 그 가족들을 불쌍히 여겨 이 협곡의 바위 절벽을 배를 가르고 창에 꿰여서 고통스러운 죽음을 맞이한 프레케스톨렌 성주와 그 가족들의 모습대로 만들었다고 하는 전설이 내려오고 있습니다."

모리스 패커드 항해사는 이야기를 마치고 실빈과 도재이를 번갈아 보았다. 도재이는 모리스 패커드 항해사의 이야기가 끝나자 짧은 탄식과 함께 주위를 둘러보았다. 그토록 아름다워 보이던 기암괴석들이 고통에 일그러진 프레케스톨렌 성주와 그 가족들의 절규하는 모습으로 보였다. 일그러진 눈의 어린아이와 가슴을 쥐어뜯으며 울부짖는 어머니의 모습….

실빈은 갑자기 우울해졌다. 도재이도 인상을 찌푸리고 절벽을 응시하고 있었다.

노략하는 네게 화가 있을지어다. 네가 노략을 당하지 아니하고도 노략하며 그들이 너를 배신하지 아니하였어도 네가 배신하는도다. 네가 노략하기를 그칠 때에 네가 노략을 당하며 네가 배신하기를 그칠 때에 그들이 너를 배신하리라.

- 성서, 이사야 33:1

안 개

*
* *
*

안개였다.

공연이 끝난 뒤에 무대에 커튼이 드리워지듯이 자연스럽게, 하지만 급하지 않게 안개가 끼고 있었다.

"드디어 안개 지역으로 들어가나 봐요."

"네. 안개 지역이 따로 정해져 있지는 않지만, 오늘은 굉장히 짙게 그리고 급하게 안개가 끼는 것 같군요."

실빈의 질문에 모리스 패커드 항해사는 다소 걱정스러운 표정으로 이야기했다.

"근데 안개는 왜 끼는 거죠?"

도재이가 신기하다는 듯이 질문을 했다.

"가시거리가 1Km 이상일 때는 안개라고 하지 않습니다. 본질적으로 안개는 구름과 같지만, 지면에 접해 있다는 점이 다릅니다. 지형에 따라 또는 관측자의 위치에 따라 구름이 되기도 하고 안개가 되기도 하는 거지요. 안개의 농도와 두께는 습도, 기온, 바람의 종류와 양 등에 의해 결정이 됩니다. 즉, 안개가 발생하려면 대기 중에 수증기가 많이 포함되어 있어야 합니다. 그리고 기온이 이슬점 아래로 내려가 공기가 포화상태에 이르고 수증기가 물방울로 응결되어야 하지요. 그래서 따뜻하고 습한 공기가 지표 가까이에 있는 차가운 공기와 만나거나 주변에 수증기의 공급원이 많아 습도가 높을 경우 안개가 잘 발생합니다. 안개가 지속적으로 발생하려면 바람도 중요합니다. 바람이 세게 불면 안개가 다 날아가 버리겠죠. 바람은 초당 풍속 2~3m 이하로 약해야 하고, 지표면 부근의 공기가 안정되어야 합니다."

수십 년간의 항해 속에서 무수한 안개를 경험했을 모리스 패커드 항해사의 경륜이 묻어나는 답변이었다. 안개는 점점 짙어졌다. 고통스러운 표정을 짓고 있던 프레케스톨렌 성주의 가족들도 시야에서 점차 사라져 갔다.

"굉장하군요. 마치 안개가 내 몸을 먹어버리는 느낌이에요."

실빈이 감탄사를 연발했다.

"멋진 광경임에는 틀림없지만, 오늘은 특별히 심하군요."

모리스 항해사는 연방 주위를 두리번거리며 말을 이었다.

"아무래도 저는 조타실로 가봐야 할 것 같군요. 크루즈 컨트롤(Cruise Control: 자동항법)에만 맡겨놓기에는 부담이 되는군요. 그럼 이따가 뵙지요."

모리스 패커드 항해사는 이내 시야에서 사라졌다. 안개는 모든 것을 지워나가고 있었다.

'신'을 떠나고 나서 도재이도 모든 것을 지워나갔다.

신을 떠난 대가는 달콤했다. 그동안 그를 억누르던 숙명론도, 도덕도, 심정적 갈등도, 모든 것을 신에게 귀착시킴으로 가졌던 인위적인 안정감도 일순간에 사라졌다. 다만, 치기 어린 보상심리만 남았다.

신을 떠나고 나서 도재이는 자유로웠으며, 감각적이었다. 도재이는 쾌락의 끝에 가보고 싶었다.

어린 시절 도재이는 입이 무거운 편이었다. 침묵은 때로는 그에게 대가를 지불했다. 아버지의 파산과 어머니의 갑작스러운 죽음 끝에 파툼 수도사의 도움으로 억지로 다시 다니게 된 중학교 시절, 도재이는 어느 학교에나 있는 농땡이 친구들의 미술숙제를 대신 해주고 받는 돈이 주 수입원이었다. 저렴한 가격에 수요가 항상 공급을 초과했으므로, 수입은 꽤 괜찮은 편이었다. 처음에는 똑같이 그린 여러 장의 그림을 친구들의 이름으로 제출하면 미술 선생님이 눈치를 채지 않을까 싶어, 조금이라도 다르게 그려서 제출하곤 했지만, 이내 미술 선생님이 제출한 미술숙제를 보지도 않고 그대로 묶어서 학교 소각장에 버린다는 것을 확인한 후로는 마음 편하게 복사하듯 그려서 제출했다.

도재이와 친구들 사이의 거래를 선생님을 제외한 대부분의 급우들이 알고 있었던 즈음, 교실에서는 작은 사고가 발생했다. 도재이와는 관계가 없었지만, 중간고사에서 십여 명의 친구들— 대부분이 도재이의 고객인 —이 짜고서 부정을 저지른 것이었다. 부정이라고 해야 서로 한 과목씩 공부해 와서 답안을 돌려쓴 것이지만, 문제는 너무 많은 사람이 그 사실을 알고 있었다는 것이었다.

시험이 끝나자 공모, 집단부정, 사전계획, 치밀한 작전, 전문적 수법 등과 같이 범죄조직에서 납치나 살인을 했을 때 쓰이는, 듣기에도 거북스럽고 섬뜩한 단어들이 교실에 퍼져 나갔다. 이 단어들은 한 교실에서 같이 공부하던, 정직하게 공부해서 손해를 본 친구들의 입에서 회자되기 시작했고, 도재이의 주요 고객들은 퍼지는 소문을 감당하기 힘들어했다.

도재이의 고객들은 그에게 사건을 무마해 주기를 바랐다. 도재이는 지속적인 수입원이 필요했고, 미술숙제의 가격을 두 배로 제시한 도재이의 제안에 고객들은 기꺼이 응했다. 도재이는 담임선생님에게 스스로 찾아가서 항간의 소문의 진상과 원인이 '그'였음을 자수하였고, 학교 육성회와 어머니회 회원인 도재이의 고객들의 부모님들 때문에 고민에 빠져있던 학교 측에서는 도재이에게 정학 1개월의 처분과 결과를 공지하는, 모두가 만족하는 방향으로 사건을 급히 일단락시켰다.

도재이는 침묵함으로 실리를 취했다. 그들의 보호는 졸업 때까지 계속되었으며, 신을 버린 대가는 너무나 달콤했었다.

"도재이 기자님 오늘 날을 제대로 잡은 것 같아요. 무언가 우리가 원하는 것을 찾을 수 있을 것 같지 않아요?"

도재이가 잠시 과거의 기억에 잠겨있을 때, 실빈이 갑자기 도재이의 팔을 잡으며 소리를 질렀다.

"깜짝이야!"

화들짝 놀란 도재이는 감전이라도 된 듯 몸을 튕겨 내었다

"무슨 생각을 그리 골똘히 하세요?"

"아, 아니… 아무것도."

실빈이 기대감에 찬 눈빛으로 도재이를 쳐다보았다. 도재이도 꿈에서 깨듯 과거의 생각에서 벗어나 현실로 돌아왔다.

(펑, 치치직…. 후두둑 툭툭.)

갑작스러운 소리에 모든 사람의 시선이 소리 나는 쪽으로 쏠렸다. 누군가가 준비해 온 불꽃 폭죽에 불이 붙는 소리였다. 안개 속에서의 폭죽은 화려하면서도 몽환적이었다.

"우와, 굉장한 안개군요. 조금 있으면 실빈 양도 보이지 않겠어요."

도재이는 엄청난 안개에 놀라서 감탄사를 토해 내었다. 이제 보이는 것은 폭죽의 불꽃과 선상의 불빛, 그리고 손을 뻗치면 닿을 수 있는 거리의 사물들뿐이었다.

"시각과 촉각이 일치하는군요. 보이는 것만 잡을 수 있고, 잡히는 것만 볼 수 있어요."

실빈은 재미있는 모양이었다. 하긴 여기저기서 깔깔대는 웃음소리가 터져 나오고 있었다.

갑자기 선상에 방송이 나왔다.

"갑판에 계시는 승객 여러분께 안내 말씀을 드리겠습니다. 지금 안개가 너무 심하게 끼었습니다. 실족의 위험이 있으니 승객 여러분께서는 안전한 선내로 이동하여 주십시오. 다시 한 번 말씀드립니다…."

승객들은 잠시 방송에 귀를 기울이는 듯하더니 이내 아랑곳하지 않고 다시 깔깔거리기 시작했다. 또 어디선가 불꽃이 올랐다.

"방송까지 하는 거로 봐서 상황이 심각해지는 것 같은데…."

"우리 모리스 항해사를 찾아보는 게 어떨까요?"

실빈도 걱정이 되는 모양이었다.

"아무래도 그게 좋겠어요."

실빈과 도재이는 조타실을 찾아서 갑판을 벗어났다. 조타실은 선체의 안정성과 갑판의 시야 확보를 위해서 크루즈 선체의 맨 뒤편 가장 높은 곳에 있었다. 몇 차례의 오르락내리락하는 시행착오 끝에야 도재이와 실빈은 휠 하우스(Wheel House: 조타실)이라 쓴 문 앞에 서 있을 수 있었다.

조타실의 문을 두드리자, 어깨에 두 줄짜리 견장을 착용한 여성이 막아섰다.

"죄송합니다. 이곳은 여객의 출입이 금지된 장소입니다. 길을 잃으셨다면 다른 어시스트 스튜어드를 불러 안내해 드리겠습니다."

친절하지만 단호한 목소리였다.

"리사! 그분들은 여객이 아니라 워싱턴데일리타임즈 기자분들이에요. 취재차 방문하신 거니까 들어오시게 하죠."

실빈과 도재이를 알아본 모리스 패커드 항해사 덕에 두 사람은 더 이상의 실랑이 없이 조타실에 들어설 수 있었다. 조타실에는 다양하고도 복잡한 장비들로 꽉 채워져 있었다. 조타실의 앞 유리창을 통해서 바라본 갑판은 너무 짙은 안개 때문에 조타실 앞쪽 일부 갑판만 보여서, 마치 배가 반 토막이 난 듯 보였다.

"우와, 저는 태어나서 이렇게 짙은 안개는 처음입니다. 정말 말 그대로 한 치 앞도 보이지 않는군요. 이렇게 안개가 짙어도 항해에는 문제가 없나요?"

실빈이 걱정스럽게 항해사에게 이야기했다.

"음, 저도 사실 이렇게 심한 안개는 처음입니다. 당연히 예보상에도 없었던 일이고, 저도 당황스럽군요."

모리스 항해사는 땀이 나는지 이마를 쓱 한번 훔쳤다. 이마에 가로로 깊게 파인 주름이 더욱 선명하게 보였다.

그때 누군가가 항해사의 도움을 요청하는 비명을 질렀다.

"모리스 항해사님! 레이더 장비에 문제가 있는 것 같은데요! 좀 와보세요!"

"실례합니다."

모리스 항해사는 짧은 목례를 하고는 이내 타원형의 복잡한 수치가 장식되어 있는 기계 쪽으로 자리를 옮겼다.

"브라이언, 엔진 텔레그래프(Engine Telegraph: 선박의 전, 후진 및 속도를 조정하는 장치)하고 스러스터 다이얼(Thruster Dial: 선박추진제어장치) 점검해 봐!"

브라이언이라 불린 사람은 민첩하게 이것저것을 만지기 시작했다.

"항해사님, ARPA(Automatic Radar Plotting Aids: 자동 레이더 정보 표시 장치)에도 문제가 생긴 것 같습니다."

"맥! GMDSS(Global Maritime Distress and Safety System: 세계 해상조난 및 안전 시스템)점검하고, INMARSAT(International Marine Satellite Organization: 국제 해사 위성 기구) 연결상태 확인해 봐!"

도재이와 실빈은 분주히 뛰어다니는 사람들의 사이에서 염려스러운 듯이 서있었다. 그때였다.

"갑판에 있는 승객들에게 칵테일이라도 한 잔씩 돌리도록 하지."

갑자기 들려온 소리에 도재이와 실빈은 동시에 조타실의 입구로 고개를 돌렸다.

"음? 손님들이 계셨나 보군요."

역시 멋진 금장 단추가 붙어있는 감색 블레이저에 푸른색 빛이 감도는 나비 선글라스를 낀 신사였다.

"네, 워싱턴데일리타임즈의 기자분들입니다. '안개'를 취재하러 승선하셨는데, 마침 제대로 탑승하신 것 같아요. 평소보다는 지나치게 안개가 많이 끼긴 했지만요…"

모리스 패커드 항해사가 대신 대답을 하였다.

"아아, 기자분들이셨군요. 반갑습니다. 미스티 노르웨이 선장 이스마엘 쿠르드라 합니다."

이스마엘 선장은 까닥 고개를 숙여서 인사했다. 그리고 모리스 항해사를 돌아보며 말했다.

"모리스 항해사! 바에 이야기해서 갑판의 손님들께 칵테일 서비스라도 하도록 해요. 음악도 경쾌한 것으로 바꾸고."

"네. 선장님."

모리스 항해사가 짧게 대답하고, 내선 전화를 접객팀으로 연결했다.

도재이는 악수를 청했다.

"선장님이시군요. 반갑습니다. 저는 워싱턴데일리타임즈 오슬로 지사의 도재이라고 합니다."

접객팀에 음료 서비스를 지시한 모리스 항해사가 중간에 끼어들었다.

"말씀 중에 죄송합니다만 선장님, 지금 장비에 문제가 생긴 것 같습니다. 음, 자기장에 이상이 생긴 게 아닐까 생각이 됩니다만, 지금 통신과 조타에 연관된 기기들이 모두 오작동하고 있습니다."

"그래? 기기 점검은 하고 있나?"

"네. 뭐라고 단정 지을 수는 없지만, 지나치게 짙은 안개가 기기의 오작동을 유발한 것 같습니다만, 제 생각에는 항해를 일시 중단하고 안개가 조금 걷히기를 기다리는 것이 좋을 듯합니다. 말씀하신 대로 기기 점검도 할 겸 말입니다."

"음…."

선장은 잠시 망설이다가 지시를 시작했다.

"갑판 위의 승객들에게는 주의방송을 내보내고 기상청과 연결을 해 보도록 하게. 그리고 항해는 일시 중단을 하고 기기 점검을 하도록. 그동안 안개가 좀 걷히겠지."

"네. 알겠습니다. 선장님."

도재이와 실빈은 본의 아니게 선장과 항해사의 대화를 옆에서 들어버렸다. 싱글 여밈형 3버튼 하프 코트에 금장 허리 벨트를 착용한 선장의 왼쪽 가슴에는 이스마엘. J 쿠르드라는 금빛 배지가 반짝이고 있었다.

"오, 죄송합니다. 제가 두 분이 계시다는 걸 잠깐 망각했습니다."

이윽고 이스마엘 선장은 도재이와 실빈를 돌아다 보았다.

"괜찮습니다. 이쪽은 저의 동료 실빈 아니타 양입니다."

"아, 네. 이렇게 대단한 미녀를 옆에 두고 제가 모르고 있었군요. 하하."

이스마엘 선장의 빠르지 않은 나지막한 베이스톤의 목소리는 처음 보는 사람도 순식간에 빠져들 만큼 매력적이었다.

"선장님!"

모리스 항해사의 고함 소리에 이스마엘 선장과 도재이, 실빈은 모리스 항해사가 손짓을 하는 곳으로 달려갔다. 모리스 항해사가 가리키는 것은 바닥에 부착되어있는 자이로 컴퍼스(Gyrocompass: 자이로스코프를 이용하여 정북을 가리키도록 만든 나침반)였다. 우리의 시선은 동시에 자이로 컴퍼스로 향했다. 나침반의 끝은 한군데에 고정되어 있지 않고 좌우로 심하게 요동치고 있었다.

"어떻게 이런 일이…. 자이로 컴퍼스는 자석식 컴퍼스와 달라 항상 진북만을 가리키게 되어있는데…."

모리스 항해사는 황당한 표정이었다.

"선장님, 교신도 되지 않습니다. 강한 방해전파가 교신을 차단하는 것 같습니다."

누군가의 고함 소리가 나시 들려왔다.

"혹시 장비의 이상이나 고장은 아닐까요?"

도재이는 걱정스러운 표정으로 모리스 항해사를 쳐다보았다.

"노르웨이의 선박 기자재 제조기술은 세계 최고 수준입니다. 데크 위치와 선박 조명체계에서부터 세계에서 가장 앞선 최신 제품들을 생산해 내고 있지요. 노르웨이의 자동화기기, 감시장치, 항해, 통신, 추진장치, 디지털 지도제작, 경보장치, 완벽하게 통합된 조타실 통제장치 등은 단연코 세계 최고입니다.

저희 미스티 노르웨이호는 덴 노르스크 베리타스사의 안전장비를 사용하고 있는데, 베리타스사는 세계적으로 안전성을 인정받은 최고의 회사입니다."

모리스 항해사는 미스티 노르웨이호의 안전성에 의구심을 갖는 듯한 도재이의 말에 민감하게 반응했다.

"그랜드 크로스(Grand Cross: 네 개의 행성이 십자 형태로 배열되는 현상) 같은 행성 배열이 있을 때면 가끔 극지방 같은 곳에서 강한 자기장이 형성되어 나침반의 방향이 지정되지 않는 경우가 있다고는 들었습니다. 외부적인 영향이 없더라도 자기장이 흩어져서 비행기나 선박이 실종되는 사례도 종종 있었지요. 아마 버뮤다 삼각 지역에 대한 이야기는 들어보셨을 겁니다."

"그랜드 크로스가 뭐죠?"

모리스 항해사의 말이 끝나자 실빈이 곧이어 질문을 던졌다.

"그건 제가 답을 해드리죠."

이스마엘 선장이 입을 열었다.

"다른 말로 행성 직렬 현상이라고도 합니다. 1982년인가에 처음 배열이 관측되었다고 하더군요. 태양계의 행성들이 거대한 십자가 형태로 배열되는 걸 말합니다. 이 경우 지구 자기장에 이상이 생겨 조수간만의 차가 커지고, 지진 등 엄청난 재앙이 생긴다고 알려져 있지요.

노스트라다무스의 예언서에도 상징으로 비유가 되어있다고 하더군요. 하지만 이런 일은 실제로 불가능합니다. 실제로 1999년 8월과 2000년 5월에는 행성이 십자형으로 배열되는 그랜드크로스 현상이 있었지만, 음모론자들이 주장한 따위의 일은 없었습니다."

"그러면 지금 이런 현상은 어떻게 설명할 수 있을까요?"

실빈이 좌우로 심하게 요동치고 있는 자이로컴퍼스를 가리키며 말했다.

"그러게 말입니다. 여기에서 벗어나면 학계에 보고라도 해야 할 것 같아요. 정말로 이례적인 일이거든요. 저도 말로만 들었지 실제로는 30년 항해 생활 동안 한 번도 경험해 보지 못한 일이라서…."

이스마엘 선장도 말끝을 흐렸다.

안개는 걷힐 생각이 없는 것 같았다. 아니 오히려 더 심해지는 것 같았다. 도재이와 실빈은 같이 갑판으로 나가보았다. 갑판 위에는 '브랜포드 마샬리스 밴드'의 트럼펫 연주가 감미롭고 경쾌하게 울려 퍼지고 있었다. 곧이어 음악 사이로 다시 한 번 안내방송이 흘러나왔다.

"승객 여러분께 안내 말씀드리겠습니다. 미스터 노르웨이 호는 승객 여러분이 보시다시피 너무 심한 안개 때문에, 항해를 잠시 중단하고자 합니다. 잠시 기기 점검을 하는 동안 승객 여러분께 저희 승무원들이 칵테일 서비스를 해드릴 것입니다. 승객 여러분께서는 이 유니크(unique)한 항해를 즐겨주시기 바랍니다."

방송이 마치자 갑판은 한번 술렁임이 있더니 이내 왁자지껄한 분위기로 변했다.

곧이어 미스터 노르웨이 호의 엔진이 멈추었다.

인간은 스스로 운명을 피할 수 없으며 또한 맞서 싸울 수도 없나니.
- 소포클레스작(作) 『오이디푸스왕』 중

이스마엘 J. 쿠르드

*
*
*

그날은 이스마엘 선장이 배와 함께한 지 꼭 이십구 년 하고도 3개월이 되는 날이었다. 이스마엘 선장은 9개월 뒤에 정년퇴직을 할 생각이었다. 무사히 남은 9개월을 마치고, 가족들과 오슬로의 외곽지역에 멋진 별장을 지어 한가롭게 여생을 보낼 생각이었다.

지난 30년간의 뱃사람 생활에서 크고 작은 사고들이 없지는 않았다. 가장 최근의 사고는 지난 2019년 바이킹 스카이호를 운항할 때였다. 노르웨이 베르겐에서 출발해 12일간 알타와 트롬쇠를 거쳐 영국 런던의 틸버리 항에 도착할 예정이었다. 탑승한 승객과 승무원은 1,373명이었다. 10미터가 넘는 높은 파도와 강한 바람 속에서 엔진이 고장 나 표류했고, 당시의 상황은 위험을 무릅쓴 몇몇 승객이 마치 바다처럼 출렁이는 크루즈 갑판 위의 수영장을 휴대폰으로 촬영해 유튜브에 올림으로써 유명해졌던 사건이었다. 바이킹 스카이호의 구조신호를 접한 노르웨이 당국과 선사는 5대의 헬기와 구조보트 등을 동원해 승객 1,300명을 대피시켰지만, 나머지 승무원들은 무슨 일이 있어도 배를 구해내라는 선사의 명령에 따라 구조 대상에서 제외되었고, 이래 죽으나 저래 죽으나 마찬가지였던 승무원들은 목숨을 걸고 엔진 일부를 가동해 후스타드비카만에 천신만고 끝에 바이킹 스카이호를 정박했다. 후스타드비카만은 해저 지형이 험해 평소에는 오히려 바이킹 스카이호와 같은 대형 선박은 절대 접근금지 지역이었기에, 후스타드비카만으로 대피, 정박 결정은 사실상 미친 짓이었다.

사실, 바이킹 스카이호가 1,300명의 승객을 태우고 항해한 항로 자체도 암석이 많고 파도가 거칠어 평소에도 '배의 묘지'로 알려진 구간이었고, 최악의 일기예보 속에 항해를 강행한 것은 오로지 선사의 욕심 때문인 것을 이스마엘 선장은 알고 있었다. 이 사건 이후, 많은 승무원이 트라우마가 생겨 다른 직종으로 이직했으나 이스마엘 선장은 3일간의 고민 끝에 30년 바다 생활을 채우기로 결정했다.

하지만, 오늘은 그때와는 전혀 다른 상황이었다. 파도도 없으며, 바람도 없다. 정년이 얼마 남지 않은 상황에서 오늘 발생한 미스티 노르웨이호의 말썽은 적잖이 이스마엘 선장의 신경을 건드리는 것이어서, 걱정과 긴장으로 상황을 주시하고 있었다.

"배가 움직이는 것 같아요!"

누군가의 고함 소리에 예정에 없던 선상파티를 즐기던 갑판 위 승객들의 동작이 스냅사진처럼 순간적으로 정지되었다.

"배가 움직인다고?"

이스마엘 선장은 모리스 항해사와 함께 고함 소리가 난 곳으로 뛰어 갔다. 갑판의 고물 쪽에는 여러 사람이 모여서 바다를 내려다보고 있 었다. 사람들의 틈바구니를 헤집고 고물의 난간에 도달한 선장과 항 해사는 아래를 내려다보았다. 아직까지 안개가 걷히지 않은 탓에 자세 히는 볼 수 없었지만, 배는 틀림없이 움직이고 있었다.

"세상에, 이럴 수가!"

모리스 패커드 항해사가 비명을 질렀다.

"배가 움직이는 것이 아니라 바닷물이 어디로 흐르는 것 같은데요!"

언제 왔는지 워싱턴데일리타임즈의 기자라는 친구들이 쫓아와서 고 함을 질러대고 있었다.

"있을 수 없는 이야기입니다. 실빈 양. 이 배는 만삼천 마력에, 무게 만 86,000톤이 넘습니다. 이런 배를 단순한 표층해류(바람에 의해 생성되 는 해류)가 움직이는 것은 불가능합니다."

"그럼 어떻게 된 거죠?"

자신을 도재이라고 소개했던 동양 친구가 옆에서 거들었다.

"글쎄요, 지금은 뭐라 말할 수 없네요."

평생을 바다에서 보낸 이스마엘 쿠르드 선장의 이마에 영하의 날씨 에도 땀이 송골송골 맺혔다. 이때, 모리스 항해사가 이스마엘 선장에 게 건의했다.

"선장님, 일단 승객들이 불안해할 수 있으니, 다시 한 번 안내방송 을 하는 것이 순서일 듯합니다."

"음…, 그게 좋겠군. 방송실로 가지."

이스마엘 선장과 모리스 항해사는 급한 발걸음으로 방송실을 향했다. 곧이어 갑판에 이스마엘 선장의 목소리가 울려 퍼졌다.

"승객 여러분께 알립니다. 저는 이 배의 선장인 이스마엘. J 쿠르드입니다. 먼저 승객 여러분께 걱정을 끼쳐드려서 죄송하다는 사과의 말씀을 드리겠습니다. 아시다시피 '미스티 노르웨이'호는 크루즈 여행선으로 현재의 항로만 7년째 운항해 왔습니다. 하지만 오늘은 저희도 처음 경험하는 극심한 안개와 또 이 안개 때문으로 추정되는 이상 자기장의 형성으로 기기의 오작동이 생겼습니다.

현재 엔진을 정시하고 잠시 대기상태이긴 하시만, 일기 예보상으로는 날씨의 이상 예보는 없었으므로, 곧 안개는 걷히리라 생각되며, 기기의 오작동도 이상 자기장의 영향력만 벗어나면 정상으로 돌아올 것입니다."

갑판에는 한차례 큰 술렁거림이 있었다.

"다시 한 번 말씀드립니다. 현재 기기 점검 중에 있습니다. 승객 여러분께서는 동요하지 마시고 잠시만 대기하여 주시기 바랍니다."

동요하지 말라는 이스마엘 선장의 방송에 승객들은 일시에 동요하기 시작했다. 몇몇 승객의 호들갑스러운 동요는 파도가 밀려 더 큰 파도를 만들듯, 근거 없는 공포를 확산시켰다. 객실로 들어가는 사람, 구명조끼를 착용하는 사람, 터질 리 없는 전화기를 들고 어디론가 통화를 시도하는 사람….

"모리스 항해사! 안으로 들어가서 다시 한 번 통신장비가 작동하는지 점검해 주게!"

승객들의 분위기가 심상찮음을 감지한 이스마엘 선장은 민첩하게 지시를 내리기 시작했다.

모두들 분주히 기기 점검을 하고 있을 때였다. 배의 선미 쪽에서 희미하게 모터보트의 소리가 들리기 시작했다.

"엇, 저 소리 들리십니까? 무언가가 저희 쪽으로 접근하고 있는 듯합니다!"

긴박한 한 선원의 고함에 모두의 시선이 소리 나는 쪽으로 돌아갔다.

"우리 배의 이상을 알고 도와주러 온 해양경찰 아닐까요?"

가장 먼저 무언가 다가오는 소리를 들은 선원이 이스마엘 선장에게 조심스레 이야기했다.

"우리 상황을 인지하고 도와주러 오는 해양경찰 선박이라면 예인정이나 초계함 정도는 되어야 하는데, 저 소리는 고성능 스피드 보트 이상이라고 봐야 해. 느낌이 좋지 않아….."

이스마엘 선장은 미간을 잔뜩 찌푸리고 접근해 오는 배를 응시했다.

곧이어 시야에 들어온 것은, 114톤의 중량에 3,700마력 엔진을 장착하고 최대속력 105km를 자랑하는 퍼싱(Pershing) 115 보트였다. 세련된 갈색 줄무늬 위에 '제네시스'라는 글씨가 문양 된 퍼싱보트는 무서운 속력으로 미스티 노르웨이호에 접근했고, 곧이어 미스티 노르웨이 호에 접이식 사다리가 걸쳐졌다.

너 스스로가 깨어 있으라.

- 불경 다모팔교

쿠로베 다카시

*
*
*

"저는 전(前) 일본 교토대학 금속공학부 교수였던 쿠로베 다카시라고
합니다."

안개 속을 뚫고 올라온 한 척의 보트에서 내린 작은 체구의 흰머리
동양 남자가 입을 열었다. 주위에는 기관총 중 가장 가볍고 명중률이
높은 싱가포르산 얼티맥스 100 기관총으로 무장한 여섯 명의 괴한들
이 쿠로베 박사의 옆으로 서있었다.

쿠로베 박사는 순백색의 로브(무릎 아래까지 오는 긴 가운)를 입고 있었
고, 허리에는 세 겹으로 꼰 삼의 일종인 아마끈으로 된 허리띠를 무
릎까지 늘어뜨리고 있었다. 이 생경한 복장에 더해 휘날리는 백발의
머리칼은 마치 한국의 도인과 같은 이미지를 풍기고 있었다.

공중에는 미국 크라토스사(社)가 개발한 인공지능 공격드론인 ALTIUS-600 세 대가 삼각 편대를 이루어 승객과 승무원들을 무섭게 노려보고 있었다. 이미 갑판에는 이스마엘 선장을 비롯해 대부분의 승무원과 승객이 나와있었다.

"오 마이 갓…."

총을 든 괴한들을 보고 놀란 승객들의 비명과 울음소리가 여기저기서 터져 나왔다

"타타탕!"

공중으로 쏘아진 기관총의 소리에 일시적으로 비명이 잦아들었다.

"매우 당황스러우시리라 생각합니다만."

자신을 쿠로베 다카시라고 소개한 사람의 말이 이어질 때였다.

"아, 쿠로베 교수!"

실빈이 미간을 잔뜩 웅크리며 도재이에게 속삭였다.

"실빈, 쿠로베 교수를 아나요?"

"네. 환경공학의 세계적인 석학이에요. 또 기인으로 유명하죠. 교수직을 사임하고, 넝마주이 환경 운동가로 활동하다가 1990년 갑자기 종적을 감추었지요. 화학 공업원료와 연료 조성물의 합성방법에는 세계 최고 수준의 교수라고 알려져 있어요."

그때, 쿠로베 다카시 교수의 목소리가 공중에 떠있는 드론을 통해 갑판에 울려 퍼졌다.

"즐거운 여행 중 불편하게 해드려서 죄송합니다. 여러분 중 몇 분을 초대하고자 '미스티 노르웨이'호에 허락 없이 승선하게 된 점을 유감으로 생각합니다. 대단히 죄송스러운 말씀이지만 현재 '미스티 노르웨이'

호는 나포 상태에 있습니다. 하지만 저희는 여러분을 해치거나 신변에 위협을 가하지는 않을 것입니다. 저희의 초대에 손님들이 순순히 응하기만 하면 말입니다."

"나포라고?"

순식간에 배에는 사금파리 먹인 연줄을 당긴 듯 팽팽한 긴장이 돌았다.

"앞서 말씀드린 것처럼 여기 계신 모든 분이 다 필요하지는 않습니다. 저희는 필요한 분만 '초대'할 것입니다."

쿠로베 교수의 말이 끝나자, 일부 승객들은 몸을 숨기려 갑판 뒤쪽으로 이동하려 했다.

"어리석은 행동은 하지 마시길 바랍니다. 머리 위에 보이는 ALTIUS −600 드론은 모션 디텍터(움직임 감지)와 2억 화소의 카메라로 여러분을 추적합니다. 사용하게 되지 않기를 바라지만, 드론에는 비현실적이라 불릴 만큼 정확도를 자랑하는 한국제 K3 경기관총도 역시 장착되어 있음을 알려 드립니다."

주춤주춤 몸을 숨기려던 일부 승객들은 힐끗 쿠로베 박사가 언급한 드론을 쳐다보고는 이내 숨기를 포기하고 갑판으로 돌아왔다.

"… 목적이 돈입니까?"

이스마엘 선장이 조심스럽지만 단호한 목소리로 한발 앞으로 나가며 말을 던졌다. 여기저기 울음이 터지기 시작했다. 쿠로베 박사는 야릇한 미소를 띠우고 답을 했다.

"돈은 필요하지 않습니다."

목적이 돈이 아니라는 쿠로베 교수의 말에 이스마엘 선장은 절망했다. 돈이 목적이 아니라는 것은 극단적 반정부주의자들이거나 정치적 목적의 테러리스트일 가능성이 큰데, 어느 쪽이든 최악의 상황을 가정해야만 했다. 단순히 돈을 목적으로 하는 해적들의 경우, 인질을 해치면 목적을 이룰 수 없기에 어느 정도 협상의 가능성이 있지만, 반정부주의자나 테러리스트는 반드시 희생을 동반하게 되기 때문이었다.

"저희는 여러분이 생각하는 것처럼 해적도 아니고, 테러리스트도 아닙니다. 굳이 설명하자면 여러분의 상상 이상의 거대한 조직이라 생각하면 될 것입니다. 이 거대한 미스티 노르웨이호가 갑자기 멈춰 선 것만 봐도 아시리라 생각됩니다."

"그렇다면?"

"그렇습니다. 여러분이 만났던 짙은 안개는 저희가 인공으로 만든 것입니다."

* 이스마엘 J. 쿠르드- 덴마크, 미스티 노르웨이호 선장

* 클라크 에버딘- 미국, 산타바바라 코너스톤 교회 목사

* 해리스 트루먼- 영국, 영국 국립 기상청 직원

* 도재이- 한국, 워싱턴데일리타임즈 기자

* 실빈 아니타- 노르웨이, 워싱턴데일리타임즈 기자

* 마리아 겐코- 러시아, 모스크바 국립대학 생명공학부 교수

* 케네스 올라지데- 나이지리아, 쉐브론사 석유탐사관

* 보타니 크림슨- 모로코, 고고학자, 시디 모하메드 벤 압델라 대학교수

쿠로베 박사는 '초대'한 사람들의 명단을 공개했다.

명단이 한 명 한 명 발표될 때마다 괴한들이 이름이 불린 사람들을

찾아내어 앞쪽으로 끌고 나왔고, 어떻게 획득한 것인지는 모르지만 미리 준비해 온 태블릿으로 데이터를 보며 대조작업을 했다.

보타니 크림슨의 이름이 불렸을 때, 보타니 크림슨 교수가 소리를 질렀다.

"나는 안 갈 거요. 너희들이 뭐 하는 놈들인지는 모르겠지만, 나는 절대 당신들 말을 따를 수 없어!"

이 말을 듣자 얼티맥스 100 기관총을 가진 두 명이 보타니 크림슨 교수를 거칠게 앞으로 잡아끌기 시작했다. 보타니 크림슨 교수는 저항하며 괴한의 기관총을 한 손으로 잡고 몸싸움을 벌였다. 뜻밖의 저항에 당황한 괴한은 순간적으로 한 발짝 뒤로 물러섰다.

"드르르륵."

순식간의 일이었다. 괴한의 기관총을 잡고 있던 보타니 크림슨 교수의 왼팔이 어깨에서 떨어져 나와 기관총에 대롱대롱 매달렸다. 공중에 떠있는 드론의 총구에서 모락모락 연기가 피어오르고 있었다.

"으아아악!"

사람들은 비명을 지르며 모두 바닥에 엎드렸다. 하지만 막상 보타니 크림슨 교수는 순식간에 벌어진 일에 고통도 못 느끼는 듯 괴한의 기관총에 매달려 덜렁이는 자신의 팔을 잡으려 반쯤 남은 팔을 허공에 휘적이고 있었다. 그나마 몸에 붙어있는 팔에서는 피가 뿜어져 나왔고, 보타니 크림슨 교수는 곧 바닥에 나뒹굴었다. 삽시간에 갑판은 아수라장으로 변했지만, 괴한들이 공중으로 쏘아대는 기관총 소리에 이내 잠잠해졌다.

"쿠로베 교수님, 먼저 승객들과 나머지 승무원들의 무사귀환을 보장해 주십시오."

이스마엘 선장이 엎드린 상태로 다급하게 외쳤다.

"물론입니다. 여덟분, 아니 이제 일곱분이 되겠군요. 일곱분의 이동이 끝나면 안개도, 장비의 이상도 바로 정상화될 것입니다."

쿠로베 박사는 야릇한 미소를 띠면서 시원하게 대답했다.

실빈과 도재이는 자신들의 이름이 불린 것이 믿기지가 않았다. 목적이 돈도 아니라면 기자 따위를 데려다 어디에다가 쓴단 말인가? 하지만 드론에서 울려 퍼지는 쿠로베 박사의 목소리는 정확히 실빈과 도재이의 이름을 불러댔다. 실빈은 이름이 불리자 주저앉아 울기 시작했다. 실빈이 주저앉는 모습을 감지한 ALTIUS-600 드론의 총구가 실빈을 향해 움직였다. 도재이는 급하게 실빈의 겨드랑이에 손을 넣어 일으켰다.

"실빈! 정신 차려요. 총구가 우리를 향하고 있어요. 일단 빨리 나갑시다."

도재이의 재촉에 실빈이 눈물 어린 눈으로 하늘을 올려다보자 드론이 곧 기관총을 발사할 모양새로 실빈과 도재이 바로 앞으로 다가왔다. 두 사람은 황급히 몸을 일으켜 주춤주춤 앞으로 나갔다. 총을 든 괴한 중 한 놈이 다가와서 도재이와 실빈의 얼굴을 스캔하고, 신원을 확인했다.

"저쪽으로!"

신원확인을 마친 7명의 초대받은 사람들은 일렬로 쿠로베 박사의 '초대선'으로 이동했다.

그들은 음모를 획책하며 불의를 저지르나 결국은 스스로 해를 입게 되리라.
- 불경 사마기 파나사

초 대

*
*
*

    7명의 '초대자'를 태운 퍼싱 115 보트가 빠른 속도로 움직이기 시작했다. 세 개의 야마하 엔진에서 뿜어내는 출력은 대단한 것이었고, 미스티 노르웨이호는 금세 시야에서 멀어졌다. 엄청난 엔진 소음과 파도 위를 치고 나가는 시속 100Km에 육박하는 속력에 모두는 아무 말이 없이 손잡이만 꽉 잡고 있을 뿐이었다. 도재이와 실빈도 다른 이들과 같이 침묵 속에서, 두려움과 긴장 속에 얼굴에 불어오는 차가운 바람을 맞고 있었다.

    얼마나 이동하였을까.

    모두를 태운 퍼싱보트는 바다 한가운데 멈췄고 시동이 꺼졌다.

    "다 왔습니다. 하선준비를 하겠습니다."

쿠로베 박사가 일어서서 우리에게 이야기하는 순간, 바닷물이 세차게 출렁이기 시작했다. 퍼싱 115 보트는 거센 물결을 이기지 못해 좌우로 흔들리기 시작했고, 쿠로베 박사도 손잡이를 잡고 중심을 잡으려 안간힘을 쓰고 있었다. 무언가 수면 위로 올라오는 굉음에 모두 고개를 들었을 때, 모든 사람의 입에서 경악의 신음 소리가 동시에 터져 나왔다.

"어? 저… 저건!"

점차 그 윤곽을 드러내는 것은 해저에서 허연 물보라를 뿜으며 올라오는 기이한 구조물이었다. 마치 잠수함이 부상하는 것 같았지만, 자세히 보면 구조물이 파도의 흐름에 개의치 않고 고정된 상태로 부상하고 있어, 해저에 고정된 무언가로부터 들려 올라오고 있는 것을 알 수 있었다.

"푸쉬쉬쉬식."

엄청난 물보라와 굉음을 내던 구조물은 마침내 모습을 드러냈다. 언뜻 거대한 비행기 탑승교처럼 보이는 구조물은 반은 물에 잠겨있었고, 반은 수면 위에 드러나 있었다. 종이배처럼 흔들리던 퍼싱 115 보트도 안정을 되찾았다.

"치익."

진공 상태가 풀어지듯 소리를 내며 정면 문이 열렸고, 열린 문을 통해서 순식간에 바닷물이 안쪽으로 휘몰아쳐 들어갔다. 바닷물이 안쪽에 채워지자 출렁이던 파도도 잦아졌다. 완전히 문이 열린 뒤 모두를 태운 보트가 다시 시동을 걸었고, 서서히 구조물 안으로 들어갔다.

구조물 안쪽에는 보트가 접안할 수 있는 투명한 재질로 만든 데크와 그 위쪽으로 사람이 오르내릴 수 있는 5개의 계단이 보였고, 그 계단 위쪽으로는 어디로 향하는지 알 수 없는 작은 출입구가 다시 보였다. 구조물의 바깥쪽으로는 수천 개의 노즐이 밖으로 튀어나와 있었고, 그 노즐을 통해서 어마어마한 양의 안개가 뿜어져 나오고 있었다.

모두 눈앞에 벌어지고 있는 믿을 수 없는 광경에 할 말을 잊고 있을 때, 쿠로베 교수가 말문을 열었다.

"이 시점에서 여러분에게 안개의 정체를 설명해 드려야 할 것 같군요."

쿠로베 교수는 크게 한번 호흡을 하고 말을 이었다.

"저것이 여러분이 경험한 안개를 생성하는 장치입니다.

여러분이 보시는 바와 같이 우리는 아직은 세상에 드러내지 못할 많은 비밀이 있기에, 가장 효과적으로 우리를 세상으로부터 보호할 방법을 연구했습니다. 물론 '정해진 때'까지만 숨겨질 것이긴 하지만 말입니다. 그 방법이 바로 '안개'였지요."

도재이와 실빈은 순간 동시에 서로 얼굴을 쳐다보았다.

"바로 이거였어요. 살해당한 허버트 브라운 사장님이 조사를 지시했던 바로 '안개'예요."

실빈이 긴장과 흥분을 감추지 못하고 도재이에게 속삭였다.

"맞아요. 아마 허버트 브라운 사장님은 이 비밀의 구조물에 대해 뭔가 단서를 잡은 것 같아요. 그래서 그 비밀을 더 깊숙이 캐내려 하다가 살해 당한 것이 아닐까 생각이 되는군요."

도재이도 천천히 말을 이어가긴 했지만, 긴장되긴 마찬가지였다. 쿠로베 박사는 7명의 '초대자'를 한번 휘익 둘러보고는 말을 이었다.

"이 구조물을 덮을 정도로 엄청난 양의 안개를 만들어 내기 위해서 우리는 특별한 방법을 사용합니다. 물을 공급하는 노즐에 엄청난 압력을 가해서 1차적으로 안개를 생성하고, 가압노즐로 생성된 안개를 다시 가압노즐 근접한 곳에 기포 확산 터널을 만들어 그 벽에 인위적으로 부딪쳐서 극단적으로 높은 밀도와 양의 인공안개를 생성해 내지요.

이와 같은 인공안개는 보시다시피 자연 안개보다 월등히 더 고운 미립자로 생성이 되어 뿜어져 나오고 있지요. 여러분이 보시는 안개는 일반 안개 분자의 약 2,000분의 1 상태까지 유지되는 극 초미립자로 생성이 되어서, 그 안개 속의 어떠한 물체도 젖지 않게 하는 특징을 가지게 됩니다. 아마 여러분도 그렇게 오랜 시간을 짙은 안개 속에 머물렀지만, 전혀 옷이 축축해지지 않았던 것을 상기해 보면 제 말을 이해할 수 있을 겁니다."

'초대받은 손님'들은 각자의 옷을 한 번씩 만져보며 쿠로베 박사의 말이 사실임을 확인했다. 쿠로베 박사가 안개에 관한 설명을 마칠 때즈음, 퍼싱 115 보트는 수면 위에 드러난 안쪽 데크에 접안을 마쳤다.

"다 왔습니다. 이제 모두 차례로 내리세요."

쿠로베 박사의 말에 7명의 '손님'들은 줄지어 보트에서 내려, 구조물 위쪽에 보이는 출입구로 걸어갔다. 총을 든 괴한 중 한 명이 출입구 옆의 인식장치에 손바닥을 대자 이중의 출입문이 열렸고, 안쪽으로 20여 명이 들어갈 만한 넓은 공간이 보였다. 쿠로베 박사를 비롯한 모든 이들이 안으로 들어가자 다시 문이 닫히고, 구조물이 아래로 움직이기 시작했다. '초대'받은 사람들은 이 엄청난 경험에 거의 넋이 나가 있었다.

얼마나 내려갔을까. 굉음을 내며 아래로 움직이던 구조물은 작동을 멈추었고, 무언가 결합되는 소리, 다시 해체되는 소리가 나더니 마침내 다시 문이 열렸다.

"세상에…."

다시 열린 문은 축구장을 3개는 합쳐놓은 것 같은 공간을 모두의 눈앞에 펼쳐놓았고, 실빈과 도재이를 비롯한 모든 사람은 이 어마어마한 광경에 입을 다물 수 없었다. 곧 쿠로베 박사가 성큼 한발을 내딛고 로브 자락을 휘날리며 뒤돌아서서 모두에게 외쳤다.

"환영합니다. 여기는 인류 최초의 바이오스피어 '제네시스'입니다!"

여호와 하느님이 그 사람을 이끌어 에덴 동산에 두어
그것을 경작하며 지키게 하시고.

- 성서, 창세기 2:15

제네시스 (1)

✳
✳
✳

처음 초대받은 '손님'들이 들어간 곳은 단아한 홀이었다. 돔 형태의 천장은 불투명 아크릴 유리처럼 보이는 은은한 노란색의 패널로 둘러싸여 있었고, 인공적 장치를 통해 조도를 조절하는 듯했다. 벽면 쪽으로는 알 수 없는 장치들이 즐비하게 늘어서 있었고, 각자의 장치들은 소음 하나 없이 각자의 역할을 하고 있는 듯 보였다.

홀 앞쪽에는 2단으로 된 단상이 마련되어 있었다. 어느샌가 K3 기관총을 메고 일행을 감시하던 괴한들은 사라지고, 아래위가 붙은 흰옷을 입은 사람들이 일행을 안내했다. 흰옷을 입은 사람들의 안내에 따라 7명의 '손님'은 미리 배치된 의자에 착석하고, 쿠로베 박사는 앞쪽에 있는 단상 위로 올라갔다. 보타니 크림슨 교수의 사망까지는 예측하지 못했던 듯, 빈자리 하나가 을씨년스럽게 보였다.

"먼저, 다시 한 번 갑작스러운 상황에 접하게 되신 여러분께 사과의 말씀을 드립니다."

쿠로베 박사는 한 사람 한 사람 얼굴을 잠시 응시하고 입을 열었다.

"20세기 공업의 번영은 화석연료와 광물자원의 무자비한 소비에 근거하고 있습니다. 하지만 이들 자원은 재생 순환되지 않는 것이기에 환경오염과 파괴를 계속 불러일으키고, 결국은 고갈되는 것이 필연적입니다."

쿠로베 박사는 다시 한 번 좌중을 한번 훑어보며 말을 이어샀다.

"우리가 눈으로 보는 번영이라는 것은 인류 파멸의 시기를 앞당기는 단기적이고 순간적인 신기루와 같은 것입니다. 한정된 자원을 차지하기 위해서 서로 투쟁해야 하는 이 세상에서, 자신들의 이익은 다른 사람들의 이익과 대립할 수밖에 없는 것이지요. 한정된 자원의 쟁탈은 필연적으로, 그리고 궁극적으로는 공멸을 초래하게 되어있습니다. 여기에 전 세계 여러 나라에서 오신 분들이 모여있습니다만, 한 가지 재미있는 이야기를 드리고 싶군요. 전 세계에서 동물들이 가지고 있는 이미지가 국가별로 각양각색인 것은 짐작하고 계실 것입니다. 예를 들어, '까마귀'는 한국에서는 불길한 흉조의 상징인 반면, 중국에서는 길조로 추앙을 받는 것이 그 예이지요. 하지만 모든 나라에서 공통적인 이미지를 가지고 있는 동물이 하나 있습니다. 그 동물은 바로 '늑대'입니다. 여러분이 아시는지는 모르겠지만, 늑대는 암수가 만나면 평생을 가고, 다른 이성을 죽을 때까지 돌아보지 않는 거의 유일한 동물입니다. 또한, 새끼를 끔찍이 생각하고, 가족을 위해 목숨을 바치는 동물입니다.

하지만 전 세계적으로 '늑대 같은 사람'이라고 하면 예외 없이 음흉하고 잔인한 사람을 상징합니다. 이는 동서양 모두 예외가 없지요. 그 이유는 바로 늑대는 자기 가족만을 챙기기 때문입니다. 자기 가족만을 보살피기 위해서 주위의 모든 것을 쑥대밭으로 만들고도 태연한 동물이 늑대이지요. 그러나 늑대는 최소한 본능에 의해 무의식적으로 주변을 파괴하지만, 21세기의 국가들은 자국의 이익을 위해서 의도적으로 그리고 철저하게 계획적으로, 또한 잔인하게 주변의 모든 것을 파멸시키는 데에 앞장서고 있어요."

쿠로베 박사는 길게 한숨을 한번 쉬고 무언가 결심한 듯이 더욱 강한 어조로 말을 이어갔다.

"성서 가운데 '사람은 빵만으로 사는 것이 아니다.'라는 말이 있습니다. 단식 중이던 예수가 '네가 하나님의 아들이라면 돌로 빵을 만들 수 있지 않느냐'는 악마의 유혹을 거절하면서 한 말입니다.

현재의 인류는 빵이 의미하는 천연자원을 무자비하게 소모함으로, 예수가 그토록 경고했던 빵만을 취해서 대안이 없는 소비적 번영을 이루었을 뿐 아니라, 가진 자가 더 많은 것을 가지고자 하는 극단적인 전체주의에 휩싸여 있습니다. 예수는 이 거절을 하고 나서 '하느님의 말씀으로 산다'는 것을 선언합니다만, 우리들은 그것과는 정반대되는 길, 즉 돌로 빵을 만드는 길을 걷고 있는 것이지요.

이 종말적인 세상에 대한 성서적 대안으로 이 바이오스피어를 계획하였습니다. 이 바이오스피어의 이름은 '제네시스'이며, 아시다시피 '창세기'라는 뜻입니다. '제네시스'는 에덴 동산으로 알려져 있는, 태초에 신이 만들어 놓으신 완전체(完全體)를 과학 문명의 힘을 빌려 복원해 놓은 것입니다.

물론 규모 면에서는 성서에 나오는 태초의 에덴동산에 비할 바 못 되는 것이겠지만, 이곳에서는 안정된 생태계가 유지되고 있으며, 다종 다양한 수많은 생물이 식물활동의 결과로 얻어지는 유기물을 순조롭게 서로 나누어 갖습니다.

하지만 이 신(新) 에덴동산에도 분명히 한계는 있습니다. 아직까지는 실험의 수준이지만, 제네시스 내의 생명 개체 수가 통제 불가능할 정도로 늘어날 경우, 개체들의 생존에 필요한 각종 식량과 물지에 대한 수요를 지속적으로 풍족하게 공급하는 것은 불가능하겠지요. 그래서 서로의 필요를 배려하면서, 양보하며 조심스럽게 살아가는 이외에는 다른 길이 없습니다. 공생공빈(共生共貧)이라는 것입니다. 공존공영(共存共榮)은 있을 수 없습니다. 이러한 통제적 질서를 유지하지 못한다면… 방법은 하나, 인위적으로 개체 수를 줄이는 것이겠지요."

쿠로베 박사의 말이 여기까지 이어졌을 때였다.

"질문을 해도 되겠습니까?"

이스마엘 선장이었다.

"네. 말씀하시지요."

쿠로베 박사는 기꺼이 발언권을 중년 남자에게 허락해 주었다.

"제가 완벽히 이해했는지는 모르겠지만, 언뜻 듣기에 타락하고 파괴되는 세상에 대한 대안으로 이곳을 설명하시는 것 같습니다만, 아무리 훌륭한 대안이라고 하더라도, 지구 전체를 이렇게 변화시킬 수는 없는 것 아니겠습니까?

또한, 아까 말씀에 공존공영은 있을 수 없고 공생공빈밖에 없다고 말씀하셨지만, 그것은 오히려 인간의 본성을 무시한 전체주의적인 발상으로 생각됩니다. 이미 인류의 역사는 전체주의적인 이상의 결과물인 사회주의가 실패로 입증되었지 않나요? 지금 말씀하시는 것은 포장이 다른 이상적 사회주의로 밖에 들리지 않는데요, 더욱이 납치라는 범죄적, 반인륜적 행위를 통해서 추구하는 이상향의 목적을 달성하려고 하는 것 자체가 모순이지 않습니까?"

논리정연한 이스마엘 선장의 질문에 쿠로베 박사는 웃으며 대답했다.

"후후 불교 경전 중에서 가장 짧은 것으로 알려진 『반야심경』의 한 구절을 말씀드림으로 답을 대신할까 합니다. '원리일체 전도몽상 구경열반(遠離一體 顚倒夢想 究竟涅槃)', 즉 잘못되어 거꾸로 서고 있는 환상의 일체로부터 멀리 떨어져 있기를 권하고 있습니다.

잘못되어 있는 세상을 고치려 하기보다는, 새로운 대안을 모색하는 것이지요. 현실에 수긍하고 따르는 것은 다른 사람을 계속 희생하고, 비참하게 만들고, 결국 자기 자신도 불행하게 됩니다. '고치는 것이 아니라, 새로 만드는 것'만이 열반, 즉 평정 평화와 고뇌, 비참이 없는 상태에 다다를 수 있습니다."

"어쨌거나 박사의 말은 다수의 희생을 통한 소수의 선택된 자들을 위한 '제네시스'를 건설하겠다는 말 아닙니까?"

이스마엘 선장이 강하게 반발했다.

쿠로베 박사는 단호히 말을 잘랐다.

"성서에서도 '멸망으로 이르는 문은 크고, 그 길은 넓다. 그리고 그 길로 들어선 자는 많다.'라고 경고하고 있습니다. 문은 작고 길은 좁지만 생명의 문으로 들어가 생명의 길을 걸어가라고 가르치고 있지 않습니까? 모름지기, 모든 인류를 예외 없이 구원할 수는 없는 것입니다."

도재이는 갑자기 송해진 기자가 떠올랐다.

'선배, 현실이 진리야. 현실을 뒷받침하지 못하는 종교는 대중적인 포교력이 없다고 생각해. 또 대중적이지 못하다는 것은 종교가 아니라는 의미지. 최소한 인류의 구원을 논할 수는 없다고 생각해요.'

바이오스피어, 안개, 노르웨이, 마이크로피셔의 수수께끼 같은 암호들…. 모든 것이 점차 안갯속에서 그 모습을 드러내고 있었다.

"여기에 계시는 동안, 여러분은 여러분이 해야 할 일을 하게 될 것입니다. 점차 알게 되겠지만, 지금은 가려져 있는 비밀이 여러분께도 드러날 때가 있을 것입니다. 그때가 되면 여러분들이 얼마나 가치 있는 일을 했는지 스스로 알게 될 것입니다."

"가족들이 애타게 찾을 거예요. 미스터 노르웨이호가 귀항을 하게 되면 또 실종신고를 할 거구요. 도대체 저희들을 언제까지 여기에 묶어두려는 거죠? 집에 갈 수는 있는 건가요?"

나이지리아에서 온 쉐브론사 석유 탐사관인 케네스 올라지데가 발끈하며 소리쳤다.

옆에 서있던 흰색 제복을 입은 사람이 케네스 올라지데를 쳐다보며 흥분하지 말라는 듯이 손가락을 자기 입에 가져다 대었다.

"이곳에 '현재' 상주하는 가족은 오늘 이곳에 합류하신 여러분을 포함해서 1,498명입니다. 여러분과 같이, 비자발적이고 의도하지 않은 '초대'를 받은 분들이지만, 이곳 '제네시스'가 만들어지고 난 후, 단 한 번도 이곳이 노출된 적이 없습니다. 즉, 단언컨대 여러분의 정부나 가족은 결단코 여러분을 찾을 수 없습니다.

단, 저희의 목적이 완성되면 거꾸로 여러분이 가족을 찾게 될 것입니다.”

“현재 상주하는 가족? 그렇다면 지금 여기에 있는 사람들 이전에도 잡혀 온 사람들이 있었단 말인가? 그렇다면 그 사람들은 가족에게 돌아갔다는…?”

도재이는 쿠로베 박사의 말 중 ‘현재 상주하는’이라는 단어에 한 가닥 희망을 품었다.

“아니야! 당신 내가 누군 줄 알아? 쉐브론사 알지? 쉐브론사. 세계 최대 석유회사 말이야. 나 그 회사의 석유 탐사관이야. 내가 납치당했다는 소식을 알면 무슨 수를 써서든 이곳을 찾아낼 거야!”

케네스 올라지데가 다시 한 번 흥분했다.

흰 유니폼의 사람들이 케네스 올라지데에게 다가가자, 쿠로베 박사가 그들에게 괜찮다는 손짓을 보냈다. 그리고 강한 어조로 꾸짖듯이 소리쳤다.

“미스터 케네스! 얼마 지나지 않아 당신이 알고 있는 것, 당신이 경험한 것, 당신의 사고체계가 얼마나 하잘것없는지 스스로 깨닫게 될 것입니다.”

쿠로베 박사는 잠시 케네스 올라지데의 눈을 바라보고는 다시 말을 이어갔다.

“케네스 씨는 석유 탐사관이었으니 질문 하나 하겠습니다. 세계에서 가장 깊은 시추공이 어디인지 알고 있나요?”

케네스 올라지데의 조악한 지식을 꾸짖겠다는 듯 다소 격앙된 쿠로베 박사의 말에 케네스 올라지데가 주눅이 든 듯 기어들어가는 목소리로 말했다.

"저희 쉐브론 회사가 오클라호마 베르타로저스 공구에서 시추한 975m가 가장 깊은 시추공이죠."

쿠로베 박사는 그렇게 대답할 줄 알고 있었다는 듯 살짝 미소를 띠었다.

"그건 가스 탐사를 위한 시추였지요. 지각탐사 목적으로는 1989년 우랄메시-4E 시추기를 사용한 12,262m 시추가 인류가 지구상에 인공적으로 시추한 가장 깊은 시추공입니다."

"근데 도대체 왜 갑자기 시추공 이야기를 하는 거죠?"

케네스 올라지데가 되물었다.

"후훗, 인류역사상 가장 깊은 시추공의 위치가 어디인지 아십니까?"

"…?"

"노르웨이와 러시아 콜라반도 국경 지역입니다."

"그렇다면?"

"그렇습니다. 바로 여러분이 지금 계시는 곳입니다. 우리가 스스로의 위치를 제공하지 않는 한, 현존하는 어떠한 기술로도 이곳을 찾지 못합니다."

"오 마이 갓…."

모두의 입에서 탄식이 흘러나왔다.

"그런데 하필 저희를 '선택'한 이유가 뭔가요?"

그동안 일관되게 침착한 태도로 앉아있던 클라크 에버딘 목사가 낮은 목소리로 말했다.

"목사님이시니까 성서 속 노아의 방주 이야기는 잘 아시리라 생각됩니다. 물론 노아의 방주 이야기는 성서의 독창적인 스토리는 아닙니다. 중동 지역의 고대 문서인 길가메쉬 서사시에도, 기원전 1,600년경에 쓴 아트라하시스 서사시에도, 기원전 1,400년경에 쓴 라스 시므로 문헌에도 성서의 홍수, 방주와 거의 유사한 이야기가 나오니까요.

하지만 죄의 결과에 대한 신의 심판과 선택받은 종의 구원은 공통적인 이야기지요. 미래 생태를 위한 최소한의 필수불가결한 종의 보존, 그것이 방주의 목적이었습니다. 선택된 여러분 또한, 우리의 목적에 따른 필수 불가결한 선택이었다, 이 정도 말씀을 드리겠습니다."

"그 이야기는? 인류의 종말을… 의미하는 건가요?"

이번엔 도재이가 조심스럽게 물었다.

"그렇습니다. 단언컨대 우리 세대가 지나가기 전에 그 일이 있을 것입니다. 또한, 단언컨대 우리 세대가 지나기 전에 새 하늘과 새 땅이 열릴 것입니다."

모두들 충격에 정신이 나간 듯 쿠로베 박사의 얼굴만 응시하고 있었다.

"오늘은 첫날이니 이 정도로 하고, 우리 '말라흐'들의 안내를 받아 숙소로 이동하시기 바랍니다. 숙소로 이동한 다음 저희가 제공하는 옷으로 환복을 하고, 다음 지시를 기다리시면 됩니다. 이곳에 계시는 동안 '말라흐'들이 여러분을 지켜줄 것입니다. 아! '말라흐'는 히브리어로 '천사'를 의미합니다. 천사와 같이 여러분을 보호해 드릴 것입니다."

쿠로베 박사의 말이 끝나자, 옆에서 보조하던 천사라 불린 흰 유니폼을 입은 사람들이 일제히 움직였다. 모두들 말라흐들이 이끄는 대로 밖으로 나왔다. 도재이는 복도를 따라 움직이며 위치와 통로들을 기억하려 애썼다.

격자형 모퉁이를 세 번 지나자 일렬로 배치된 숙소들이 보였다. 말라흐의 안내에 따라 안으로 들어가자 안쪽에는 두 개의 침대와 두 개의 사물함, 두 개의 책상이 보였고, 한 켠에는 샤워실이 갖추어진 화장실이 있었다.

도재이는 긴장이 풀어져서인지 방에 들어서자마자 침대에 풀썩 주저앉았다. 맞은편 침대에는 같은 방을 배정받은 케네스 올라지데가 여전히 불만스러운 듯 서성이고 있었다.

여호와 하느님이 동방의 에덴에 동산을 창설하시고
그 지으신 사람을 거기 두시니라.

- 성서, 창세기 2:8

클라크 에버딘

*
*
*

클라크 에버딘 목사가 시무하는 교회는 미국 산타바바라의 해변에 있었다. '코너스톤'. 모퉁잇돌. 세상을 받치는 이름없는 모퉁잇돌이 되고 싶어서 이름을 코너스톤 교회라고 지었다.

클라크 목사는 뉴욕에 있는 미국 유대신학교(Jewish Theological Seminary, JTS)를 졸업하고, 현재 캘리포니아 산타바바라로 이주해서 교회를 개척하였고, 25년 동안 목회생활을 해왔다.

뉴욕 지역을 주름잡는 4개의 흑인과 라틴 갱단인 줄루네이션, 네타스, 라틴 킹스, 유니티에 뒷돈을 대고 불법 고리대금업과 마약 공급을 하던 아버지 덕에 연 학비가 66,000불에 달하는 미국 유대 신학교에 다녔던 것은 모순이긴 했다. 신학생 클라크 에버딘은 학교의 교수들이나 친구들이 아버지에 관한 정보를 혹시나 알게 될까 봐 4년 내내 쥐죽은 듯이 공부만 했다.

졸업 후, 클라크는 최대한 아버지에게서 먼 곳으로 가고 싶어, 뉴욕 반대편 캘리포니아 산타바바라로 왔지만, 결국 그토록 증오했던 아버지의 피 묻은 돈으로 땅을 사고 작은 교회를 지었다.

누구의 피가 묻어있건, 클라크 목사는 목회 생활 동안 볼품없는 변두리 교회를, 명망 있는 지역 리더들이라면 누구나 일원이 되고 싶어 하는 아름답고 화목한 교회로 만들었다는 데에 큰 자부심을 가지고 있었다.

클라크 목사의 두 아들은 아버지의 뒤를 이어받아 캘리포니아 풀러 신학대학원을 졸업하고, 큰아들은 현재 클라크 목사가 시무하고 있는 코너스톤교회의 청년회 목사로, 둘째 아들은 로스앤젤레스 애너하임에서 작은 개척교회를 시무하고 있었다.

클라크 목사는 두 아들이 아버지의 명성에 해를 끼치지 않고 훌륭히 성장하여 자신처럼 목회활동을 하고 있다는 것 또한 더할 나위 없는 신의 축복으로 생각하고 있었다.

7년마다 한 번씩 두 달간 가지는 안식년 휴가를 맞이해서 사랑하는 아내 에바마저 잠시 떨어져 콜로라도 별장에서 기도생활과 묵상을 하려고 계획하던 클라크 목사에게 한 통의 편지가 배달되었다. 집무실 책상에 가지런히 놓여있는 이런저런 우편물 사이에 고급스러운 아트지에 금박으로 리본까지 장식된 편지봉투는 단연 눈에 띄는 것이었다.

노르웨이 노벨위원회

클라크 목사는 봉투에 써있는 글씨를 보는 순간 정신이 아득할 만큼 감동을 받았다. 서둘러 봉투를 열었다. 봉투 안에는 다시 작은 봉투가 있었다.

존경하는 클라크 에버딘 목사님 귀하.

저희 노르웨이 노벨 위원회는 2023년 3월 13일 노벨 평화상 시상식을 노르웨이 오슬로 국회에서 개최합니다.

저희는 2021년 10월, 복수의 익명의 노벨위원회 위원과 국제 항구평화사무국 위원으로부터 클라크 에버딘 목사님을 노벨 평화상 후보로 추천을 받아 다른 많은 후보와 함께 심사를 하였습니다. 규정 때문에 추천인을 말씀드릴 수는 없습니다만, 저희는 클라크 에버딘 목사님의 살아오신 삶을 살펴보며 추천인들의 추천서에 써있는 것처럼, 목사님의 인류에 대한 사랑과 헌신, 그리고 희생에 깊은 감명을 받았습니다.

클라크 에버딘 목사님은 노벨 평화상을 수상할 충분한 자격이 있는 분임을 저희는 확신합니다. 하지만 안타깝게도 이번 노벨 평화상은 다른 분이 수상하게 되었습니다. 아직 공식적으로 수상자를 발표하기 전이라서 내부 규정상 목사님에게도 올해 노벨평화상 수상자가 누구인지 알릴 수 없음을 양지해 주시기 바랍니다.

하지만 노벨 평화상 후보에 오르시고, 그 자격이 충분함에도 안타깝게 수상하지 못하신 클라크 에버딘 목사님의 인류에 대한 지극한 헌신에 조그만 보상과 더불어, 오슬로에서 개최되는 노벨 평화상 수상식에 참여하실 수 있도록 배려를 해보았습니다.

다시 한 번 클라크 에버딘 목사님께 감사와 위로를 드리며, 참석 가능 여부는 nobelpeaceprize.org 노벨위원회 홈페이지로 통보해 주시면 감사하겠습니다.

클라크 에버딘 목사님을 노르웨이에서 뵙게 되는 영광을 기대합니다.

- 노벨 위원회장: 베릿 세바스찬 안데르센

클라크 목사는 만면에 웃음을 머금고 방을 나섰다. 노벨 평화상 후보에 누군가에 의해 추천을 받았다는 것은 알고 있었지만, 추천받은 후보가 천 명이 넘는다는 소문에 아예 기대를 접고 있었다. 하지만 노벨 평화위원회에서 탈락한 후보에게까지 이렇게 세세한 신경을 쓰는 것에 대해서는 감동을 받지 않을 수 없었다. 또한, 비록 노벨 평화상 수상자로 선정된 것은 아니지만, 시상식에 초대받는다는 것 또한 대단한 영광임이 틀림없었다.

노벨상은 스웨덴의 왕립과학 아카데미와 카롤린스카 의학연구소, 한림원에서 선정하고 수상을 하는 것이지만, 노벨 평화상만큼은 노르웨이의 노벨위원회가 수상자 선정과 시상식을 주관하고 있었다. 최근에는 노벨평화상 수상이 미국, 영국, 프랑스 등의 서방세계 인물들에게만 수상한다는 비판도 강하고, 2013년 푸틴 러시아 대통령이 노벨 평화상 후보가 되었을 때, 오바마 미국 대통령이 기자들에게 "요즘 노벨 평화상은 '아무'한테나 주잖아요."라고 해서 논란이 될 만큼 그 신뢰성에 의문이 생기긴 했지만, 아무려면 어떤가? 클라크 목사는 가슴 속 깊이 신의 축복을 느꼈다.

다시 열어본 봉투 속에는 초대장과 더불어 로스앤젤레스에서 덴마크 코펜하겐을 거쳐 노르웨이 오슬로까지 가는 스칸디나비아 항공의 왕복 1등석 티켓과 오슬로의 호텔 콘티넨털 스위트룸 숙박권 그리고 미스터 노르웨이호 크루즈 여행권이 들어있었다.

클라크 목사는 일정에 맞추기 위하여 서둘러 당회를 소집하고 안식년 휴가에 관한 일정과 노르웨이 노벨위원회로부터의 초청 사실을 발표했다. 교회에서는 평생을 목회에 헌신한 클라크 목사에 대한 신의 선물이라고 감사하고 축하하였고, 그로부터 28일 후 클라크 목사는 L.A 국제공항에 많은 환송 교역자들과 성도들에 둘러싸인 채 인사를 하고 있었다. 출발 전에 둘째 아들이 목회하는 애너하임에 들러 아들과 안부를 나누고 LA 공항으로 출발하는 바람에 밀리기로 유명한 I-105번 도로를 이용할 수밖에 없어서 막히는 도로에서 비행기를 놓칠까 입이 바싹바싹 타들어 가긴 했었지만, 1등석 비행기 표는 모든 탑승 수속을 단 10분 만에 해결해 주었기에 푸근하게 성도들의 환송도 받을 수 있었다.

"하나님의 크신 은혜로 부족한 제가 노벨 평화상 시상식에 참관을 하는 영예를 누리게 되었습니다.

비록 3주간의 짧은 여정이지만, 하나님께서 저에게 주신 축복이라 생각하고 편히 다녀오도록 하겠습니다. 제가 없는 동안 여러 성도님은 나머지 교역자들을 잘 보필해 주시길 바랍니다. 하나님의 축복이 여러분과 함께하시길 기도합니다."

성도들은 누구나 할 것 없이 "아멘!"으로 화답하며, 담임목사의 손을 잡고 축복의 말을 건넸다. 심지어 어떤 열성적인 성도는 눈물을 보이기까지 했다.

"여보, 잘 다녀오세요. 도착하면 전화하구요."

사랑하는 아내 에바의 볼에 짧은 키스를 하고 클라크 에버딘 목사는 노르웨이행 비행기에 몸을 실었다. 하지만 이때만 해도, 이것이 클라크 에버딘 목사의 마지막 모습이 되리라고는 아무도 생각하지 못했다.

쿠로베 박사가 미스터 노르웨이 호에서 그의 이름을 불렀을 때, 클라크 목사는 담담했고, 의식의 한쪽 귀퉁이에서는 당연하다는 생각마저 들었다. 오히려 일종의 흥분과 짜릿한 전율이 심장을 펌프질했다. 쿠로베 박사의 설명을 들을수록, 오히려 클라크 목사는 그가 이 '제네시스'에 있는 것이 숙명처럼 생각되기조차 한 것이었다.

"여러분이 서있는 이 '바이오스피어' 제네시스'는 미국과 이스라엘 정부가 미래의 생존모형으로 1975년부터 합작 개발하기 시작했습니다. '제네시스'의 설계와 기본 골조 공사에만 22년의 세월이 소요되었습니다. 또한, '제네시스'는 지름이 800m에 이르는 지구상에 현존하는 최대 해저 단일 구조물입니다.

'제네시스'에는 네 모퉁이마다 우리가 '수호자'라 부르는 인공지능 통제장치가 설치되어 있어, 사방에서 몰려오는 수압과 외부의 변수들을 완벽히 통제하고 있습니다. 또한, 외벽은 폴리메틸 메타크릴레이트라는 유리로 되어있어 혹시 있을지 모르는 외부의 충격에도 탄력적으로 반응하도록 되어있습니다."

쿠로베 박사의 말에 클라크 목사는 성서 요한계시록의 한 구절이 떠올랐다.

"이 일 후에 내가 네 천사가 땅 네 모퉁이에 선 것을 보니 땅의 사방의 바람을 붙잡아 바람으로 하여금 땅에나 바다에나 각종 나무에 불지 못하게 하더라"

쿠로베 박사의 말이 이어졌다.

"물론 연구 초기에는 어려움도 있었습니다. 이산화탄소가 지구 대기의 이산화탄소보다 5.7배 정도 많이 늘어난다는 점, 공기가 전혀 빠져나가지 않도록 완전 밀폐재질을 만드는 일 등, 과학적인 헌신과 진보가 필요한 작업들이었지요. 하지만 결국 우리는 완성을 했고, 여기에 서 있는 것입니다."

클라크 에버딘 목사는 쿠로베 박사의 말에 귀를 기울이며, 고개를 돌려가며 바이오스피어의 내부를 살펴보았다. 클라크 에버딘 목사는 굳이 지금의 상황에 신의 섭리를 연결시키려 노력하고 있었다.

'이곳에 나를 보낸 하나님의 뜻이 반드시 있을 거야. 그걸 알아내야해. 내 인생에 마지막으로 하나님이 주시는 사명일지도 몰라.'

생각이 여기에 미치자, 짜릿한 전율이 머리에서 손 마디마디까지 전달되어 왔다.

그렇다. 평생 처음으로 느끼는 '전율'이었다.

어리석은 자여, 합당하지 않은 말로 복음을 전하는 자여, 불일치를 좋아하는 자여, 명백한 진리가 오기도 전에 맹세하고 서약하는 자여.

- 쿠란 알-바크라 2:42

케네스 올라지데

케네스 올라지데에게 오늘은 미칠 것만 같은 하루였다. 케네스는 지난 3년간을 나이지리아 서안 바다 삼각주인 니제르 델타(Niger Delta) 지역에서, 석유탐사관─ 실질적으로는 퍼 올리는 원유량을 기록해서 망할 미국놈들이 세금도 안내고 자원을 다 퍼가는지 나이지리아 정부에 보고하는 스파이 같은 일이긴 했지만 ─으로 매일을 시커먼 원유 덩어리만 보고 살았다.

케네스는 보잘것없는 나이지리아 이바단 지역 빈민가 출신으로, 안 해본 일이 없을 정도로 거칠게 살았다. 열다섯 살부터 길거리에서 마약을 판매하는 말단 조직원 생활을 시작해서 더이상 잃을 게 없는 케네스는 무자비하게 조직의 명령을 수행했고, 그 결과 두 번의 감옥 생활을 하긴 했지만, 그 덕에 중간 보스까지 올라가는 데는 그리 긴 시간이 필요하지 않았다. 마약상으로 자리를 잡을 무렵 '중앙아시아 마약퇴치센터'가 태국, 러시아, 카자흐스탄 등과 합동으로 나이지리아 마약상 소탕작전을 대대적으로 전개했고, 눈치 빠른 케네스는 발 빠르게 매춘으로 사업을 전환했다.

탄탄한 자금력과 인맥 덕에 남들이 비웃을지 모르겠지만 실제로 상당한 영향력이 있는 공식 협회인 '나이지리아 매춘부협회' 장이 되었다. 2015년 성매매 합법화와 매춘부의 인권향상이 공약이었던 부하리 대통령이 당선되자 나이지리아 매춘부협회는 그의 취임을 축하하기 위해 3일간 공짜 섹스 행사를 대대적으로 개최하여 아프리카 국가들의 비난과 관심을 동시에 받기도 했다.

케네스가 잘나가던 매춘사업을 접은 이유는 나이지리아 이슬람 극단주의 '보코하람' 때문이었다. 보코하람의 잔인성은 극단주의 이슬람 무장세력 가운데서도 가장 악명이 높았다. 2015년 10살 소녀의 몸에 자살폭탄 조끼를 입혀 민간인 지역에 보내 폭파시켜 20여 명이 숨지기도 했고, 북동부 도시 바가에서는 무차별 사격으로 무고한 시민 2,000명이 사망하기도 했다. 또 치보크시 여학교를 급습해 여학생 276명을 납치하기도 했는데, 일부만 극적으로 탈출하고 아직 219명의 행방을 모르고 있다. 대부분의 여학생은 보코하람 테러리스트와 강제로 결혼하거나 성 노리개로 학대받다가 사살되었을 것으로 짐작된다.

이 악명높은 테러집단은 케네스 올라지데를 수시로 찾아와 돈을 갈취했으며, 기껏 선물을 주고 데려다 놓은 여자들을 돈도 안 내고 끌고 갔다. 한때, 맞서 싸울까도 생각했었지만, 북한제 AK-47 자동소

총을 갈겨대는 놈들과는 애당초 싸움이 불가능했다.

보코하람의 폭력과 갈취를 더 이상 견딜 수 없게 된 케네스 올라지데는 매춘사업을 정리하고, 합법적인 석유사업으로 전환했다.

매장량 370억 배럴로 세계 11위 산유국인 나이지리아가 왜 그리 가난에 허덕이는지 아는 사람은 많지 않았다. 복합적인 이유가 있겠지만, 한마디로 요약하자면 타락한 공무원과 테러 집단의 합작의 결과였다. 케네스 올라지데는 정부의 부정과 테러집단의 등쌀에서 벗어날 방법은 다국적 기업에 속해서 일하는 것뿐이라 생각했다.

케네스는 그동안 모든 돈을 탈탈 털어 켈레치 은디디 석유자원부 장관에게 뇌물로 건네주고, 나이지리아 정부로부터 석유 시추 공구의 일부 지분을 불하받았다. 이 부분 시추권으로 굴지의 석유회사 쉘(SHELL) 사(社)와 고용 계약을 맺고, 니제르 델타 지역의 시추선에서 일하게 된 것이었다.

여우를 피하니 호랑이를 만난다고 했던가, 니제르 델타 지역은 보코하람이 아니라 니제르 델타 해방운동(NDLM: Niger Delta Liberation Movement)이라는 또 다른 테러단체가 문제였다. 케네스 올라지데는 3년을 니제르 델타 지역의 시추선에서 근무하는 동안 두 번의 폭탄테러로 한쪽 고막을 잃고, 대퇴부에 박힌 파편을 제거하는 큰 수술을 두 번이나 받기는 했지만, 한 달에 3만6천 불의 급여는 그 고통을 감내할 만큼 매혹적인 조건이었다.

물론, 테러를 자행하는 니제르 델타 해방운동(NDLM)이 테러범들이 아니라 사실은 석유 채굴에 따른 연안 해안의 석유 유출, 채굴 시 발생하는 화염에 의한 분진 등으로 대대로 이어온 생계유지 수단인 어업과 농업이 불가능해진 니제르 지역의 분노한 주민들이라는 사실을 모르는 것은 아니었다. 하지만 그게 뭐 어떻단 말인가. 케네스는 인생이란 원래 그런 거라 생각했다.

케네스는 폭탄 테러를 당한 후, 자기가 몸담고 있는 쉘(Shell)사 뿐만 아니라, 니제르 델타 지역에서 시추를 하고 있는 토탈(Total)사(社), 아집(Agip)사(社) 등 주요 석유회사들을 부추겨 나이지리아 중, 남부 도시인 아부자(Abuja)나 라고스(Lagos)지역의 용병을 사서 니제르 주민에게 잔인하게 복수를 했다. 같은 나이지리아인을 용병으로 고용한 것도 지역민들 사이의 갈등을 이용한 그의 전략이었고, 계획대로 돈맛에 눈이 뒤집힌 용병들은 같은 민족을 무자비하게 살육하였다.

복수과정에서 용병의 경고를 무시한 채 항의를 하던 민간인 여자 두 명이 사살된 것이 좀 찜찜하긴 했지만, 이미 악귀처럼 변해버린 용병들은 이미 통제가 불가능한 상황이었다.

이에 맞서 니제르 델타 해방운동은 피의 복수를 부르짖으며 케네스가 근무하던 플랫폼(시추선)을 무장 점령했고, 니제르 델타 해방운동이 시추선을 점령하는 과정에서 케네스와 같이 근무했던 브라질 출신 탐사관인 후안 카를로스가 70m 시추선 아래 바닥으로 추락해서 형체를 알아보지도 못하게 으깨져 사망한 일도 있었다.

피는 또다시 피를 불렀다. 케네스 올라지데가 몸담고 있는 쉘 석유회사에서는 러시아제 다목적 전투헬기인 MI-17기까지 동원해 다시 시추선을 탈환하고, 현장에서 니제르 델타 해방운동원 24명을 사살하고, 지도자인 아사리(Asari)를 사로잡았지만, 케네스는 투항한 아사리의 양다리에 총알을 세 발 박아넣고는 바다에 산채로 밀어넣어 버렸다.

케네스 올라지데는 그 아비규환 속에서도 끈질기게 살아남아, 쉘 (Shell) 사와의 계약 기간을 무사히 끝내고, 올해 초, 연봉 55만 불에 쉐브론사로 이적에 성공했다. 케네스는 그 생지옥을 무사히 빠져나와 북유럽의 미녀 두 명을 일주일간 2만3천 불을 주고 사서 쾌락의 크루즈 여행을 하던 중이었다.

'저 미친 일본 영감탱이는 뭐라고 지껄이고 있는 건가. 도대체 바이오스피어는 뭐고, 또 제네시스는 뭐란 말인가. 내가 여기서 나가기만 하면 저 늙은 여우를 잡아서 목을 비틀어 버리리라.'

케네스 올라지데는 가슴 속에서 치밀어 오르는 분노에 눈이 튀어나오는 것 같았다.

"이제 '말라흐'들이 여러분을 숙소로 안내하겠습니다."

쿠로베 박사의 무미건조한 명령에, '말라흐'라고 불린 사람들이 케네스와 일행을 인솔하여 긴 복도를 지나 일렬로 배열된 방으로 데리고 갔다. 방은 무슨 나무인지 재질이 구분되지 않는 이층침대와 아무런 무늬도, 장식도 없이 포마이카(인공적인 광택을 낸 목재)처럼 보이는 재질로 만든 옷장, 그리고 같은 색깔의 작은 책상 2개가 비치된, 마치 학교 기숙사와 같은 분위기였다. 모든 가구는 마치 프린터로 찍어낸 듯 이음새가 없었다. 케네스 올라지데는 방에 들어오자마자 입고 있던 패딩 재킷을 벗어 구석에 처박아 넣고는 욕을 해대기 시작했다.

"이런 제기랄, 도대체 나한테 무슨 일이 일어나고 있는 거야! 나는 다음 주 화요일에는 캘리포니아 산 라몬(San Ramon: 미국 캘리포니아 주의 샌프란시스코 베이 남동부에 위치한 도시)에 있는 쉐브론 본사에 있어야 한다고! 화요일에 내가 거기에 없으면 더러운 미국놈들이 계약을 취소할 거란 말이야!"

케네스 올라지데는 발로 책상을 걷어차기 시작했다. 한참을 분에 못 이겨 날뛰던 케네스 올라지데가 갑자기 도재이를 향해 소리쳤다.

"어이, 노란 친구! 미스터 도재이라고 했나? 당신은 어쩌다 이 빌어 먹을 곳에 와있는지 모르지만, 나는 지난 3년간 지옥에 있다가 3년 만에 휴가를 즐기는 거란 말이야! 3년이라고, 3개월도 아닌 3년! 그것도 나이지리아 바다 위 시추선에서 시커먼 원유만 바라보고 있었다고!"

도재이는 길길이 날뛰는 케네스 올라지데를 물끄러미 보고만 있었다.

"이 빌어먹을 제네시스인지 뭔지에 내가 필요했다면 돈을 주고 정중 히 요청해야 될 거 아니야! 물론 나 같은 인재를 이런 바닷속에서 부 려먹으려 하면 적어도 백만 불은 제시해야 했겠지만. 보아하니 돈도 많은 것 같은데 납치가 웬 말이야!"

케네스는 침대 옆에 있는 캐비닛을 주먹으로 쾅쾅 쳐댔다.

"좀 흥분을 가라앉히는 게 어때 친구?"

도재이가 최대한 절제하며 말했다.

"쿠로베인지 뭔지 하는 늙은 여우가 무슨 생각을 하는지는 모르지 만, 나는 절대로 늙은 여우가 시키는 대로 하지는 않을 거야. 적어도 쉐브론사에서 받기로 한 금액에 기회비용까지 백만 불은 받아낼 거 야. 아니, 백오십만 불은 받아야지. 그러면 늙은 여우가 협상하자고 하겠지? 그러면 적당히 백이십만 불 정도에 못 이기는 척 들어주는 거 지. 히히히."

케네스는 돈을 받는 상상만 해도 기분이 좋은지 갑자기 히죽히죽 웃었다. 도재이는 케네스 올라지데가 본인이 납치되었다는 심각한 상황을 전혀 인식하지 못하고 있는 것 같아 어이가 없었지만, 굳이 핀잔을 줄 이유도 없을 듯해서 잠자코 있었다.

케네스는 갑자기 바지를 벗고 오른쪽 대퇴부에 깊이 나있는 수술 자국을 도재이에게 들이밀었다.

"이 상처가 뭔지 알아 친구? 니제르 델타 해방운동인지 뭔지 하는 테러리스트들이 내가 일하는 곳에 폭탄을 터뜨렸어. 그것도 두 번이나 말이야. 내가 그 화염 구덩이 속에서도 살아남은 사람이라는 말이지! 이런 나를 자기들 마음대로 다룰 수 있다고 생각하나 본데, 내가 얼마나 독한 놈인지 똑똑히 보여주겠어."

케네스 올라지데의 상처는 한눈에 보아도 깊고 치명적이었다.

"당시에 내 상처를 본 의사들이 어차피 죽을 거 모르핀을 투여하고 고통이나 줄이자고 서로 이야기하더군. 내가 다 듣고 있는데도 말이야. 단 한 사람만 수술하다가 죽을 가능성이 100퍼센트여도 수술해야 한다고 악다구니를 써서 마지못해 수술이 가능했지. 그 한 사람이 누군지 아나 친구?"

"글쎄? 그중에 어떻게든 환자를 살려야 한다는 사명감에 불타는 의사가 한 명쯤 있었나 보지?"

"후훗, 악다구니 주인공은 나야. 내가, 이왕 죽는 거 뭐라도 해보라고, 반쯤 날아가 버려 적나라하게 보이는 내 허벅지 뼈에다 의사놈들의 대가리를 움켜쥐고 들이밀었지."

케네스 올라지데는 상처 부위를 쓰윽 한 번 쓰다듬었다.

"파편들은 억지로 제거했지만, 대퇴부는 피부가 다른 부위보다 특히 두꺼워 아무도 피부이식을 안 하려고 하더라구. 자기네들끼리 뭐

전층피부이식(진피층까지 포함해서 떼어낸 다음 이식하는 것)인지 뭔지 해야 한다는데, 자신이 없다고 하더니, 당시에 이론으로만 존재했던 음압창상치료(수술이 불가한 경우에 사용하는 밀폐한 후 연결 튜브와 기계를 이용해 음압을 걸어 창상에 골고루 음압이 걸리도록 하는 드레싱)를 동물 임상하는 셈 치고 한번 해보면 어떻겠냐고 하길래, 무조건 하라고 했지. 그리고 보란 듯이 성공을 했고 말이야."

입이 거칠긴 했지만, 먹고살기 위해서 사선을 수도 없이 넘나들던 케네스 올라지데를 보며 도재이는 왠지 모를 연민도 느껴졌다.

"친구, 만약 협상이 안 되면 어떻게 할 거야?"

"협상이 안된다…. 그럼 이곳을 나가야지. 여기 있는 놈들을 싹 다 죽이고서라도 나가야지."

케네스의 눈빛이 번들거렸다.

내게 항복하고 내게로 나아오라. 그리하고 너희는 각각 그의
포도와 무화과를 먹고 또한 각각 자기의 우물의 물을 마시라.

- 성서, 열왕기하 18:31

마리아 겐코

*
*
*

마리아 겐코의 아버지는 일본인이었고, 어머니는 러시아인이었다.

마리아의 할아버지는 1905년 러일전쟁 당시 일본의 도고 헤이하치로 제독의 함대에 소속된 어뢰정의 사병이었다.

러일전쟁을 일본의 승리로 이끈 결정적인 역할을 한 쓰시마 해전에서 도고 헤이하치로 제독은 로제스트벤스키 러시아 제독이 이끄는 최정예 발틱함대를 철저히 궤멸시켰다. 단 한 시간 만에 일본군은 러시아의 기함 수보로프호를 격파하였고, 로제스트벤스키 제독은 두개골이 함몰되고, 온몸이 파편에 찢겨 나가는 심한 부상을 입고 일본군에 생포되어 사세보 해군병원으로 압송되었다.

이 전투에서 러시아 해군은 5천 명 이상이 수장되었고, 38척의 함대

중, 단 한 대의 순양함과 두 대의 구축함만 살아서 러시아로 돌아가는 완벽한 패배를 맛보아야 했다. 일본군의 피해는 전사자 117명을 포함한 7백여 명의 인명 손실과 어뢰정 단 세 척을 잃은 것이 전부였다.

하필 마리아의 할아버지는 이 어뢰정 세 척 중 한 척에 탑승한 승조원이었고, 이 완벽한 일본의 승전에서 러시아 순양함에 생포되어 블라디보스토크에 포로로 끌려간 다섯 명 중 한 명이었다.

러시아는 쓰시마 해전의 패배를 복수하듯 포로들을 차례대로 고문했다. 이미 1864년 육전에서의 군대의 부상자 및 병자의 상태 개선에 관한 협약, 1906년 해상에서의 군대의 부상자, 병자 및 조난자의 상태개선에 관한 협약이 스위스 제네바에서 체결되어 있었지만, 포로의 대우에 관한 협약은 1929년에야 협의가 되었기에, 마리아의 할아버지가 포로로 잡혔을 당시에는 포로의 대우에 관한 협약이 아직 체결되지 않은 상태였다. 하긴, 포로의 대우에 관한 협약이 이전에 체결되었더라도, 러시아군의 지독한 고문을 막지는 못했을 것이다.

러시아 군인들은 일본 포로들을 한 명씩 고문했고, 나머지 포로들은 고문 장면을 지켜보게 했다. 마리아의 할아버지는 전기고문 때문에 동료 전우들의 몸에서 모락모락 피어나는 연기와 탄내를 맡으며 자기 순서를 기다렸다. 처음에는 고문 따위에 굴복하지 않으리라, 천황폐하를 위해서 기꺼이 이 한목숨을 바치리라 생각했지만, 말 그대로 산채로 구워지는 동료들을 보며 자신의 차례가 왔을 때, 알고 있는 모든 것을 털어놓기로 했다.

조국과 천황폐하에 대한 배신의 대가로 목숨을 구했지만, 전쟁이 끝난 후, 포로의 일본 송환은 스스로 거부하고 러시아에 정착했다.

전후 러시아에서 일본인으로 사는 삶은 결코 녹록지 않은 것이었다. 마리아 겐코의 아버지는 할아버지의 과거를 수치스러워했고, 어쩌다 일본인이 러시아에 정착하게 되었는지 집안의 내력에 대해 가족 누구도 궁금해하지 못하게 했다. 마리아는 아버지의 고향은 배척했고, 어머니의 고향으로부터는 배척당했다.

적국의 배신자가 인정받는 방법은 남들보다 열심히 공부하는 수밖에 없었기에 - 사실은 다른 것을 할 수 없었기에 공부에 몰두했다는 것이 맞는 표현이겠지만 -, 마리아는 모스크바 국립대 부설 콜모고로프 과학영재 고등학교에서도 죄상위권의 성적을 유지했다. 모스크바 국립대 교수들로 구성된 교사들이 아무리 편견을 가지고 차별적 대우를 하려고 해도, 마리아의 성적은 다른 영재들과는 차원이 다른 것이었기에 인정할 수밖에 없었다. 13명의 과학 노벨상을 배출한 러시아는 내심 마리아를 차기 러시아 노벨생화학상 수상자로 점찍었다.

마리아의 지도교수는 1992년 러시아에서 미국으로 망명한 화학자인 빌 미르자야노프 박사였다. 빌 미르자야노프 박사는 '노비촉(Novichok)'이라는 물질을 연구하는 데 평생을 바쳤다. '노비촉'은 1980년대 러시아에서 군사용으로 개발한 생화학무기 중 가장 강력한 독극물 중 하나였다. 사람이 '노비촉'에 노출이 되면 보통 30초 이내에 혼수상태에 빠졌다가 사망하게 된다. '노비촉'이 무서운 것은 다른 신경작용제들이 보통 가스 형태인데 반해, '노비촉'은 미세한 분말로 되어있어서 피부와 점막을 통해 흡수된다는 것이었고, 이는 방독면 따위로 방어할 수 없다는 의미였다. 게다가 일본 열도를 발칵 뒤집었던 사린가스나 김정남이 암살될 때 사용되었던 VX 신경독보다 10배 이상의 치명적 독성을 지닌 물질이었다. 마리아는 빌 미르자야노프 박사와 함께 '노비촉'을 비롯한 다양한 신경작용제들을 연구했다.

마리아의 연구결과는 실제 러시아 정부에 의해 활용되었다. 푸틴 정권에 사사건건 반기를 들었던 야당 지도자 알렉세이 나발니가 2020년 8월 러시아 국내선 비행기를 타고 모스크바로 가던 중 의식을 잃고 쓰러졌는데, 국제사회의 도움으로 독일 연방군 연구소로 이송되어 분석결과 알렉세이 나발니의 몸에서 '노비촉' 성분이 발견되었다. 이는 독일 루카스 총리에 의해서 공식적으로 발표되기도 했다. 이뿐만 아니라, 영국 남부 솔즈베리에서 러시아 스파이로 활동했던 세르게이 스크리팔과 딸 율리아가 의식불명 상태로 발견됐는데, 이 또한 '노비촉' 때문인 것으로 판명 났다.

새로운 조국 러시아를 위해 오로지 연구만 하던 마리아가 저지른 사고라고는 모스크바 대학원 시절, 논문을 완성하고 교수들과 같이 자축연을 가진 자리에서 자신에게 유난히 친절했던 생화학 교수와 얼떨결에 잠자리를 가졌던 것이 전부였다.

단 한 번의 관계로, 마리아는 임신을 했고 중절 수술을 선택했다. 마음속의 두려움과 죄책감이 없는 것은 아니었지만, 신문에 낙태병원 광고가 만연할 정도인 모스크바에서는 사뭇 별일 아닌 듯 치부할 수 있었기에 쉽게 병원을 찾았다. 하지만 수술대 위에서 다리를 벌리고 누워 차가운 금속에 태아를 맡겨야 하는 공포와 수치감은 생화학을 전공하는 마리아에게 대단한 충격이었다

마리아는 낙태 수술 후, 후유증으로 꼬박 한 달을 누워있어야 했다. 신체적 회복이야 삼사일이면 충분했으나 세상의 빛을 보지 못하고 쿼

렛(낙태 수술 시 잔여물을 긁어내는 도구)과 석션(잘린 태아의 신체를 빨아들이는 도구)에 찢겨 버려진 태아의 팔다리가 머릿속에서 지워지는 데는 꼬박 한 달이 걸렸다.

마리아는 박사과정을 마친 후, 프랑스의 약품 회사인 루셀 크나우프사(社)의 연구원으로 취업을 하게 되었는데, 루셀 크나우프사는 아이러니하게도 먹는 낙태약인 RU-486을 개발하고 있었다. 마리아는 황체호르몬인 프로게스테론을 차단하는 연구진에 배정되어 주도적으로 먹는 낙태약의 개발을 진행했고, 결과는 대단히 성공적이었다. RU-486은 임신을 지속시키는데 필수적인 호르몬인 프로게스테론을 고갈시켜 태반을 지탱하는 자궁 내벽을 얇게 만들어 태반이 저절로 축출되게 만드는 방식, 즉 인위적으로 태반을 고사시켜 태아를 말라 죽게 하는 방법이었다.

이 연구를 통하여, RU-486이 완성되어 미피(Miffy)라는 이름으로 유럽 전역에 판매되었고, 단돈 300달러면 쉽게 태아를 지울 수 있는 편의성 덕택에 매년 20% 이상씩 매출이 증가했고, 이는 매년 20% 이상의 태아들이 더 지워짐을 의미했다. 하지만 마리아는 매출의 0.02%를 받기로 한 옵션계약 덕택에 일약 부와 명성을 거머쥐었고, 모스크바 대학의 생명공학부 교수로 금의환향하게 되었다.

미스티 노르웨이호의 승선도, 루셀 크나우프사가 RU-486의 미국 FDA 승인을 축하하기 위해 당시의 연구진들을 위해 마련한 이벤트였다.

미국 FDA 승인에 따라 RU-486을 미국의 엘브리지 래버러토리사(社)가 대량생산과 보급을 맡게 되었고, 덕분에 전 세계에서 매년 1,300만 명의 태아가 이 세상의 빛을 보지 못하고 사라져 갔다.

마리아 겐코는 실빈과 한방을 배정받았다.

"실빈 양이라고 했나요? 참 예쁘군요."

상황과 맞지 않는 첫인사를 건넨 마리아 교수는 말을 이어갔다.

"나는 러시아 모스크바대학 교수로 있는 마리아 겐코라고 해요. 아, 이름에서 보다시피 일본계 러시아인이죠."

마리아 교수는 마치 실빈의 다음 질문이 무엇인지 알고 있다는 듯이 자신이 일본계라는 설명을 덧붙였다.

"네. 제 이름은 이미 아시는 바와 같이 실빈이라고 합니다. 워싱턴데일리타임즈 오슬로 지사 기자로 근무하고 있어요."

실빈도 간단하게 자기소개를 했다.

"나는 처음 납치를 당할 때만 하더라도 그저 몸값을 요구하는 해적들이려니 생각했었어요. 단순히 운이 없다고 생각했었죠. 아니면 기껏해야 나 같은 연구원들을 납치해서 화학무기 따위를 제조하려는 일단의 테러리스트 조직 정도일 거라 생각했지요.

한데 이곳 '제네시스'에 도착해 쿠로베 박사의 설교를 듣고 보니, 내 생각과는 차원이 다른 엄청난 무언가가 진행되고 있다는 확신이 들어요.

일단 이 정도 규모의 수중 프로젝트라면 수천억 달러의 비용이 소모될 터, 민간은 애당초 엄두를 내지 못했을 거예요. 즉, 이 '제네시스'는 국가 프로젝트, 그것도 한 개의 국가가 아닌 국가 컨소시엄 형태로 진행이 됐을 거라는 게 내 생각이에요. 그 국가 컨소시엄 중 메이저는 이 정도 재원을 마련할 수 있는 세계에서 유일한 나라, 당연히 미국일 것이고, 다른 국가들은 아직은 어딘지 예단할 수는 없지만, 기술지원이나 자원공급 등의 방식으로 이 거대 프로젝트에 동참했을 거라는 생각이에요."

마리아 교수의 설명에 실빈은 고개를 끄덕였다.

"지금 내가 가장 궁금한 것은 우리를 납치한 이유는 고사하고, 과연 이들은 왜 천문학적 비용을 들여서 그것도 비밀을 위해 해저에, 사람들을 납치하면서까지 이 '제네시스'를 만들었을까 하는 거예요."

"교수님, 혹시 바이오스피어에 관해서 이야기 들어본 적이 있으신가요?"

여기까지 듣고서, 실빈은 마리아 교수에게 허버트 브라운 사장의 죽음과 도재이 기자와의 만남, 허버트 브라운 사장이 도재이 기자에게 남긴 마이크로피셔 필름, 그리고 거기에 언급된 바이오스피어에 관해 천천히 그러나 명확하게 이야기해 주었다.

"음. 오, 이런…."

실빈의 이야기를 들으면서 마리아 교수는 연신 고개를 저으며 신음소리를 내었다. 마지막 마이크로피셔 필름에 적힌 바이오스피어에 관한 이야기를 들려줄 때는, 마리아 교수는 몸서리치며 탄식했다.

"쉬또프 바리쨔(맙소사), 이 '제네시스'가 바이오스피어군요! 그렇다면…."

마리아 겐코 교수는 무언가를 깨달은 듯 섬뜩하게 중얼거렸다.

감추인 것이 드러나지 않을 것이 없고, 숨긴 것이 알려지지 않을 것이 없나니.

– 성서, 누가복음 12:2

리세르그산디에틸아미산

*
*
*

지난 2주간은 아무도 깊게 잠들지 못했다.

정해진 시간에 기상하고, 정해진 시간에 식사하는 것 외에는 오전에는 개별 면담 및 정신교육, 오후에는 간단한 노동을 하는 매우 단조로운 생활이었지만, 모두의 얼굴에는 검은 피로감이 드리워져 있었다. 새벽 6시 30분, 모두들 지친 새벽잠을 자고 있을 때, 동이 트듯이 천정의 등이 밝아지며 언제나처럼 벽에 붙어있는 스피커를 통해 기상을 알리는 목소리가 들렸다. 제네시스는 아침에는 일출과 유사한 1,000K, 점심에는 정오 태양과 맞춘 5,000K, 저녁에는 일몰 직전의 색온도인 9,000K의 색온도를 맞추어, 언뜻 보면 자연 태양광이나 달빛과 구분이 불가능할 정도의 조명 컨트롤 기술을 구현하고 있었다.

"가족 여러분, 이제 기상을 할 시간입니다. 아침 식사가 준비되어 있습니다. 모두 6시 50분까지 식당으로 오시기 바랍니다. 예외는 없습니다. 신이 우리에게 허락하신 것을 감사히 즐기시기 바랍니다."

인공지능을 이용한 무미건조한 목소리가 스피커를 통해 흘러나왔다. 도재이는 눈곱만큼도 식사 생각이 없었지만, 예외가 없다는 말에 무언가에 덜미를 챈 것처럼 슬그머니 일어나서 식당으로 향했다. 이미 복도에는 각 방에서 나온 사람들이 한결같이 무표정한 얼굴로, 일렬로 늘어서듯 식당으로 향하고 있었다. 도재이도 그들 사이에서 힘들게 걸음을 옮기기 시작했다. 마치 걸음걸음이 땅으로 꺼져 들어가는 느낌이었다.

발을 끌듯이 도착한 식당은 천장은 거대한 돔 형태로, 벽면은 수직이 아닌 피라미드의 벽면처럼 경사가 져있었다. 바닥은 무슨 재질인지 모르는 반투명의 패널로 연결되어 있었고, 경사진 벽면을 따라 조립식 선반들이 줄지어 연결되어 있었고, 그 위로 여러 가지의 음식들이 진열되어 있었다. 도재이는 터덜대고 걸으며 지난 며칠간 케네스 올라지데가 밤새 횡설수설하던 탈출 계획이란 것을 떠올리려 애썼다.

케네스 올라지데는 쿠로베 박사가 이야기 한, 4개의 방위에 각자의 통로가 있다는 말에 주목했다. 이러한 수심에 존재하는 건축물은 상상을 초월하는 수압이 작용할 것이며, 최적의 수압 분산을 위해서 피라미드 형태의 구조물을 만들었으며, 안정적인 수압의 분산을 위해서 4개의 외부로 나가는 통로를 설계했을 거라 떠벌였다. 또한, 심해에 있는 제네시스의 특성상 탈출이 불가능하다고 생각해, 경비가 삼엄하지 않다는 점도 강조했다. 케네스의 말을 듣고 보니 그저 왔다 갔다

하는 몇몇 '말라흐'들을 제외하고는 딱히 감시랄 것도 없었다. 또 가만히 보면 이유는 모르겠지만 제네시스에 있는 사람들도 굳이 탈출하려는 시도도 의지도 없는 듯했다.

'하긴, 설사 이곳을 어찌어찌 탈출한다고 할지라도, 망망대해를 어떻게 빠져나간단 말인가?'

그러다 문득 실빈이 떠올랐다.

'회사에서는 우리 두 사람을 찾느라 난리가 났을 텐데…'

도재이는 식당에서 실빈을 찾아보았다. 실빈은 반대쪽 식당 출입문에서 창백한 모습으로 들어오다가, 도재이와 눈을 마주치고는 얼른 달려와서 도재이의 품에 안겼다.

"미스터 도재이, 나 더 이상 여기 못 있겠어요. 그리고 나 무서워요…"

지난 2주간 씩씩하게 잘 버텨오던 실빈은 뜻밖에 울음을 터뜨렸다. 도재이는 얼떨결에 실빈의 어깨를 감싸 안았다.

"괜찮을 거예요."

도재이는 실빈의 눈물을 닦아주며 귀에 대고 속삭였다.

"내가 어떻게든 이곳을 빠져나갈 방법을 찾아볼 테니까 너무 걱정하지 말아요."

도재이는 아무런 계획도, 방법도 없었지만, 본능적으로 실빈을 위로하는 말을 건넸다. 하지만, 도재이의 말에 힘을 얻은 듯, 실빈은 그제야 고개를 들고 젖은 눈으로 살짝 웃음을 지어 보였다.

"이럴 때일수록 뭐 좀 먹어야 해요."

도재이는 실빈을 데리고 음식이 진열되어 있는 곳으로 갔다. 거기에는 멜라민으로 만들어진 트레이(식판)가 놓여있었고, 레일을 따라 트레이를 이동해 가며, 위에 배열되어 있는 음식들을 자기가 알아서 담아 먹는 자율 배식 방식이었다. 음식들은 제네시스에서 자체적으로 재배한 한결같이 신선한 채소와 소고기, 돼지고기, 닭고기를 비롯하여 다양한 생선까지 구비되어 있었다. 워낙에 입맛이 있을 턱이 없는지라 도재이와 실빈은 옥수수로 만든 수프에 허브 토핑을 약간 얹어 식탁으로 와서 앉았다. 이미 식탁에는 다른 사람들이 앉아서 아무런 소리도, 반응도 없이 음식을 먹고 있었다.

도재이가 수프를 한입 떠 넣었을 때, 어디선가 낯익은 목소리와 함께 쿠로베 박사가 다가왔다.

"음식이 입맛에 맞으시는지요."

실빈과 도재이는 흠칫 놀라서 소리 나는 곳을 쳐다보았다.

"여기 있는 모든 채소는 이곳 '제네시스'에서 직접 재배한 것들입니다. 화학비료를 전혀 쓰지 않고, 천연의 낙엽과 배설물을 발효시켜 만든 퇴비로만 경작한 것이지요. 또한, 모든 육류는 저희의 자체 배양실에서 만든 인공 고기입니다. 각각의 육류의 줄기세포를 배양액 속에서 키워서 고기를 만드는 것이죠. 이 인공 고기 배양기술은 2021년 이스라엘 퓨처미트사가 상용화한 기술이며, 저희는 여기에 3D 프린팅으로 완벽하게 각각의 육질을 재현했습니다.

아마 여러분들도 내가 이야기하기 전에는, 살육이 없는 완전한 인조 고기라는 것을 눈치채지 못했을 것입니다. 저희는 여러분들이 이 경건한 맛에 감동하게 되길 기대합니다."

실빈이 다시 울음을 터뜨리며 쿠로베 박사를 향해 소리를 질렀다.

"흑…. 도대체 우리를 이곳에 잡아두는 이유가 뭐죠?"

"아, 실빈 양, 진정하세요. 후후, 너무 감정적으로 생각하실 필요는 없습니다. 이곳은 미래를 준비하는 정화의 공간입니다. 마치 어머니의 자궁 같은 곳이라고나 할까요? 곧 있을 새로운 세계에서는 수많은 다양한 씨앗이 필요합니다. 노아의 방주에 각각의 생물종을 한 쌍씩 태워 종을 유지했듯이 말이죠. 이곳에는 이미 1천 명이 넘는 사람들이 새로운 세계를 준비하고 있지요. 이미 준비된 사람들을 제외하고도 말입니다. 실빈 양도 언젠가는 신의 계획을 이해할 날이 있을 겁니다."

"이미 준비된 사람들? 신의 계획이라구요?"

이번에는 도재이가 의아한 눈으로 쿠로베 박사를 쳐다보았다. 쿠로베 박사는 살짝 당황한 듯이 말을 이었다.

"아! 단어 하나하나에 너무 민감하게 반응할 필요는 없습니다. 그때가 되면 자연스럽게 알게 될 것이니까요. 아마, 도재이 기자는 신이 없다고 생각할지도 모르겠군요. 하지만 신은 언제나 그의 존재를 그만의 시간에 그만의 방식으로 입증해 왔습니다. 인간의 시간과 인간의 방법이 아니고 말이죠."

쿠로베 박사는 작심한 듯 팔짱을 끼고는 말을 이어갔다.

"물론, 이곳에는 세상에서 소위 흉악범으로 손가락질을 받던 사람도 있지만, 학력이나 화려한 경력 같은 그럴싸한 포장으로 자신들의 탐욕과 이기심을 감추고, 창조주의 성스러운 명령을 거역한 채 선한 자들에게 악영향을 끼쳤던 사람들도 있습니다. 사실은, 흉악범이라 일컫는 사람들보다, 스스로가 어떤 잘못을 하는지도 모르고 오로지 자신만을 위해 세상을 파멸시키는 자들이 더욱 위험하다고 할 수 있습니다.

우리는 인간적인 잣대로 선과 악을 판단하지 않습니다. 오히려 이곳에 있는 모든 이들에게 신을 위한 절대선(善)의 길을 마련해 주고 있는 것이죠. 아, 물론, '제네시스'의 '궁극적 목적'을 달성하는 데에 필요한 노동력을 제공받기도 하고 말입니다."

"궁극적 목적이라구요? 그 목적이 무엇인지는 모르지만, 사람들을 납치해서 이루는 목적에 무슨 정당성이 있단 말입니까?"

도재이는 참았던 화가 폭발했다.

"아, 진정하십시오. 도재이 기자. 여기에 초대받은 모든 사람이 바깥세상의 정화를 위해 꼭 이곳에 영원히 격리되어 있어야 한다는 뜻은 아닙니다.

하지만 분명한 것은 이곳에 있는 사람들은 각자 이곳에 있어야 할 충분한 이유가 있다는 것은 말씀드리지요. 즉, 반드시 해야 할 역할이 있는 사람들이라고나 할까요?"

"도대체 무슨 궤변을 늘어놓는 겁니까? 설령 당신의 말처럼 이곳에 있는 사람들이 세상에서 흉악한 범죄를 저지른 자든 거룩한 가면을 쓴 위선자이든 당신들이 무슨 권리로 이 사람들을 평가하고 심판한다는 말입니까? 더구나 이건 납치예요! 지금 당신들이 하고 있는 이 행위가 가장 큰 범죄라는 걸 모른단 말입니까?"

도재이가 큰 소리로 쏘아붙이자 주변에 말없이 식사를 하던 많은 사람이 잠시 시끄러운 소리에 고개를 돌려 반응했다. 그러나 이내 다시 트레이에 고개를 처박고 음식을 먹기 시작했다.

"도재이 기자님, 지금은 모든 것을 말씀드릴 수 없지만 곧, 그리고 얼마 지나지 않아 당신이 이곳에 있는 이유를 알게 될 겁니다. 오늘은 여기까지만 말씀드리죠."

"하지만…."

도재이가 무언가 말을 이으려 하자, 쿠로베 박사는 더 이상 도재이와 논쟁을 하지 않겠다는 듯이 야릇한 미소를 띠고 검지손가락을 치켜들어 좌우로 흔들며 갈색의 격자형 무늬가 있는 문으로 나가버렸다.

"리세르그산디에틸아미산이야…."

어느새 트레이에 채소를 수북이 담아 들고, 마리아 교수가 두 사람 앞으로 다가와 있었다.

"뭐라구요? 리세르그… 뭐요?"

도재이는 마리아 교수를 쳐다보았다. 아직 도재이는 쿠로베 박사와의 논쟁의 흥분이 가라앉지 않아서 가슴이 마구 요동치고 있었다.

"리세르그산디에틸아미산이라구요. 흔히 LSD-25라고 하죠…."

"그게 도대체 뭐란 말입니까?"

마리아 겐코는 어슬렁어슬렁 실빈과 도재이 쪽으로 걸어와서 같은 테이블에 접시를 내려놓고, 속삭이듯이 이야기를 했다.

"주변을 한번 둘러보세요. 모두들 생기 없는 눈과 말없이 자기 앞에 놓인 음식을 먹는 것에만 열중해 있죠."

마리아 교수의 말에 도재이는 주변을 둘러보았다. 그러고 보니 그동안 눈치채지 못했던, 확실히 뭔가 이상한 것이 느껴졌다. 음식만을 뚫어지게 바라보고 있는 눈, 주변 사람들과 대화 한마디 없이 수저와 포크를 입에 기계적으로 넣는 모습들은 이전의 식사시간의 모습과는 틀림없이 차이가 있는 것이었다.

"리세르그산디에틸아미산…. 앞서 이야기 드린 것처럼 LSD 또는

LSD-25라고 하죠. 극소량으로도 도취, 환각, 억울증(抑鬱症)을 일으키는 치명적인 마약이죠."

"아니, 그럼 이 사람들이 전부 마약에 중독된 사람들이란 말인가요?"

실빈이 섬뜩한 느낌이 들었는지 들고 있던 수프 그릇을 떨어뜨리듯 테이블에 내려놓으며 마리아 교수에게 질문했다.

"마약에 중독된 사람들이 아니라… 중독시킨 사람들이겠죠. LSD는 일반 마약과는 그 질이 틀려요. 먼지 1입자 크기만 한 25마이크로그램만 섭취해도 10시간 이상 환각이 지속되는 극단적인 약품이에요. 그 치명적인 환각 증상 때문에 일부 국가에서는 LSD를 제조하다 적발되면 재판 없이 바로 사형에 처하기도 하죠. 중요한 것은 LSD는 단순 환각이 아니라 시각, 촉각, 청각 등 모든 인간의 감각을 왜곡시키는 물질이라는 거예요."

마리아 겐코 박사는 접시 위의 샐러드를 포크로 크게 한 번 떠서 입으로 가져갔다. 조그만 입을 오물거리며 말을 이어갔다.

"만약, 이 사람들이 LSD에 중독되어 있다면 아마도 쿠로베 박사의 말을 들을 때는 하늘에서 천사가 내려와서 신의 계시를 전하는 것처럼 느껴질 거예요. 어쩌면 쿠로베 박사의 모습도 거대한 날개를 단, 하늘의 사자 모습으로 보일지도 모르죠."

"그렇다면 이 많은 사람을 어떻게 동시에 환각에 빠뜨리…?"

말을 하다가 도재이는 갑자기 온몸의 털이 하늘로 곤두서는 듯했다.

"… 그래요. 가장 쉬운 방법은 우리가 지금 먹고 있는 음식에 극소량을 섞는 걸 거예요. 이 정도 대량 공급되는 음식물에 극히 미량을 섞는다면 사람들이 알아채지 못하게 조금씩 환각에 빠지게 할 수 있겠죠."

"우웩…."

도재이는 입에 한 수저 떠 넣었던 수프를 토해냈다.

"컥, 근데 마리아 교수님은 왜 음식을 드시는 거죠?"

도재이는 입안에 수프의 찌꺼기라도 남아있을까 연신 침을 뱉어내며 물었다.

"후후, 환각이 나쁜 것만은 아닌 것 같아서요. 특히 지금 이 상황에서는 말이죠…."

도재이는 마리아 교수의 눈을 응시했다. 그제서야 왜 이곳에 있는 사람들이 경계가 그토록 허술 한데도 탈출을 생각지도 않는 듯 보였는지 이해가 되었다.

'여기를 반드시 빠져나가야 한다….'

도재이는 실빈을 쳐다보았다.

인간은 운명의 수레에 앉아서 달려가는 말에 불과하리니.
- 인도 법전 마하바라타

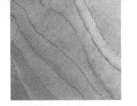

해리스 트루먼

*
*
*

　미스터 노르웨이호에서 같이 붙잡혀온 해리스 트루먼을 만난 것은 당근이 심긴 채소밭이었다. 제네시스에는 매일 경작하고 돌봐야 할 채소밭이 개개인에게 할당되어 있었고, 반드시 하루에 세 시간씩은 그곳에서 일을 하게 했다. 그곳에서 호미질을 하고 있던 해리스 트루먼이 먼저 도재이에게 말을 걸었다.

　"도재이 기자시죠?"

　점잖은 얼굴에 검은 테의 안경이 잘 어울리는 전형적인 학자 타입의 중년 신사였다.

　"네, 그렇습니다만."

　"나는 해리스 트루먼이라고 합니다. 영국 국립 기상청에서 근무하고 있죠. 아니, 이제는 근무했었다고 이야기하는 것이 맞겠군요."

"네…."

도재이는 심드렁하게 반응하며 땅에 호미를 꽂았다. 곧 주먹만 한 당근이 달려 올라왔다.

기실, 해리스 트루먼은 기상 분야에서는 세계적인 명성을 가지고 있는 유명인이었다. 1990년부터 써온 40여 편의 기상 관련 논문은 그의 학문적 열정을 잘 보여주는 것이었다. 더욱이 그중 '제3 세계와 탄소'를 위시한 십여 편의 논문은 세계 기상연구원들이 반드시 학습해야 하는 성서와도 같이 추앙을 받고 있었다.

"도재이 기자, 나보다 나이가 어려 보이니 동생이라 불러도 될까?"

뜬금없는 호형호제의 요청에 도재이는 잠시 당황했지만 해리스의 쾌활한 성격이 나쁘지 않을 것 같았다.

"그렇게 하시죠. 해리스 형님."

"오, 화끈해서 좋네. 동생, 혹시 '교토 의정서'라고 들어봤어?"

뜬금없는 해리스 트루먼의 질문에 도재이는 입사시험 준비를 할 때 시사상식에서 읽었던 내용이 어렴풋이 떠올랐다.

"네. 잘 알지는 못하지만, 뭐… 지구 온난화를 막기 위해 각국이 탄소 발생량을 규제하자는 협의서 아닌가요?"

도재이가 과거의 어디선가 읽었던 기억을 떠올리느라 미간을 찌푸리며 말했다.

"오, 맞아 맞아. 역시 기자는 상식이 풍부하단 말이야. 하지만 규제 대상 가스가 탄소에 국한된 것은 아니야. 뭐 중요한 것은 아니지만, 이산화탄소(CO_2), 메탄(CH_4), 아산화질소(N_2O), 불화탄소(PFC), 수소화

불화탄소(HFC), 불화유황(SF6) 등의 여섯 가지를 규제하자는 협약인데, 내 조국인 영국을 필두로 유럽연합이 주도해서 만들었지. 하지만 역시 가장 중요한 것은 탄소가 맞아."

"네. 지구 환경을 보전하기 위해 세계가 힘을 합친다는 것은 좋은 것 같습니다."

도재이가 별 관심 없다는 듯 다시 호미질을 했다.

"역시 그렇게 생각하고 있었군."

해리스 트루먼이 길게 한숨을 쉬며 말했다.

"…?"

도재이가 의아하다는 표정으로 해리스 트루먼을 쳐다보자, 해리스 트루먼이 검은 테 안경을 벗으며 도재이 곁에 앉았다.

"실은 탄소가 지구 온난화를 유발한다는 것은 거짓말이야. 어떤 과학적인 근거도 없는…."

"네?"

너무나 당연하게 생각하고 있던 것에 대해 기상 전문가가, 그것도 세계적 권위자가 뱉은 말은 충격이었다.

"사실이야 동생. 탄소는 지구 온난화와는 관계가 없어. 다만 사람들이 그렇게 알아야 하는 이유가 있을 뿐이었지."

도재이는 어리둥절한 표정으로 해리스를 쳐다보았다.

"동생도 알다시피 교토 의정서의 핵심은 탄소 배출권의 거래야. 탄소 배출량을 줄여야 한다는 당위 아래 각 국가에게 탄소배출량에 따라 일종의 세금을 부과하는 것이지.

세계 탄소배출량의 28%를 차지하는 미국을 견제해서 미국 중심의 경제를 유럽으로 돌리려는 시도였던 건 이미 공공연히 알려진 사실이기도 하고. 그래서 탄소배출량의 거래는 유로화를 기준으로 하게 된 거고. 이를 '오일 머니'와 비교해서 '탄소 머니'라 부르는 이유이지. 아! 물론 미국은 당연히 반발하고 탈퇴를 했지."

해리스 트루먼은 뽑아낸 당근을 바구니에 던져넣고 잔잔히 말을 이었다.

"내가 한 일은 영국과 EU 정부의 지시를 받아 탄소가 지구 온난화의 주범이라는 거짓 증거와 조작된 논문을 만드는 것이었어. 웃기는 것은 영국 왕립 기상청 명의로 발표되는 논문들은 누구도 검증하려 하지 않는다는 거야. 크크. 오히려 발표하자마자 세계적인 대학들과 교수들이 찬사를 보내고 지지하는 발언들을 하지. 나는 그 대가로 월 10만 불의 급여를 지급받아 왔어. 양심과 현실적인 행복을 교환한 것이었는데, 뭐… 그래도 후회는 없어."

"오 마이 갓!"

도재이는 해리스의 말에 비명을 질렀다. 탄소가 지구를 죽인다고, 그래서 우리 세대에서 탄소배출량을 줄여야 한다며 벌이는 그 많은 캠페인과 대책들, 고비용과 불편을 감수하는 수많은 기업과 소비자들…, 이 모든 일이 정부를 등에 업은 단 한 사람의 권위자의 조작된 논문에 근거한다는 말이었다.

"내 가족들은 다 하와이에 있어. 큰딸은 하와이 주립대학에서 해양학을 전공하고 있지. 마누라가 알로하타워에서 옷가게 하는 젊은 놈과 눈이 맞았다는 걸 알지만 상관없어. 1년에 한 번도 제대로 못 가는데, 할 수 없는 일이지. 하긴 나도 기상청에 있는 다른 여직원과 동거

하고 있으니, 뭐 누구를 나무랄 처지는 아니기도 하고.

나는 어차피 여기서 못 나갈 거라는 걸 알아. 나갈 수 있을 거면 이 사람들이 데려오지도 않았겠지. 내가 여기에 억류되어 있는 동안 최소한 탄소가 지구 온난화의 원인이라는 발표는 나지 않을 거야. 하하."

그리고 순간 무슨 생각이 났는지 고개를 번쩍 들며 이야기했다.

"오! 지금 생각이 났는데, 독일의 루카스 총리가 의회 연설에서 우연히 본심을 드러낸 적이 있었지. '세계 식량 폭등의 원인은 인도의 3억 인구가 하루 두 끼를 먹게 되고, 중국의 10억 인구가 우유를 마시게 되었기 때문이다.'라고 공식 의회 연설문으로 발표를 해버린 적이 있었지. 그 연설로 세계가 발칵 뒤집혔었어.

푸헤헤헷! 웃기지 않아? 사실 타겟은 미국뿐 아니라 중국도 포함되어 있었거든, 흐흐. 환경 파괴의 원인을 중국으로 돌려서 중국을 잡으려고 했었던 거지. 근데 일이 묘하게 됐어. 그 발표 때문에 소위 제3세계가 뭉쳐버렸거든. 후후후, 제3 세계들의 공분을 산 거지. 물론 예측하지 못했던 결과였어.

하, 덕분에 우리가 제3 세계라고 무시했던 아프리카 국가들과 스리랑카, 미얀마, 네팔 등이 중국의 주도하에 똘똘 뭉쳐버렸어요. 중국은 이때다 싶어 막대한 달러를 쏟아부어 제 편 만들기에 돌입했지. '일대일로'라는 이름으로 말이야. 특히 스리랑카는 이미 '함반토다'라는 남쪽 상업 항구에 중국군대가 주둔해 있어. 이유는 간단해. 다음 세대의 신흥강국이 될 인도를 초반에 주저앉히기 위해서지.

동생도 얼마 전 스리랑카의 국가부도 선언과 헤만타 전 대통령의 해외 도피 소식은 알지?"

"네, 기사로 봐서 알고 있어요."

"혹자는 스리랑카의 파산이 중국 일대일로 정책의 희생양이라고 하는데, 모르는 소리들이에요. 탄소가 지구 온난화의 주범이라는 거짓말만큼, 스리랑카의 파산도 IMF와 중국에 의해 철저히 계획된 거짓말일 뿐이야. 그 고통은 스리랑카 국민들이 고스란히 떠안게 되겠지만 말이지. 흔히들 스리랑카를 '인도양의 눈물'이라 하는데, 흐흐. 이번에는 정말 '인도'에 눈물을 안겨주는 국가가 될 거 같아."

해리스 트루먼의 이야기는 도재이에게는 진실이라 알고 있던 모든 것들이, 얼마나 조작되고 왜곡될 수 있는지 확신을 심어주기에 충분한 것이었다.

"흠…, 어쨌거나 나는 내가 여기에 오게 된 이유를 알아. 내가 한 일에 대한 대가를 치르는 거라는 걸 말이지."

해리스 트루먼은 눈을 끔뻑였다. 그리고, 여전히 충격에서 벗어나지 못한 채 도재이는 말했다.

"아, 저는 잘은 모르지만, 루카스 총리의 인도와 중국 관련 발언은 정말 분노를 살만 한 것 같네요."

"그래서 내가 후회하고 있지. 왜냐하면, 루카스 총리의 그날 연설 원고를 내가 썼거든. 후후. 이왕이면 자극적인 게 좋잖아?"

쿠로베 박사가 대화에 끼어든 것은 그때였다.

"무슨 이야기를 그렇게 재미있게 나누고 계십니까?"

화들짝 놀란 해리스가 허둥지둥 말했다.

"아, 별것 아닙니다. 내가 이곳에 오도록 '선택'된 이유에 대해서 이야기하고 있었지요."

"그렇군요. 무슨 이야기를 두 분이 주고받았는지는 모르지만, 단순히 미스터 해리슨이 생각하고 있는 것만은 아닐 겁니다. 우리는 일종의 '사명'이 있기에 모인 것입니다. 물론 그 '사명'을 미리 설명할 수도 없고, 양해를 구할 수도 없기에 물리적인 방법을 동원하긴 했지만 말이지요."

쿠로베 박사는 주변을 한 번 둘러보고는 길게 한숨을 한 번 쉬고 말을 이었다.

"이 세계는 이미 자정능력을 잃었습니다. 인류의 공생을 위한 세계적인 협약들이 수도 없이 낳지만 결국 모두 실패로 돌아갔습니다. 각자 자국의 이익을 우선시할 수밖에 없는 현실적인 한계도 있지만, 힘을 가지고 있으면서도 모든 것을 독식하려 하는 일부 국가들의 사고가 세계를 위협하고 있는 것이지요.

단도직입적으로 말하면 바로 현재의 중국이 그렇습니다. 15억에 육박하는 거대 인구에, 세계경제를 장악하고 있는 중국은 지금 당장 범세계적인 통제를 가하지 않으면 인류는 파멸의 길로 치닫게 될 것입니다.

지금 현재도 중국이 가지고 있는 미국의 채권을 일시에 다 상환시킨다면 미국 경제는 3일 이내에 파산하게 됩니다."

"하지만 그 또한 미국을 위시한 서방국가들이 바라보는 시각에서의 분석 아닙니까? 지금까지 미국이 독식해 온 세계경제를 중국이 부상하면서 이를 견제하려는 또 다른 조직적 패권주의에 불과한 것 아닌가요?"

도재이가 틈을 놓치지 않고 쏘아붙였다.

"무어라 이야기해도 좋습니다. 하지만 분명한 것은 중국의 힘을 이대로 방치할 수는 없다는 결론입니다. 중국의 힘은 거대한 영토와 엄청난 인구에 기인하는 것이기에…, 우리는 인위적으로 중국의 인구와 영토를 '조절'할 것입니다. 이는 미국을 위해서도 아니고, 인류의 생존을 위해서라고 해두죠."

"인구와 영토를 인위적으로 조절한다는 의미는…?"

해리스 트루먼이 경악스러운 표정으로 물었다.

"그렇습니다. 필수불가결한 희생이 따르겠지만…, 유일한 해결책은 전쟁입니다. 그리고 여러분이 이곳에서 보고 듣고 경험하는 것은 완벽한 허상입니다. '그 날'에 우리들은 누구도 '상상하지 못한 곳'에 있을 것입니다."

난리와 난리 소문을 듣겠으나 너희는 삼가 두려워하지 말라.
이런 일이 있어야 하되 아직 끝은 아니니.

- 성서, 마태복음 24:1

탈 출

*
* *
*

제네시스의 비밀을 알게 된 것은 '우연'이었다.

'제네시스'에 잡혀 온 지 21일째.

쿠로베 박사의 말을 듣고 거의 잠을 이루지 못했던 도재이와는 달리, 같이 나포되었던 사람들은 어느 정도 적응을 하는 듯했다. 서로 농담도 하고, 케네스 올라지데와 해리슨은 유기농 채소를 가꾸는 데에 재미를 붙인 듯했다.

하지만 도재이는 탈출을 결심했다.

쿠로베 박사를 통해서 미국과 이스라엘, EU 국가들이 연합하여 중국과의 전면 전쟁을 준비하고 있고, '제네시스'가 세계적인 대재앙에서 살아남아야 하는 선택된 몇몇을 위한 실험적 생존 모형이라는 충격적인 사실을 알게 된 이상, 이대로 있을 수는 없는 일이었다. 또한, 더 머뭇거리다가는 이곳의 생활에 적응될까 두렵기도 했고, 또 시간이 더 지나면 용기를 낼 수 없을 것 같기도 했다.

하지만 탈출은 쉽지 않을 것이었다. 레이더에도 포착되지 않도록 인공 안개까지 살포되도록 만들어진 심해의 최첨단 구조물은 그 자체가 완벽한 보안 시설이었다. 더욱이, 탈출을 한다 하더라도, 망망대해 한가운데서 탈출을 한다는 게 의미가 있는 일인지도 모를 일이었다.

"실빈, 난 이곳을 벗어날 거예요."

식당에서 다시 실빈을 만난 도재이는 들고 있던 포크의 끝으로 음식을 뒤적이며 옆자리에 앉아 불안한 눈빛으로 무미한 샐러드를 입으로 가져가고 있던 실빈에게 나지막하게 속삭였다.

"뭐라구요?"

실빈은 그러지 않아도 큰 눈을 더 동그랗게 뜨고 도재이를 쳐다보았다.

"탈출을 할 거란 말입니다."

도재이는 조심스럽게 실빈의 귓가에 되뇌었다.

"이미 루트는 알아놓았어요. 이곳에서 밖으로 나갈 수 있는 통로는 단 두 곳뿐이에요. 그중 하나가 우리가 들어왔던 동쪽 문이죠. 그동안 살펴본 결과, 동쪽 문은 시간당 2번 '말라흐'들이 출입을 하고 있고, 설령 그들의 눈을 피해 그 밖으로 나간다 하더라도 전자 개폐식의 2중 게이트가 있어서 우리가 내려왔던 리프트를 통해 다시 동쪽 문으로 탈출한다는 것은 불가능하다는 판단이에요.

하지만 다른 통로가 있다는 걸 알았죠. 그곳은 바로 서쪽 게이트에요. 그동안 지켜본 바로는 '말라흐'들이 하루에 단 두 번 교대를 한다는 걸 알았어요. 그것도 같은 시간에 말이죠. 그리고 그 교대 직원들이 나가는 통로가 바로 회랑의 뒤편이라는 것도 알아냈어요. 평상시에는 회랑의 전면에 쿠로베 박사가 연설하던 단상이 가려있어서 보이지 않았지만, 틀림없이 그 뒤편으로 외부로 향하는 통로가 있을 거예요. 회랑은 출입문이 하나밖에 없어서 실내로 들어간 사람은 반드시 그 문으로 나오게 되어 있는데, 바로 어제, 아무도 없는 회랑으로 들어간 순찰대원 중 한 사람이 나오지 않더군요. 그래서 오늘 저녁 그곳으로 들어가 볼 작정이에요."

실빈은 도재이의 이야기를 듣고도 무심한 표정이었다.

"하지만 도재이 씨의 말이 맞다고 해서 탈출에 성공한다고 하더라도 바다 한가운데에 있는 이 인공섬을 어떻게 벗어난다는 말이죠?"

실빈이 차분하게 말했다.

"그건…, 아직 생각해 보지 않았어요. 하지만 일단 이곳을 벗어나면 무슨 방법이 있을 거라고 생각해요."

무책임한 대답이었지만, 또한 솔직한 대답이었다. 탈출에 실패한다고 하더라도 이곳으로 다시 돌아오는 일 외에 더 나빠질 것도 없다는 것이 도재이의 계산이었다.

"나도 같이 가요."

실빈이 조심스레 입을 열었다.

"…"

순간 도재이의 머릿속이 복잡해졌다.

실빈과 같이 움직이게 되면 아무래도 발각될 염려가 크고, 또 움직임도 둔해질 것이었다. 하지만 도재이의 마음 한 켠에는 실빈을 두고 간다는 것이 마치 연인을 버리고 떠나는 듯 또한 내키지 않는 것도 사실이었다.

"좋아요. 그럼 내일 새벽 3시에 서쪽 게이트 앞 복도에서 만납시다. 내가 봐둔 회랑 안 통로를 확인해 보고, 만약 내가 틀렸다면 다시 돌아오면 되는 거니까요."

여기까지 실빈과 '제네시스' 탈출에 대한 이야기를 마친 도재이는 순간, 긴장감으로 온몸이 뻣뻣해져 입안에 든 샐러드가 마치 쇳조각처럼 뱅뱅 돌기만 하고, 목구멍으로 삼켜지지 않았다.

"우웩, 퉤."

여러 번 혓바닥을 굴려 삼켜보려 했지만, 여의치 않자 테이블 끝의 잔반 처리통에 입안에 든 것을 뱉어버렸다.

"알았어요. 그럼 저는 새벽 2시 50분에 회랑 옆에 기다릴게요."

새벽 2시 50분, 케네스 올라지데는 코를 골고 자고 있었다. 뜬 눈으로 새벽을 기다린 도재이는 소리를 죽여서 침실 밖으로 나갔다. 야간 등으로 희미한 복도를 따라 도재이는 서쪽 게이트까지 숨죽여 걸어갔다. 어두운 복도를 지나 실빈과 만나기로 한 회랑 앞에 도착하자, 실빈이 어둠 속에서 조용히 속삭이는 소리가 들렸다.

"도재이 씨, 여기예요."

이미 실빈은 그곳에 도착해 있었다. 도재이의 몸은 긴장감으로 이미 땀으로 범벅이 되어있었다.

"실빈, 이리로…"

도재이는 실빈의 손을 잡고 서둘러 보아 둔 서쪽 회랑 쪽으로 허리를 숙이고 주변을 살피며 조심스럽게 발걸음을 움직였다. 코너를 돌자 거대한 서쪽 게이트가 시야에 들어왔다. 잠시 망설이는 듯했지만, 도재이는 크게 심호흡을 한 번 하고 서쪽 게이트의 문을 당겼다.

밤에 보는 서쪽 게이트는 공포심을 유발하기에 충분할 정도로 거대해 보였다.

주변에 인기척이 있는지를 확인하고, 도재이와 실빈은 회랑의 벽면을 따라 이동한 뒤, 강단 뒤로 돌아 들어갔다. 예상대로 강단 뒤편에는 육중해 보이는 문이 있었다. 'OPEN'이라고 써있는 버튼을 누르자, 문이 '칙' 소리를 내며 열렸다. 살짝 너무 쉽게 열린다고 생각은 했지만, 어차피 사방이 바다로 둘러싸인 '제네시스'에서 탈출을 그다지 심각하게 고려하지 않았을 것이라 스스로 위안을 삼으며, 열린 문 안으로 들어섰다.

문 안쪽에는 감압장치로 보이는 설비들이 있었고, 맞은편에는 또 다른 문이 하나 있었다.

외부 공기를 차단해야 하는 '바이오스피어'의 구조상, 외부로 출입할 때 내부 공기의 유출을 차단하는 중간 방임에 틀림이 없었다. 그때, 다시 '칙'하는 소리와 함께, 방금 열고 들어온 뒤편의 문이 닫히는 소리가 났다. 도재이와 실빈은 순간 뒷문을 향해 달려들었지만, 이미 문은 닫히고 난 뒤였다. 다시 열어보려 했지만 들어올 때와는 달리 문 우측에 부착되어 있는 지문 인식기와 홍채 인식기를 조작해야 문이 열리게 되어있었다. 이제는 되돌아갈 수는 없다는 의미였다.

"섣불리 조작하다가 경보라도 울리는 날에는 큰일이에요."

실빈이 무언가를 만져 보려는 도재이를 말렸다.

"오 마이 갓…."

실빈이 주저앉아서 흐느끼기 시작했다.

"쉿!"

도재이는 이마에 흐르는 땀으로 눈도 못 뜰 지경이었지만, 우선 실빈을 달랬다. 아직 경보가 울리거나 하지는 않은 거로 봐서, 발각이 되지는 않은 것이리라. 도재이는 천천히 주변을 둘러보았다. 이름 모를 기계장치들, 도재이는 그중 붉은색 손잡이 레버가 보였다. 틀림없이 맞은편 문을 조작하는 레버일 것이다. 도재이는 눈을 질끈 감고 레버를 아래로 힘껏 당겼다.

"칙, 왜애애앵."

해수면으로 올라가는 통로로 보이는 문이 열림과 동시에 고요하던 새벽의 제네시스에 칼날 같은 경고음이 울려 퍼지기 시작했다.

"젠장!"

도재이와 실빈은 동시에 외쳤다. 그 열린 문이 수면으로 올라가는 리프트라는 확신은 없었지만, 지금은 그런 것을 깊게 고민할 정도로 여유로운 상황이 아니었다.

"빨리 빨리!"

도재이는 문을 향해 질주하며 실빈을 향해 외쳤다.

"먼저 가세요!"

실빈이 도재이를 향해 외쳤다.

"뭐라구요? 무슨 소리예요, 시간이 없어요! 빨리 이쪽으로 와요!"

도재이는 실빈에게 미친 듯이 소리쳤다.

"어차피 발각된 이상, 두 사람이 같이 움직이면 둘 다 탈출에 실패할 거예요. 내가 최대한 시간을 끌 테니까, 도재이 씨라도 빨리 이곳을 벗어나세요. 어서요!"

"실빈 안 돼요. 같이 가요!"

도재이의 말에 실빈이 단호하게 대답했다.

"같이 가면 다 죽어요. 먼저 가요. 그리고 꼭 나를 데리러 오세요!"

멀리서 부산한 움직임과 소리가 느껴졌다.

"빨리 올라가요! 제발!"

실빈은 맞은편 게이트가 열리지 않도록 문에 기대어 소리쳤다.

"젠장, 알았어요 실빈. 내가 꼭 데리러 올게요!"

도재이가 서둘러 버튼을 누르자, 고요 속에서 승강기가 움직이기 시작했다. 다행히 도재이가 올라탄 것은 '제네시스'와 해수면을 연결하는 리프트였다. 5분이나 올라갔을까?

"타타타탕."

저 멀리 밑에서 총소리가 들려왔다. 실빈을 향한 총격이었으리라. 도재이는 순간 눈물이 왈칵 쏟아졌다.

이윽고 파도를 헤치고 해수면으로 솟구치는 굉음과 함께 리프트의 문이 열렸고, 도재이는 이것저것 생각할 겨를이 없이 무작정 캄캄한 밖으로 몸을 내던졌다.

'후욱.'

외부의 인공 데크에 등부터 패대기쳐지자, 허파가 정지하는 듯이 고통스러웠다. 하지만 그 자리에 누워 숨을 고를 여유가 없었다. 도재이는 가슴을 끌어안고 몸을 일으켜 무작정 달리기 시작했다. 눈앞에는 미스티 노르웨이에서 일행을 납치해 올 때 사용했던 퍼싱보트가 정박되어 있는 작은 선착장이 보였다. 리프트가 해수면으로 올라오자 자동으로 작동을 시작한 듯, 제네시스는 엄청난 안개를 뿜어내고 있었다.

'최소한 리프트가 다시 내려갔다 올라오는 시간이면 얼추 20분 이상은 시간을 벌 수 있으리라.'

도재이는 정신없이 달려가 세워져 있는 퍼싱보트에 기어올랐고, 시동을 걸기 위해 키가 꽂혀있는지 살펴보았다. 키는 키 홀더에 그대로 꽂혀있었다.

'왜 키가 꽂혀있을까…?'

순간적으로 의구심이 들었지만, 지금은 그런 것을 따질 경황이 아니었다. 도재이는 키를 돌려, 힘차게 시동을 걸었다.

"부다다당."

퍼싱 115 보트의 힘찬 엔진 소리가 왜 그렇게 크게 들리는지…. 도재이는 주변을 두리번거리며, 서서히 먼 바다 쪽으로 보트를 몰아가기 시작했다. 얼마나 달렸을까, 더 이상 엔진 소리가 '제네시스'에 들리지 않을 거란 생각이 들자, 도재이는 최대한 속력을 높이기 시작했다.

"푸후후훅."

힘차게 당긴 액셀러레이터에 반응하듯 퍼싱 115 보트는 굉음을 내며 암흑의 바다로 파도를 가르며 질주를 시작했다.

'어차피 기름이 떨어지면 멈추어야 한다. 최대한 멀리 도망가야 한다…'

도재이는 자신에게 벌어진 지난 21일간의 악몽을 떨쳐 버리기라도 하는 듯, 전속력으로 달리기 시작했다. 마침 바다에는 파도와 바람이 없어 도재이가 탄 보트는 빠르게 '제네시스'에서 멀어져 갔다.

"과연 저 친구가 '그 일'을 잘해낼 수 있을까?"

제네시스의 중앙통제실에서 쿠로베 박사가 적외선 투시 카메라로 촬영된 도재이의 탈출 장면을 보며, 박사에게 팔짱을 낀 채 깊이 기대고 있는 여인을 향해 침울하게 이야기했다.

"'그'에게 맡겨야죠. 이제부터는 말이죠…."

"그래, 당신 말이 맞아. 이제부터는 그에게 맡겨야지. 당신 정말 수고가 많았어. 지금까지는 모든 일이 계획대로 진행되고 있어. 다 당신 덕분이야."

쿠로베 박사는 한 손으로는 실빈의 허리를 잡고, 다른 한 손은 실빈의 턱선을 어루만지며 격정적으로 키스하기 시작했다.

> 헤매이는 인생의 길에서 길을 잃은 자여. 그대의 숨이 끊어질 때까지도
> 어디로 가고 있는지 또 어디서 왔는지 모르리.
>
> - 윌리엄 셰익스피어 『템페스트』 중

뱃사람 톰

*
*
*

"푸득… 푸드득."

얼마쯤 달렸을까, 보트는 숨이 넘어가는 소리와 함께 망망한 바다 한가운데서 멈춰버렸다. 통신장비가 제거되어 있는 퍼싱보트는 이제 무인도를 탈출하기 위해 만든 뗏목과 다르지 않았다. 어렴풋이 동이 터 오는 바다는 시야를 구분할 수 있을 정도는 되었다. 긴장이 풀어져서 그런지, 도재이는 다리에 힘이 풀려 시동이 꺼진 보트의 바닥에 대자로 누워버렸다.

지난 21일간의 일들이 마치 꿈처럼 느껴졌다. 하지만 출렁이는 물결에 흔들리는 축 처진 육체는 지난 일들이 꿈이 아닌 현실이라고 말해주고 있었다. 솟아오르는 태양을 느끼며, 도재이는 눈을 감고 잠에 빠져들었다.

얼마나 지났을까, 도재이는 무언가 웅성거리는 소리에 눈을 떴다.

'탈출이 발각된 것일까…?'

본능적으로 몸을 웅크리고 보트 밖을 내다보았다.

웅성거리는 소리의 주인은 노르웨이 국적의 작은 어선이었다.

"괜찮아요?"

도재이는 남은 힘을 짜내어, 구조해 달라는 손짓을 했다.

도재이를 구조한 어선은 연근해에서 청어잡이를 하는 배였다. 청어는 한때 북유럽 국가들의 주 수입원이었다. 8세기 대항해 시대 네덜란드 암스테르담은 청어 뼈 위에 세운 도시라 불릴 정도였다. 인간의 무분별한 남획으로, 한때 그물도 필요 없이 버킷으로 퍼 담을 정도의 어획량이, 지금은 찾아다니며 어획을 해도 만선을 못 이룰 정도로 개체수가 줄어들었다. 덩달아 청어잡이로 가정을 지켜온 수많은 어부와 가공 공장 직원들은 무더기로 일자리를 잃었다. 도재이를 구조한 배도 이틀간 청어를 찾아 헤매다 겨우 한 떼의 청어 무리를 발견해서 기름값과 선원들의 인건비를 채우고 항구로 돌아가던 길이었다.

선장은 턱수염을 멋있게 기른 호탕하고 명랑한 사람이었다. 팔뚝에는 필시 예전의 애인이었을 여인의 이름이 크게 문신되어 있었다.

"나는 이 배의 선장 토마스라고 합니다. 다들 '뱃사람 톰'이라고 부르죠."

"네, 반갑습니다. 저는 도재이라고 합니다."

"차이니즈? 아님 재패니즈?"

"아닙니다. 한국 사람이에요."

"오! 코리아. 강남스타일, BTS! 내 딸이 팬이요!"

토마스 선장은 호들갑스럽게 반응했다.

"근데 무슨 일로 여기 표류하고 있었소? 혹시, 무슨 범법행위라도…?"

뱃사람 톰은 도재이가 범죄자가 아닐까 의심하는 눈치였다. 아니, 오히려 범죄자였으면 하는 눈치였다.

"아! 걱정은 말아요. 설사 그렇다고 해도 경찰에 연락하거나 하지는 않을 거요. 오히려 내가 도와줄 수 있지, 흐흐. 물론, 조금의 사례는 필요로 하겠지만 말이지."

뱃사람 톰은 흐뭇한 미소를 띠며 이야기했다. 만약 범죄자라면 신고를 하지 않는 대가로 하루 청어잡이와는 비교할 수 없는 짭짤한 수입을 올릴 수 있을 터였다. 더욱이 이 동양 친구가 타고 있는 배는 이미 기름이 떨어져서 움직이지도 못하는 상태 아닌가? 이래저래 뱃사람 톰의 입장에서는 횡재가 아닐 수 없었다.

도재이는 대답을 할 수도, 대답을 하지 않을 수도 없었다. 만약 사실대로 대답한다면 범죄자는 고사하고 필경 미친놈 취급을 받을 판이었다.

"네…, 어쩌다 보니 사정이 생겨서…."

얼버무리는 도재이를 심상찮게 쳐다보는 눈길에 도재이는 일단 신분을 밝혔다.

"저는 워싱턴데일리타임즈 노르웨이 지사에 근무하는 도재이라고 합니다. 말씀드릴 수 없는 사정 때문에 이렇게 되었습니다. 죄송하지만, 지금 바로 항구로 돌아가 주실 수 있는지요? 도착하면 제가 꼭 사례하도록 하겠습니다."

"아…, 기자 양반이었구먼. 우리도 밤 조업이 끝나서 지금 '올레순'

항구로 돌아가려던 길에 비싼 보트가 불도 안 켜고 떠있길래 와본 거요. 밖에서 소리를 질러봤는데 아무 인기척이 없길래, 혹시 무슨 일이 있는 게 아닌가 해서. 이 배에 올라타 당신을 발견하게 된 거요."

적잖이 실망했다는 말투였다. 망망대해에서 표류하는 선박은 대부분 선상 반란이나 서로 싸우다 총질을 해대서 시체만 남아있는 경우가 많았다. 이런 경우는 말 그대로 횡재였다. 배에 남아있는 시체들은 바다에 고기밥으로 던져버리고 배에 있는 장비나 값나가는 물건을 다 챙긴 후, 바닥에 구멍 서너 개만 만들어 주면 끝이었다.

"뭔 일인지는 몰라도, 당신 목숨을 구해준 건 사실이니까, 그래도 뱃삯 정도는…. 아, 뭐 내가 돈을 밝히는 건 아니고, 안 된다면 나도 뭐… 굳이 구해줄 필요는 없지 않나 싶어서…."

뱃사람 톰은 능글능글하게 웃으며 도재이를 바라보았다. 뱃사람 톰이 무엇을 원하는 지는 뻔한 것이었지만, 막 맨몸으로 탈출한 도재이에게 뱃삯을 지불할 만한 무언가가 있을 리 만무했다. 하지만 이 사람들을 놓친다면 도재이의 생명도 보장할 수 없을 터였다. 순간, 도재이에게 번개 치듯 아이디어가 떠올랐다.

"이 보트를 드리겠습니다. 오슬로까지만 데려다주십시오."

뱃사람 토마스이 눈이 휘둥그레졌다. 그도 그럴 것이 도재이가 타고 온 퍼싱 115 보트는 100만 불이 넘는 고급 스피드 보트였기 때문이었다.

"오, 이럴 필요까지는…. 흐흐."

뱃사람 톰에게 도재이가 타고 온 보트가 누구 것인지는 중요하지 않았다. 항구에 도착하자마자 친구가 운영하는 배 수리점으로 몰래 끌고 가 조각조각 분해해서 부품으로 팔아버릴 심산이었다. 분해해서 부품을 아무리 싸게 팔아도 30만 불은 너끈히 건질 수 있을 터였다. 뱃사람 토마스는 뜻밖의 횡재에 몹시 기분이 좋았다.

올레순 항구에서 오슬로까지는 육로로 540km 정도의 거리여서 E136번 도로와 E6번 도로를 경유하는 육로로 이동하면 7시간이면 충분할 것이었다. 도재이를 오슬로까지 데려다주는 데에는 올레순에 있는 친구들에게 부탁하면 천오백 불이면 뒤집어쓸 일이었다.

"오케이, 한국 친구!"

잠시 후, 도재이는 퍼싱보트를 매달고 물살을 헤치는 청어잡이 배에 앉아서 뱃사람 톰이 건네준 코코아 차를 홀짝이고 있었다.

"올레순은 아름다운 곳이라오. 할아버지도, 아버지도 그리고 나도 올레순에서 태어나서 자랐지. 아! 물론 내 아들들도 그럴 거요."

뱃사람 톰은 뜻밖의 횡재에 기분이 좋은지 연신 휘파람을 휘휘 불며 말을 이었다.

"오, 그리고 이미 내 친구들에게 무전을 쳤어요. 항구에 도착하면 내 친구들이 기다리고 있을 거니까 거기서부터는 친구들이 오슬로까지 데려다줄 거요."

"네. 알겠습니다."

도재이는 우선 올레순 항구에 도착하면 경찰에 신변 보호 요청을 하고, 최대한 빨리 오슬로로 들어갈 생각이었다. 회사에서 미스티 노르웨이호의 귀환자들의 증언에 따라 납치신고를 해놓았을 것이기에 경찰에 도움을 청하면 쉽게 신변 보호를 받을 수 있을 것으로 판단했다.

오슬로에 도착하면 최대한 빨리 회사로 복귀하여 국장이든 편집장이든 만나서 지난 이십여 일간 있었던 충격적인 일들을 폭로하고, 혹시라도 살아있을지 모를 실빈과 인질들을 구출해 낼 작전을 상의할 심산이었다.

도재이는 이것저것 생각을 하니 머릿속이 복잡하고 온몸이 긴장으로 바짝 조여지는 느낌이었다. 입술은 바짝바짝 말라왔다.

"기자 양반, 너무 초조해하지 말고, 따뜻한 물이라도 한 잔 더 마셔요."

보다 못한 토마스 선장이 따뜻한 물을 컵에 따라 도재이에게 건네주었다.

"네…, 감사합니다."

도재이는 후후 불어가며 조금씩 따뜻한 물을 들이켰다. 온기가 퍼지며 다시 몸이 따뜻해졌다.

이제 태양은 완전히 솟아올라, 온 사방을 은빛으로 물들였다. 도재이는 여전히 제네시스에서의 탈출이 실감 나지 않았다. 기분이 좋은지 연신 불러대는 뱃사람 톰의 노래와 지나간 무용담을 들은 지 두 시간 남짓 지났을까, 멀리서 올레순 항구가 눈에 들어왔다. 많은 배들, 분주한 움직임들, 시끄러운 소리….

그제서야 진짜 탈출했다는 느낌이 들었다. 다시 한 번 긴장감이 온몸을 엄습했다. 마침내, 배는 항구에 도달했고, 접안을 위해 선원 중 한 사람이 도재이의 팔뚝만 한 세 겹으로 배배 꼬인 밧줄을 부두로 힘차게 던졌다. 저 멀리서 뱃사람 톰의 친구들로 보이는 건장한 두 명의 중년 남성들이 도재이가 타고 있는 배를 향해 반갑게 손을 흔들어댔다. 도재이는 다시 심장이 뛰기 시작했다.

'이 사건을 보고하면 위에서는 무어라 할까? 과연 믿어줄 것인가. 만약 이 내용이 보도된다면 그 뒤에 일어날 파장은 또 얼마나 엄청날

것인가…'

도재이가 탄 배가 접안을 시도하자, 부두의 복잡하고 흥청이는 모습이 들어왔다. 도재이가 토마스 선장의 부축을 받아 드디어 육지에 발을 디뎠다.

"자, 드디어 도착했소. 기자 양반, 사연은 모르겠소만 여기까지가 나와의 인연인 듯싶소. 지금부터는 내 친구들이 기자 양반을 오슬로까지 데려다줄 거요. 잘 사시고, 또 신이 허락한다면 다시 만납시다. 어이 친구들 이 양반 데려다주고, 내일 펍에서 아쿠아비트(감자와 곡물에서 추출한 노르웨이 전통주) 한잔하자구. 내일은 내가 근사하게 한 턱 쏠게!"

뱃사람 톰은 화통하게 작별인사를 하고, 다시 배를 돌려서 어디론가 향했다. 도재이가 타고 왔던 퍼싱보트가 뱃사람 톰의 청어잡이 배 뒤에 처량하게 매달려 끌려가고 있었다.

육지에 발을 디뎠지만, 땅이 울렁거리는 듯 느껴져, 도재이는 여전히 바다에 표류하는 듯 어지러웠다.

비틀거리는 도재이를 토마스 선장의 친구들이 부축했다. 먼발치로 보이는 건물에 쓰인 '올레순' 항구라는 간판만이 이곳이 '올레순'임을 이야기해 주고 있었다.

올레순 항구는 그림과 같이 아름다웠다. 아니, 그림보다 더 사실적으로 아름답다고 할까? 푸른 잉크 빛의 바다와 그보다 연한 빛깔의 하늘, 색색의 지붕이 있는 동화 속의 마을에 와있는 듯했다. 잠시 아름다운 항구의 모습을 넋을 잃고 바라보고 있는 도재이에게 누군가 외쳤다.

"헬로, 미스터 도재이?"

저 멀리서 경찰 제복을 입은 두 사람이 다가오고 있었다.

"경찰이 어떻게…?"

아마도 뱃사람 토마스의 친구들이 경찰에 알렸을 거란 생각이 들었다. 오슬로까지 데려가는 도중 혹시 모를 검문에서 쓸데없이 납치범 따위로 오해받기는 싫었을 것이다. 또한, 뱃사람 톰 친구들의 신고를 받고 출동했다면 경찰들이 노르웨이 시골 항구에서 동양인을 알아채기란 어렵지 않았을 것이었다.

"두 분이 경찰에 신고했나요?"

도재이는 부축하고 있는 뱃사람 톰의 친구들 얼굴을 쳐다보았다.

"아뇨, 우리는 그저 토마스가 당신을 오슬로까지 데려다만 달라는 부탁을 해서 당신을 기다리고 있었어요. 경찰에는 누가 신고했는지 모르겠군요."

토마스의 친구들은 서로 어리둥절하다는 듯 얼굴을 마주 보았다.

'그럼 누가 신고했을까?'

도재이는 잠시 어리둥절했으나 어차피 경찰에 신변 보호 요청을 하려던 참이었기에 차라리 잘 되었다고 생각했다.

"네. 제가 도재이입니다."

도재이가 이름을 밝히고 손을 흔들며 경찰에게 다가가려는 순간이었다. 굉음을 내며 승용차 한 대가 무서운 속도로 도재이를 향해 돌진해 왔다. 폭스바겐 페이톤 D2였다. 순간, 도재이는 본능적으로 차를 피하기 위해 두어 걸음 뒤로 물러섰고, 그것은 토마스의 친구들과 다가오던 경찰들도 마찬가지였다. 도재이와 경찰들의 사이가 벌어진 틈 사이로 승용차는 비집고 들어와, 조수석 문을 열어젖히고 운전석에 앉은 동양인이 소리를 질렀다.

"미스터 도! 빨리 올라타시오!"

도재이가 어안이 벙벙해 잠시 주춤대는 사이, 경찰 제복을 입은 두 사람이 동시에 권총을 꺼내 도재이를 조준하며 달려왔다.

"움직이지 마! 발포한다!"

도재이가 순간 어쩔 줄 몰라 주변만 두리번대고 있을 때, '타앙'하는 소리와 함께 도재이를 향해 조수석 문을 열어놓은 페이톤 D2 차량의 뒷문 유리가 깨져 나갔다.

"젠장! 빨리 타란 말이야! 저들은 경찰이 아니야!"

선글라스를 쓴 동양인이 조수석 콘솔박스에서 권총을 꺼내며 소리를 질러댔다. 도재이는 두 손으로 머리를 감싸 쥐고, 조수석에 올라탔다. 울려 퍼진 총소리에 평화롭던 올레순 항구의 부두는 한순간에 아수라장으로 변했다. 도재이를 태운 차는 무서운 속도로 질주하기 시작했다.

"탕, 타탕, 타아앙."

경찰은 부두에 서서 질주해 나가는 차량을 향해 무차별로 총질을 시작했고, 운전석의 동양인도 유리창을 열고 한 손으로 운전하면서도 필사적으로 응사했다.

'페이톤'은 그리스 신화에서 태양의 신 헬리오스의 아들이었다. 호기심에 아버지의 태양 마차를 훔쳐 운행하다 세상을 반이나 태워먹고 제우스 신에게 죽임을 당하고만 페이톤의 운명처럼 될지도 모르겠다는 생각을 했다. 공차 중량만 2,300킬로그램이 넘는 폭스바겐 페이톤 D2는 도로 가에 진열해 놓은 생선 좌판들을 무자비하게 깔아뭉개며 항구 끝에 있는 건물 모퉁이를 돌았다.

얼마나 달렸을까, 마침내 차는 다시 평정을 찾고 속도를 줄였다. 경찰 복장을 한 사내들은 도재이가 차량으로 도망하리라고는 미처 예측을 못 했던 것인지, 따라붙는 차는 없는 듯했다.

"고생하셨습니다. 나는 '첸룽'이라 합니다."

운전석에 앉아있던 남자가 아직도 화약 연기가 나는 총을 허리춤에 매달린 가죽 홀더에 집어넣으며 말했다.

"도대체 어떻게 된 일인가요? 저들은 누구며, 또 당신은 누구죠?"

도재이는 아직 쿵쾅대는 가슴을 진정시키려 애쓰면서 조심스럽게 질문을 던졌다.

"환영행사가 좀 거칠었죠? 우리는 중국 정부에서 일을 하고 있습니다. 도재이 동지를 중국으로 모셔오라는 명령을 받고, 마중 나간 거죠. 하하!"

자신을 미스터 첸룽이라고 소개한 사람은 좀 전에 총격전을 벌였던 사람이라고는 생각도 할 수 없는 환한 미소를 지으며 농담을 건넸다.

"제가 이곳으로 올레순 항구로 올 거란 걸 어떻게 안 거죠? 또, 지금 어디로 가고 있는 거죠?"

도재이는 머리가 혼란스러웠다. 이 자를 믿을 수 있는 것인지도 불분명했고, 앞으로 어떤 일이 벌어질지 두려웠다.

"걱정하지 마시오, 도재이 동지. 만약 우리가 도재이 동지를 해치려 하는 사람이었다면 이미 당신은 이 세상 사람이 아니었을 거요. 이미 하느님이나 부처님이 당신 환영파티를 하고 있겠지. 하하."

첸룽은 한동안 너스레를 떨다가 도재이에게 상황을 털어놓았다.

"우리 정부에서는 지난 몇 년간, 미국을 중심으로 한 몇몇 국가들이 극비리에 노르웨이 바다 어딘가에 이상한 계획을 실행해 나가고 있다는 정보를 입수하고 계속 조사를 하고 있었지요. 하지만 워낙에 놈들이 철저하게 보안을 지켜서 중국 정부는 대략적인 윤곽만 파악할 뿐, 정확한 정보는 빼낼 수 없었습니다. 그러던 중 미스티 노르웨이호의 몇몇 사람들이 납치된 사실을 알고, 그것이 그들의 비밀계획과 연관이 있을 거라 생각하고 계속 추적을 해왔지요."

"하지만 어떻게 제가 탈출하리란 걸 알고…."

"아하, 그게 궁금하시군요. 중국 정부는 미스티 노르웨이호의 나포 사건 이후에 계속 노르웨이 보안경찰국(PST)의 무전교신을 감청해 왔어요. 정확하게 이야기하면 노르웨이 보안경찰국을 감청하는 미국 중앙정보국(CIA)을 해킹한 거죠. 그런데, 오늘 새벽, 노르웨이 보안경찰국의 무전에서 긴급한 내용이 감청되었어요. 미스티 노르웨이 나포 지역에서 누군가가 탈출해서 어선을 통해 항구로 들어온다는 정보였고, 정보부 요원들을 통해 잡아들이라는 내용의 무전이었어요.

우리 정부는 직감적으로 미스티 노르웨이에서 나포된 사람 중 하나, 즉 미국 정부가 주도하여 꾸미고 있는 일련의 비밀에 접한 사람이라는 판단을 하고, 이렇게 마중을 나오게 된 거죠. 하하. 물론 그 사람이 도재이 동지라는 건 말할 필요가 없겠지요."

"그… 그렇군요. 나는 노르웨이 경찰에 모든 사실을 알리고 신변 보호를 요청하려 했었는데…."

"만일, 노르웨이 보안경찰국에서 도재이 동지의 신병을 확보했다면 … 아마도… 도재이 동지는 계속 실종 처리가 되었을 겁니다."

쳰룽의 말에 냉기가 묻어 올라왔다.

"나는 일개 신문사 기자일 뿐입니다. 도대체 내가 왜 이런 일에 휘말려야 하는지 이해가 되지 않는단 말입니다."

도재이가 순간 울컥해서 고함을 질렀다.

"지금까지는 기자였지만, 지금부터는 아닙니다. 도재이 동지는 이제 중국으로 건너가서 지난 21일간 있었던 일들을 중국 정부에 진술하게 됩니다. 도재이 동지는 중국 정부가 그동안 어렴풋이 짐작하고 있던 미 연합국들의 음모에 결정적인 증언자가 될 것입니다."

도재이는 머리가 어지러웠다.

"내가 가지 않겠다면요?"

도재이가 체념한 듯이 말을 던졌다.

"하, 아직도 도재이 동지는 상황의 심각성을 모르는 것 같군요. 도재이 동지! 우리가 당신을 포기하면 당신은 죽습니다. 그게 누구로부터든 말이죠. 당신 회사의 사장 허버트 브라운 씨의 피살 사건을 기억하나요?"

순간 도재이는 기억이 되살아났다. 갑작스러운 노르웨이로의 발령, 허버트 브라운 사장의 피습, 마이크로피셔, 실빈의 만남…. 모든 것이 돌이켜보면 사슬처럼 고리가 연결되어 있었다. 도재이는 결심했다.

"언제 중국으로 가나요?"

첸룽의 얼굴이 금세 밝아졌다.

"우리는 지금 중국으로 갑니다."

모든 것은 반드시 변화하고, 모든 것은 반드시 사라지리라.

— 불경, 『중화요가경』 중

첸 룽

*
*
*

첸룽은 중국의 산동성 일조시(市) 석구(슈즈)라는 시골 마을에서 태어났다. 당시 중국의 시골 마을사람들은 다 고만고만 입에 풀칠하는 것이 목표였고, 첸룽의 집안 형편도 산비탈에 밭뙈기를 서너 끼 가지고, 온 식구가 매달려야 하는 비루한 것이었다.

첸룽이 열넷 되던 해에, 집을 도망친 것은 어쩌면 당연한지도 몰랐다. 위아래로 형과 동생들이 주렁주렁 있는 산동성의 가난한 집안에서는 아무것도 바랄 것도, 기댈 것도 없었다. 어느 여름날, 첸룽은 볼품없는 장롱에서 감자를 내다 판 몇 푼의 돈을 손에 쥔 채 무작정 달렸다. 신작로 모퉁이를 돌아 달릴 즈음, 산에서 나무를 하고 내려오는 아버지와 마주쳤다. 아버지는 손에 무언가를 움켜쥐고, 먼지와 땀으로 범벅이 된 채 어디론가 뛰어가고 있는 첸룽을 보고, 잠시 발걸음을 멈추는 듯했으나 이내 못 본체 집으로 발걸음을 옮겼다. 첸룽은 잠시 아버지의 처량한 눈을 쳐다보고는 아무 말도 하지 않고 다시 달렸다. 첸룽의 뒷모습을 물끄러미 바라보다 이윽고 집으로 발걸음을 옮기는 아버지의 눈에 눈물이 맺히는 것을 첸룽은 보지 못했다.

생전 처음 와본 상하이는 놀라움 그 자체였다. 화려함과 흥청대는 거리는 첸룽에게는 그저 신기루 같은 것이었다. 가지고 도망친 몇 푼의 돈은 금세 바닥이 나버렸고, 첸룽은 상하이 동물원 근처의 중국 전통 가옥인 사하원 형태를 띤 선술집 입구 계단에 웅크리고 앉아있었다.

상하이 동물원은 상하이시 인민 정부와 국가임업국(國家林業局)에서 합작 건설한 중국 최초의 대형 동물원으로, 그 면적만도 153헥타르에 달하는 대형 동물원이었다. 중국의 상징인 판다가 있어 끊임없이 관광객이 밀려드는 곳이었기에, 무일푼인 첸룽이 웅크리고 있는 것만으로도 던져주는 적지 않은 동전을 받을 수 있는 장소였다. 그날은 수입이 꽤 짭짤해서 오랜만에 만두를 사 먹을 생각에 부풀어 있었다. 그때 한무리의 취객이 계단에서 내려오다 입구 쪽에 쪼그리고 앉아있던 첸룽에게 동전 한 푼 적선하지도 않고 발길질부터 해댔다.

"어… 취한다…. 뭐야, 이 쥐새끼는? 저리 꺼져! 내려가는 데 방해되잖아!"

취객이 첸룽의 앞에 있는 구걸통을 차버리자 속에 있던 동전들이 깡통 밖으로 튀어 나갔다. 첸룽은 맞은 곳보다 설움이 더 아팠다.

"차오니마(씨팔놈들)! 왜 때려! 니들이 뭔데 때려, 이 개새끼들아!"

첸룽은 어디서 그런 용기가 났는지 알 수 없었으나 가슴 깊은 곳에서 올라오는 분노에 주먹을 쥐고 벌떡 일어서서 쏘아붙였다.

"어, 이 어린놈의 빼싼(거지 새끼)이!"

술 취한 세 명의 장정들은 아직 어린 첸룽에게 무자비하게 주먹과 발길질을 해댔다.

취해서 반쯤 이성을 잃은 장정들의 뭇매에, 첸룽은 금세 눈두덩이 찢어지고 코피가 터졌다. 계단에서 굴러떨어진 첸룽을 버려두고 장정들이 거친 욕설을 퍼부으며 지나갈 때였다. 바닥에 널브러진 첸룽의 실핏줄 터진 눈에 보인 것은 작은 녹슨 못이었다. 첸룽은 그 못을 집어 들고, 다시 일어섰다.

"야! 이 새끼들아, 거기 서!"

지나가던 장정들은 첸룽의 말에 동시에 뒤를 돌아다 보았다.

"뭐라고? 저 새끼가 덜 맞았나!"

푸른색과 노란색이 어울리지 않게 배열된 줄무늬 티셔츠를 입은 녀석이 눈에 쌍심지를 켜고 먼저 첸룽을 향해 달려들었다.

"아아아악!"

달려드는 녀석이 첸룽을 멱살을 잡으려 상체를 숙일 때, 오른손에 쥐고 있던 녹슨 못으로 그 녀석의 왼쪽 눈을 찌른 것이었다. 찔린 눈에서는 검붉은 피가 분수처럼 솟구쳤고, 줄무늬 티셔츠의 거구는 바닥에 나뒹굴었다.

"뭐야!"

몇 발자국 뒤에서 걸어오던 다른 녀석들이 순간 큰 소리를 지르며 동시에 첸룽에게 달려들었다.

"이런 개새끼가!"

한 명이 쓰러진 녀석을 부축하는 동안에, 다른 녀석이 첸룽에게 무자비하게 주먹질을 시작했다. 한 손으로는 멱살을 잡고, 한 손으로 얼굴을 가격하자 첸룽의 얼굴은 금세 부풀어 오르기 시작했다. 찢어진 눈두덩 안으로는 허옇게 뼈가 보였다. 때리는 자가 지칠 무렵, 첸룽은 부어서 반쯤밖에 보이지 않는 눈으로, 멱살을 잡고 있던 녀석의 손가락을 보았다. 첸룽은 가물가물한 의식으로 그 녀석의 검지손가락을 물어뜯었다.

"으아아악!"

첸룽이 문 손가락은 삼 분의 이 정도가 잘려나가 덜렁대고 있었고, 물린 녀석은 바닥에 나뒹굴었다. 눈을 찔린 녀석을 부축하고 있던 나머지 한 녀석은 피칠갑을 하고 바닥에 누워있는 친구들을 보고 뒷걸음질로 도망치기 시작했다.

그때였다. 신사복을 입은 웬 사내가 와서 첸룽을 안아 올렸다. 그리고 첸룽은 그대로 의식을 잃었다.

첸룽이 눈을 뜬 것은 꼬박 삼 일이 지나서였다. 하얀 침대에 링거가 달려있고, 온몸이 붕대로 감겨있었다. 첸룽은 통증으로 눈도 제대로 뜰 수 없을 지경이었다.

"이제 깨어났나 보군."

낯선 음성에 첸룽은 소리가 나는 쪽으로 고개를 돌리려 했으나 목이 부러지는 듯한 통증에 이내 포기하고 말았다.

"보통 녀석이었으면 죽었을 거다. 갈비뼈가 2개가 부러지고, 각막 파열로 실명될 뻔했어. 게다가 왼쪽 광대뼈 함몰에, 입안은 다 찢어져서 서른 바늘이나 꿰맸다."

이것이 왕자웨이 대령과의 첫 만남이었다. 왕자웨이 대령은 중국 군사 첩보, 정보기관인 인민해방군 총참모부(GSD)의 2부장이었다.

중국의 정보기관에는 국가안전부 외에 인민해방군 총참모부 2부, 3부, 4부, 총정치부 연락부, 총정치부 보위부가 있는데, 이 중 총참모부 2부는 군 정보부라고도 하며, 군 정보활동과 대간첩업무 군 전략지휘를 하는 명실상부한 중앙 첩보서였다.

"네 녀석이 그놈들과 싸우는 걸 우연히 보게 되었지. 독사 같이 물고 늘어지더구나. 얼마 전에 태국에서 요리를 하기 위해 잘라놓은 독사의 머리가 요리사를 물어 요리사가 죽는 일이 있었지. 네 모습을 보고 그 생각이 났었어."

왕자웨이 대령은 주머니에서 신해혁명 100주기 기념으로 제작한, 한 갑에 500만 원이나 한다는 황학루 대금전 담배를 꺼내 물고 불을 붙였다.

"내가 구해주지 않았다면 넌 이미 죽었을 거다. 어때, 이미 죽었던 목숨인데 내 밑에서 일해 볼 생각이 없니? 요즘은 너 같은 독종이 잘 없어서 말이야."

첸룽은 그렇게 GSD의 일원이 되었다. 삼 개월 뒤 첸룽은 완전히 체력을 회복했고, 왕자웨이 대령은 첸룽에게 모든 것을 가르쳤다. 어학, 대테러 훈련, 정글·사막·산악지형 훈련, 특수 항공전 훈련, 감청 도청 훈련, 심리 전술까지 7년간의 극한 훈련은 첸룽을 명실상부 GSD 최고 요원으로 탄생시켰다.

노르웨이라는 낯선 나라에 파견된 것은 한 달 전이었다.

피살된 허버트 브라운 사장은 이스라엘 정보국 모사드 출신이므로,

항상 GSD의 관심의 대상이었다. 허버트 브라운 사장의 피살 직전 허버트 브라운 사장이 무언가를 한국인 기자에게 전달했다는 첩보가 입수되었다. 왕자웨이 대령은 급히 첸룽을 불렀다.

"그 한국인 친구를 찾아서 내게 데려와!"

첸룽이 받은 첫 번째 임무였다.

아슬아슬했지만 타겟을 성공적으로 확보한 첸룽은 막상 옆자리에 초점 없는 눈으로 찌그러져 있는 도재이를 보자 의구심이 들었다. 하지만 명령은 명령이기에, 반드시 이 친구를 안전하게 중국으로 데려가야 한다는 생각에 폭스바겐 페이톤 D2의 엑셀을 힘차게 밟았다.

너희는 선한 일을 하지만 이를 기억하지 않는 사람들은 너희를 비방하겠고,
주의 이름으로 그들이 구원받을 것 같이 괴로움을 당하겠느니라.

- 성서, 베드로전서 2:15~16

마운트 라비니아

*
*
*

"반갑습니다."

스리랑카 반다라나야케 국제공항에서 마중을 나온 거구가 환히 웃으며 도재이와 첸룽을 맞았다.

"산지바 디사나야케라고 합니다. 그냥 산지바라고 부르시면 됩니다."

120킬로는 되어 보이는 거대한 몸집에 꽉 끼는 셔츠 위로 솟아난 근육은 한눈에 보기에도 보통 사람은 아니었다.

첸룽은 중국으로 들어가는 1차 경유지로 스리랑카를 선택했다. 첸룽이 미리 준비한 중국 여권으로 오슬로 가르데모엔 국제공항에서 런던 히스로 공항으로, 다시 스리랑칸에어를 통해 스리랑카 반다라나야케 국제공항에, 15시간의 비행 끝에 무사히 도착하였다.

중국 정부와 긴밀한 협의를 거친 후, 국가 채무 불이행 상태에 있긴 하지만, 스리랑카로 중간 기착지를 결정한 것은 여전히 권력의 중심에 있는 친중 인사들의 도움을 받을 수 있었기 때문이었다.

흔히 콜롬보 공항이라고 하는 반다라나야케 국제공항은 작은 규모였지만, 불교의 국가답게 입국장 중앙에 거대한 불상이 있어 불교 국가의 강한 인상을 주고 있었다. 첸룽은 혹시 발생할지도 모르는 불상사가 있을까 연신 사방을 두리번댔다. 도재이는 첸룽이 건넨 중국 여권으로 무사히 입국 심사를 통과하고 서둘러 밖으로 나갔다.

산지바는 스리랑카 첩보 기관인 PSD(President Security Department)의 수장이었다.

PSD는 명목상으로는 대통령을 경호하는 특별 경호실이었지만, 400명이라는 요원들의 숫자가 말해 주듯, 단순한 경호 업무뿐만이 아니라 대외 첩보 활동을 총괄하는 첩보 기관이기도 했다.

"오시느라 고생하셨습니다. 대통령께서 중국 정부로부터 두 분의 보호를 부탁한다는 전갈은 받았습니다."

경유지로 스리랑카를 선택한 것은 물론 중국 정부의 선택이었다. 스리랑카는 30년간의 내전을 종식시킨 헤만타 정권이 들어선 1992년 이후 줄곧 중국과 우방관계를 유지해 왔다. 물론 국가 부도사태 이후, 새로운 디네시 프리얀타 현 정권이 탄생하였지만, 스리랑카가 가진 지정학적인 위치를 탐내 인도를 견제하려는 중국으로부터 전략적으로 20조가 넘는 돈을 투자받은 스리랑카 정부의 입장에서는 중국의 부탁을 거절할 수 없는 상황이기도 했다.

도재이와 첸룽을 태운 아우디 Q5는 2014년 완공된 스리랑카 최초의 고속도로를 따라 수도인 콜롬보로 향했다. 영국을 비롯한 유럽 열강에 450년간 식민지배를 당한 아픔과 28년간의 내전을 갓 치러낸, 더욱이 채무 불이행 선언 국가라고는 볼 수 없을 정도로 평화롭고 한가로운 풍경이었다.

톨게이트에서 300루피를 내고 들어선 콜롬보 시내는 여느 서아시아 국가와 별 차이 없이 복잡하고, 많은 인파와 차량이 왕래하고 있었다. 산지바가 두 사람을 데리고 들어간 곳은 콜롬보1 지역에 있는 킹스버리 호텔이었다.

콜롬보 항을 끼고 만들어진 킹스버리 호텔은 해변가에 위치한 순백색의 건물로, 인도양의 붉은 석양과 잘 어울리는 유서 깊은 곳이었다. 로비로 들어서자 이상한 나라의 앨리스에서나 나올 법한 커다란 의자가 도재이 일행을 맞았다.

"이곳은 안전합니다. 보시다시피 건물 자체가 완전히 독립되어 있어 주변 지형을 이용한 침투나 감시가 불가능합니다. 또한, 오른쪽에 골목 안쪽으로 보이는 건물이 중앙은행이고, 맞은편 건물이 국영 실론은행, 근접 지역에 템플트리라 불리는 대통령궁과 미 대사관이 있어 기본적인 경비가 잘 유지되고 있는 곳입니다. 아, 물론 도재이 씨와 미스터 첸룽이 중국으로 출국하기까지 저희 PSD 요원들이 밀착 경호를 해드릴 것입니다."

산지바는 킹스버리 호텔 앞에서 좌우를 둘러보며 쾌활하게 설명을 했다.

"스리랑카에서의 출국은 내일모레 새벽이 될 것입니다. 스리랑카에 입국하신 사실은 아무도 모릅니다. 도재이 기자는 중국 여권을 사용했지만 혹시 발생할지 모르는 불편한 상황을 만들지 않도록, 노르웨이 출국 기록과 스리랑카 입국 기록을 모두 삭제했으니까 편하게 하루를 보내시기 바랍니다. 물론, 경호는 해드리겠지만, 내일 편하게 시내구경이라도 하시는 게 어떠실지…. 스리랑카 아류라베다 마사지가 좋거든요. 후후. 제 전화번호가 1번에 메모리 되어있으니, 필요하실 때 전화를 주십시오. 보안장치가 된 폰입니다. 미국의 정책으로 아예 구글앱이 깔려있지 않기도 하구요."

산지바가 중국산 화웨이 스마트폰을 건넸다.

킹스버리 호텔 202호. 복노 끝 방은 프레지덴셜 스위트룸으로 발코니 전면이 통유리로 차단된 침실과 회의실, 간이 주방까지 마련되어 있었다. 통유리 밖으로는 인도양의 녹록지 않은 파도와 중국에서 건설했다는 콜롬보 무역항의 대형 크레인들이 한눈에 들어왔다.

벽면 안쪽으로 음각된 선반에는 홍차의 나라답게 실론티가 준비되어 있었고, 와인을 비롯해 각종 음료가 진열되어 있었다. 첸룽이 준비되어 있는 포트에 물을 담아 전기 소켓을 꽂자 이내 보글거리며 김이 올라왔다. 홍차의 봉투를 뜯자 피라미드 모양의 색다른 티백이 모습을 드러냈다.

"딜마(Dilmah)티 중 얼 그레이이군요. 얼 그레이 차의 기본은 중국 차입니다. 거기에 베르가모트 향을 입힌 거지요."

차를 좋아하는 중국인답게 첸룽은 한 모금의 맛으로 대번 차종을 맞춰내었다. 얼 그레이 차를 한 모금 더 홀짝거린 뒤 첸룽이 제안했다.

"내일은 미스터 산지바의 말대로 하루 정도 편하게 스리랑카 콜롬보 시내 구경이나 하죠."

"괜찮을까요?"

도재이는 사실 겁이 나기도 했다. 군대 복무 이후 처음으로 들은 지난 며칠간의 총소리에 밖을 나서는 것조차 무서운 것이 사실이었다.

"네. 제 생각에도 별일 없을 것 같아요. 미국의 입김이 닿지 않는 세계에서 몇 안 되는 나라 중 하나이기도 하고, 또 미스터 산지바 말대로 출입국 기록을 삭제했다면 우리가 여기에 있는 걸 아는 사람도 없을 겁니다."

"그렇군요…."

도재이는 일말의 불안감이 없지는 않았지만, 첸룽의 말을 위안으로 삼고 샤워를 하고 잠자리에 들었다. 죽음과 같은 깊은 잠이었다. 꿈에서 도재이는 실빈과 함께 '제네시스'에 있었다. 아무리 탈출하려 발걸음을 옮겨도 제자리에서 한 발자국도 움직일 수 없었다. 그때 쿠로베 박사가 움직이지 못하는 도재이를 비웃기라도 하듯, 서서히 다가와 도재이에게 총을 겨누었다.

'타앙!'

총구의 빛으로 눈앞이 환하게 밝아왔다. 도재이는 땀이 범벅이 되어 벌떡 일어났다.

"헉, 헉!"

적도에 있는 나라답게 아침 6시였지만 이미 창밖이 밝아오기 시작했다. 도재이는 진땀을 닦으며, 통유리 전면창에 드리워진 암막 이중 커튼을 힘차게 열어젖혔다. 황홀한 인도양의 아침 햇살에 눈이 부셨다.

"굿 모닝, 미스터 도재이 동지!"

첸룽이 흰색 가운을 입고 샤워실에서 나오며 쾌활한 목소리로 인사를 건넸다.

"아, 굿 모닝. 어제는 정말 죽은 듯이 잔 것 같아요. 악몽에 시달리긴 했지만…"

"흠, 피곤이 겹쳐서 그런 걸 거예요. 자, 아침 식사를 하고, 미스터 산지바가 이야기한 대로 시내 구경이라도 해볼까요?"

첸룽은 별일 아니라는 듯이 도재이의 어깨를 툭툭 치며 쾌활하게 이야기했다. 첸룽은 노르웨이를 무사히 벗어난 것이 자신의 임무의 반은 달성했다는 생각인 듯했다.

킹스버리 호텔의 아침 뷔페는 훌륭한 것이었다. 30여 가지의 샐러드가 구비되어 있는 샐러드 바와 20여 종의 다양한 빵, 그리고 로띠라 부르는 밀전병 각종 파스타와 해산물 요리 등, 하나같이 피곤으로 입이 깔깔한 도재이에게도 잘 맞는 음식들이었다. 제네시스에서는 마리아 겐코 박사가 음식에 소량의 마약을 집어넣어 통제한다는 이야기를 듣고 말 그대로 죽지 않을 만큼만 먹었었다. 도재이는 오랜만에 산해진미를 허겁지겁 배 속으로 밀어넣었다.

식사가 끝난 두 사람은 산지바가 준 휴대폰의 1번 버튼을 길게 눌렀다.

"굿 모닝, 미스터 도! 스리랑카에서의 첫날밤이 어떠셨나요?"

쾌활한 목소리가 수화기 저편에서 들려왔다.

"네, 덕분에 시체처럼 잤네요. 그리고 방금 아침 식사도 끝났습니다. 근데 미스터 산지바, 오늘 콜롬보 시내 구경을 하려 하는데 괜찮을까요?"

"물론이죠. 우리 측 경호원이 항상 붙어있을 겁니다. 걱정하지 마시고 자유롭게 구경하세요. 차는 항상 킹스버리 호텔 후문 주차장에 대기 중입니다. 프런트 데스크에 가서 산지바 차량을 이용하겠다고 하면 됩니다."

시원시원한 답변에 도재이와 첸룽은 기분이 좋아졌다.

미스터 산지바가 준비해 놓은 차량은 랜드로버였다. 도로 사정이 좋지 않은 콜롬보 시의 특성을 감안해서 준비한 것이었다. 도재이와 첸룽이 올라타자, 운전석의 젊은 청년이 기분 좋게 인사를 건넸다.

"굿 모닝입니다. 오늘 하루 제가 모시겠습니다. 저는 시아스 칼리툰 이라고 합니다."

서글서글한 눈매에 다부진 몸집이 역시 예사롭지 않은 청년이었다. 도재이와 첸룽은 뒷좌석에 나란히 앉았다. 도재이와 첸룽이 탄 랜드로버의 뒤편으로는 경호원들이 탑승한 것으로 보이는, 토요타 알리온 차량이 바짝 붙어있었다. 차량이 출발하자 운전을 하던 시아스가 말을 걸었다.

"저는 스리랑카인이기는 하지만 타밀족입니다. 대부분을 차지하고 있는 싱할라족에 비하면 소수 민족이죠. 그래서 한국에 대해서 관심이 많습니다."

도재이는 타밀족이라서 한국에 관심이 많다는 시아스의 말이 이해가 되지 않았다. 시아스는 도재이의 궁금증을 풀어주려는 듯 신나게 떠들어 댔다.

"타밀어와 한국어가 비슷하다는 사실을 아십니까? 하하. 8천여 개의 단어가 한국과 유사하고, 그중 5백 개 정도는 발음도 똑같아요. 하하. 문법이나 어순, 심지어 음식도 비슷합니다."

"엥? 그래요? 처음 듣는 이야긴데, 예를 들면요?"

도재이도 간만에 긴장이 풀어졌다.

"한국어로 엄마는 우리도 엄마라고 발음합니다. 아빠는 아빠구요. 나는 타밀어로도 나예요. 아기들 달랠 때 하는 까꿍, 곤지곤지, 도리도리 등도 똑같지요. 음식도 우리도 김치, 막걸리, 깍두기 다 있습니다! 와하하!"

시아스는 한국 사람을 만나서 기분이 좋은 모양이었다. 도재이도 신기하기도 하고 재미있기도 해서 모든 것을 잊고 신나게 수다를 떨었다. 시아스는 붙임성이 좋기도 했지만, 정말 한국에 가보고 싶어 했다. 도재이는 이번 일이 끝나면 꼭 시아스를 한국에 초내하겠다고 약속했다.

"오우! 한국으로 초대해 주신다는 말에 흥분이 돼서 하마터면 오늘 목적지에 대한 설명을 빼먹을 뻔했습니다. 하하하."

시아스는 유쾌하게 웃었다.

"지금 저희가 가고 있는 곳은 마운트 라비니아입니다. 아실지는 모르지만, 스리랑카는 지난 450년간 영국, 스페인 그리고 포르투갈 세 나라에 식민지 지배를 받았습니다. 지금 방문하는 마운트 라비니아는, 포르투갈 식민 지배 당시, 포르투갈 제독이 살았던 성이었습니다.

제독이 부임하던 날, 신임제독을 환영하는 연회가 열렸고, 그때 흥을 돋우기 위해 부른 무희 중 한 명이 스리랑카 여인 '라비니아'였지요. 그녀와 첫눈에 사랑에 빠진 제독은 식민지 원주민과 교제할 수 없다는 법을 어기고, 지하 비밀통로까지 만들어 그녀와 매일 만났습니다. 이 사실을 안 포르투갈 정부는 제독을 본국으로 송환시켜 버렸고, 제독은 그녀를 못 잊어 평생 독신으로 살며 그녀를 그리워했다고 합니다. 이후, 식민 지배가 막을 내리고, 제독의 청사는 지금 호텔로 바뀌어 있습니다. 지금도 호텔 정면에 사랑스러운 라비니아의 동상이 서있습니다."

시아스 칼리툰의 설명이 다 할 무렵, 어느덧 랜드로버 차량은 한적한 바닷가에 우뚝 서있는 유럽풍의 흰색 건물로 들어서고 있었다. 정문에서 마주 보이는 곳에 방금 설명 들은 라비니아의 동상이 애처롭게 제독을 그리워하는 모습으로 서있었다.

마운트 라비니아 호텔은 그 명성답게 수많은 사람으로 붐비고 있었다. 비즈니스 미팅을 하러 온 사람들, 외국 관광객들, 가족끼리 식사하러 온 사람들 모두 뒤섞여 흥청이는 분위기를 자아냈다. 스리랑카의 여인들은 까무잡잡한 피부에 큰 눈, 뚜렷한 이목구비, 전통의상인 '사리'를 입고 있어 독특한 매력이 느껴졌다. 잠시 이국 여인들의 아름다움에 취해있을 때, 인도식 모자를 눌러쓴 경비원이 화창한 미소를 띠며 다가왔다.

"사진 찍어드릴까요?"

아마도 드물게 보는 동양인의 모습에, 관광객인 줄 알고 친절을 베풀러 온 것 같았다.

"아닙니다. 괜찮습니다."

첸룽이 손을 저으며 만류하는 순간이었다. 경비원이 알았다는 제스처를 취하며 뒤로 돌아서는 듯하더니 갑자기 군용 단검을 꺼내어 도재이의 목을 향해 위에서 밑으로 내려그었다. 어느새 차에서 내려 도재이의 옆에 서있던 시아스가 손으로 막았지만, 힘껏 내리친 경비원의 칼은 정확히 시아스의 손바닥을 꿰뚫어 버렸다.

"허억."

선혈이 낭자하게 튀었다. 시아스의 얼굴은 순식간에 손에서 튄 피로 붉게 물들었다. 시아스는 그 와중에도 다른 손으로, 경비원을 저지하고 있었고, 곧이어 뒤차에 탑승하고 있던 경호원들이 도재이를 보호하기 위해 급히 달려오기 시작했다. 경호원들이 차에서 내림과 동시에, 먼발치에서 지켜보던 경비원 복장을 한 다른 무리도 단검을 뽑아들고 도재이에게 달려오기 시작했다.

"어서. 이쪽으로!"

첸룽은 도새이를 끌고 바닷가 쪽 별관을 향해 달리기 시작했다.

"타타탕."

아마도 우리 측 경호원들이 사격을 한 모양이었다. 첸룽과 도재이는 반사적으로 뒤를 돌아다 보았다. 하지만 뒤에서 따라오는 것은 경호원들이 아니라 피로 물든 칼을 쥔, 도재이를 습격했던 경비원들과 이스라엘 IMI사가 개발한 현존하는 가장 강력한 파괴력을 지닌 권총, '데저트이글'로 무장한 괴한들이었다. 괴한들이 발사한 총알의 파편에 얼굴이 날아가 버린 라비니아 동상이 눈에 들어왔다. 갑작스러운 총성에 비명을 질러대며 몸을 피하느라 분주한 사람들로 순식간에 호텔은 난장판이 되었다.

"빌어먹을⋯, 뛰어!"

첸룽이 도재이의 목덜미를 낚아채며 외쳤다. 두 사람은 마운트 라비니아 호텔 반대편 비탈길로 뛰어 내려갔다. 다행히 반대편에는 오래된 가옥들이 철길 옆에 자리 잡고 있어 그나마 몸을 숨길 수 있는 공간들이 있었다. 허겁지겁 담벼락에 몸을 숨긴 도재이와 첸룽을 향해 총알이 날아들었다.

"타앙…! 우르르."

괴한들이 쏜 총알에 가옥의 조악한 흙벽이 무너져 내렸다.

"후읍, 권총의 위력치곤 엄청나군. 이대로 있다간 개죽음당하겠어. 도재이 동지, 내 뒤에 바짝 붙어요."

먼지를 뒤집어쓴 채로 도재이와 첸룽은 맞은편에 보이는 철길로 뛰었다. 곧 괴한들이 따라붙었고, 두 사람은 철길을 거슬러 뛰기 시작했다.

"빠… 앙!"

빨간색 기차가 두 사람을 향해서 달려오고 있었다. 기차에는 미처 자리를 잡지 못한 사람들이 개방되어 있는 문에 매달려 자신들을 향해 뛰어오고 있는 두 사람을 보고 비명을 질러 댔다. 뒤따라 오던 괴한들도 도재이와 첸룽을 향해 계속 총을 난사하며 철길을 거슬러 뒤쫓아 오고 있었다.

"지금이야. 뛰어!"

첸룽이 코앞에 기차가 왔을 때, 왼편으로 나있는 강으로 도재이를 밀쳐내며 외쳤다.

"드드드드… 끼이이이!"

"으아악!"

도재이와 첸룽만을 보고 따라오던 괴한 중 두 명이 미처 몸을 피하지 못하고 기차 바퀴에 깔렸다.

"퍼퍽, 퍼퍽."

짓이겨진 살점들이 사방으로 튀었다. 기차는 곧 멈춰 섰고, 승객들은 비명을 지르며 기차에서 내려 도망가기 시작했다. 도재이와 첸룽은 헤엄을 치며 언덕 위의 소란을 쳐다보았다. 시아스를 칼로 찔렀던 경비원이 나머지 괴한 한 명과 이곳저곳을 뒤지고 있었다.

"빌어먹을…, 노출된 거야…."

첸룽이 나지막이 외쳤다.

"오늘 저녁에 중국으로 떠나야겠습니다!"

세상에서 가장 어려운 일은 감춰진 것을 발견하는 것이다.
세상에서 가장 큰 것은 작은 것에서 시작하는 것이다.

- 불경, 『도당경 67장』

애드거 후버

*
*
*

"삐리리리."

미국 버지니아주 랭글리에 있는 FBI 헤드오피스 국장실의 전화가 울린 것은 현지 시간으로 저녁 7시였다. 발신번호 앞에 94가 찍혀있는 것으로 보아, 스리랑카에서 온 전화였다.

"헬로우."

애드거 후버 FBI 국장은 각 지역 책임자들과 정례 안보회의를 하고 있었다.

그 자리에는 유럽지역 책임자인 프랑스 국방부 장관 알렉산드르, 아시아 지역 책임자인 일본의 방위성 장관 나카다 후미오, 중동지역 책임자인 이스라엘 모사드 정보대장 햄프턴 밀 밴드, 남미지역 책임자인 브라질 국방부 장관 페드로, 아프리카지역 책임자인 나이지리아 국방부 장관 드리안이 참석하고 있었다.

겉으로 보기에는 명실상부한 세계 최고 정보 지도자들의 회동이었지만, 속내는 미국의 주도하에 신 연합 세력을 구축하려는 동맹국의 포럼이었다.

모여있는 인사들의 면면을 볼 때, 회의 중 전화를 받는 따위의 결례를 할 수 없는 자리였지만, 애드거 후버 국장실로 직접 걸려온 직통 전화는 상황의 위급함을 반영하고 있는 것이기에 국장은 양해를 구하고 망설임 없이 전화를 받았다.

"뭐라고…? 멍청한 놈들! 무슨 일이 있어도 그 자식이 중국으로 가는 걸 막아. 만약 그놈들이 중국 땅에 발을 디디는 순간, 휴… 무슨 말인지 알겠지? 다시 보고해!"

지역 책임자들을 의식한 애드거 후버 국장은 폭풍처럼 화를 내다가 마음을 가라앉히고, 차분하게 통화를 마무리 지었다.

"무슨 일입니까 에드거 국장?"

남미지역 책임자인 페드로 브라질 국방부 장관이 애드거 후버 국장의 인상을 살피며 말문을 열었다.

"아, 별일 아닙니다만, 혹시나 여러분께 도움을 청할 일이 있을 수도 있겠습니다."

"뭡니까? 우리가 도울 일이 있다면 도와야죠."

나카다 후미오 일본 방위성 장관이 맞장구를 쳤다. 애드거 후버 국장은 잠시 망설이다 입을 열었다.

"코드22 프로젝트 내부에 배신자가 있는 듯합니다."

"예? 뭐라구요?"

모두가 충격에 휩싸여 애드거 국장을 쳐다보았다.

"지금 코드22 프로젝트의 비밀을 알고 있는 쥐새끼 한 마리가 스리랑카에서 중국으로 넘어가려 하고 있습니다. 이미 중국 측에서는 눈치를 채고 사람을 보내 쥐새끼를 중국으로 빼돌리려 하고 있는 상황입니다. 만약 코드22 정보가 중국의 손아귀에 들어간다면 외교적, 군사적으로 엄청난 후폭풍이 몰려올 것입니다."

애드거 국장이 손수건을 꺼내 이마를 닦았다.

"코드22 프로젝트는 여기 계시는 분들이 아시다시피 중국과의 전면전 계획입니다. 동맹국의 국가수반들과 정보 책임자만이 공유하고 있는 최고 수준의 기밀이 어떻게 누설되었단 말이죠?"

헴프턴 밀 밴드 이스라엘 모사드 정보국장이 상기된 얼굴로 이야기했다.

"그건 이 시점에서 중요한 것이 아닙니다. 일단 쥐새끼가 중국으로 넘어가는 것을 막는 것이 급선무입니다. 바이오스피어의 정체가 드러날 경우, 그동안 우리의 노력이 수포로 돌아갈지도 모르니까요."

"그럼 어떻게 하죠?"

알렉산드르 프랑스 국방장관이 걱정스럽게 말을 이어받았다.

"스리랑카 내에서 처리해야죠. 하지만 실패할 경우, 어차피 스리랑카에서 중국으로 가는 항로는 정해져 있습니다. 각국에서는 만일의 사태를 대비해 전투기를 준비해 주십시오."

순간 무거운 공기가 국장실을 엄습했다. 긴장된 침묵을 깬 사람은 브라질 국방부 장관 페드로였다.

"민간 항공기를 격추한다는 말입니까?"

페드로 장관의 말에 애드거 국장은 신경질적 반응을 보였다.

"페드로 장관님, 만일이라고 말씀드렸지 않습니까 만일! 게다가 장관님, 브라질은 스리랑카에서 중국으로 오는 항로와도 관계가 없지 않습니까? 왜 장관님 나라와 관련도 없는 일에 그렇게 나서시는 겁니까? 제가 준비를 부탁드리는 국가는…, 다들 어딘지 아시지 않습니까!"

순간 다들 일본 방위성 나카다 장관을 쳐다보았다. 나카다 장관은 헛기침하며 손수건을 꺼내 이마를 닦았다.

"제가 보증할 수 있는 부분은, 실제 그런 일이 벌어진다면…, 뒷일은 제가 책임진다는 겁니다."

단호한 애드거 국장의 말에, 다시 모두는 침묵했다.

"그리고, 그리고 말입니다…. 프로젝트의 시행 시기가 당겨질지도 모르겠습니다."

각국 정보 수장들의 등에서는 식은땀이 흘렀다.

> 난리와 난리 소문을 듣겠으나 너희는 삼가 두려워하지 말라. 이런 일이 있어야 하되 아직 끝은 아니니라. 민족이 민족을 나라가 나라를 대적하여 일어나겠고 곳곳에 기근과 지진이 있으리니 이 모든 것은 재난의 시작이니라.
>
> - 성서, 마태복음 24:6~7

산지바 디사나야케

*
*
*

　산지바는 마음이 급했다. 그토록 자신했던 도재이와 첸룽의 스리랑카 내에서의 안전은 순간적인 방심으로 물거품이 되어버렸다. 더욱이 아끼던 부하 넷을 동시에 잃어버리기까지 한 것이다. 특히나 초급 장교 시절부터 수족같이 함께했던 부관 시아스의 사망 소식은 산지바에게 큰 충격이었다. 3개월 후 결혼식을 앞둔 시아스의 죽음을 가족들과 예비 신부에게 어떻게 설명해야 할지 난감한 일이었다. 문제는, 도재이와 첸룽을 경호하던 부하 4명까지 모두 현장에서 사망해서, 급습을 한 놈들이 누구인지 조그만 단서도 없다는 것이었다. 하지만 이대로 있을 수는 없는 일, 산지바는 급히 디네시 프리얀타 대통령에게 전화했다.

보고를 받은 디네시 프리얀타 대통령은 급히 산지바를 템플트리 대통령궁으로 불러 불같이 화를 냈다. 디네시 프리얀타 대통령이 전 정권의 총리였을 때, 야당으로 옮겨 대선 후보로 출마하길 권유했던 당사자인 산지바로서는 섭섭하기 이를 데 없는 일이었지만, 중국이 특별히 도재이와 첸룽의 경유지를 스리랑카로 선택한 이유나 또 장웨이 주석까지 전화가 와서 경호를 부탁받은 디네시 프리얀타 대통령의 입장을 생각해 보면 변명의 여지가 없는 일이었다.

"무조건 오늘 내로 찾아서 안전하게 내 눈앞에 데려다 놔! 도대체 일을 어떻게 하고 있는 거야! 도재이 때문에 중국 주석이 직접 나한테 전화 온 걸 보고도 일을 이따위로 처리하나!"

디네시 프리얀타 대통령은 산지바의 얼굴도 보지 않고 소리쳤다.

"죄송합니다. 대통령님! 하지만 내일 도재이 기자를 출국시키고…"

"산지바!"

디네시 프리얀타 대통령은 무언가 변명하려 하는 산지바의 입을 막았다.

"넵! 대통령님."

"아직 무슨 말인지 모르겠어? 지금 우리 스리랑카가 중국에 얼마를 빚지고 있는지 알아? 올해 갚아야 할 부채만 45억 달러야. 45억 달러! 도재이 보호 못 하면 네가 45억 달러 토해 낼래?"

"아닙니다! 바로 찾아서 데려오겠습니다!"

더 있어봐야 욕만 먹을 일이었다. 산지바는 서둘러 거수경례를 붙이고 대통령실 밖으로 빠져나왔다.

'근데 이 두 사람은 어디에 있는 것일까?'

현장 근처에서 두 사람의 시신이 발견되지 않았다는 것은 두 사람이 어디인가 살아있다는 의미였다. 산지바는 급히 헬기를 타고, 마운트 라비니아 지역으로 다시 날아갔다. 공중에서 찬찬히 살펴볼 요량이었다. 하지만 마운트 라비니아 지역 해변가를 따라 펼쳐진 다닥다닥 붙어있는 빈민 가옥들은 수색의 시야를 방해했다. 아름다운 해변에 무질서하고 지저분하게 들어서 있는 무허가 빈민 주택들은 정부에서도 골칫거리였다. 잃을 게 없는 빈민들은 강제 철거 따위를 무서워하지 않았다. 오히려 강제 철거를 하면 아이를 데리고 시청에 들어와 살기세였기에 정부에서도 눈감아 주고 있는 터였다.

"낮게 비행해!"

산지바는 조종사에게 저공비행을 지시했다. 헬기만으로는 피아 구분을 하지 못해, 도재이와 첸룽이 모습을 드러내지는 않을 것이기에, 저공비행으로 오히려 도재이와 첸룽에게 산지바의 얼굴을 비출 심산이었다.

미국산 V-22 오스프리 헬리콥터는 낡긴 했지만, 전봇대 전선들이 얽혀있는 복잡한 빈민가 상공을 저공비행 하는 데는 전혀 무리가 없었다. 사건이 발생한 마운트 라비니아 호텔부터 해안 철로를 따라 천천히 비행하며 도재이와 첸룽을 찾기 시작했다. 헬기의 로터 바람 때문에 엄청난 모래 먼지와 함께, 빈민가의 조악한 지붕을 덮어놓은 슬레이트 조각들이 하늘로 날아오르자 빈민가의 주민들은 갑자기 벌어진 소란에 하나둘 밖으로 나와서 헬기를 쳐다보았다.

밖으로 나온 주민들은 땅바닥의 돌을 집어 던지며 거칠게 항의했다. 그도 그럴 것이 오스프리 헬리콥터가 일으키는 거대한 모래바람이 그나마 삶을 지탱해 주던 남루한 옷가지, 마당의 조잡한 어구(漁具)들을 날려버렸기 때문이었다. 뜻밖의 난관에 부딪힌 산지바는 조종사에게 지시했다.

"쳇! 안 되겠군. 돌아가자. 엇? 잠깐만!"

빈민들의 거친 항의에, 수색 임무를 중단하고 철수하려던 산지바는 헬기가 일으킨 뿌연 모래 먼지 가운데서 어느 곳을 손가락으로 가리키고 있는 한 꼬마 녀석을 응시했다. 조막만 한 손으로 꼬마 녀석이 가리키는 곳은, 켈레니아 템플이었다. 켈레니아 템플은 부처님이 직접 설법을 진파했다는, 스리랑카 대표 사찰 중 하나였다. 지금도 대통령이 당선되면 가장 먼저 찾아서 참배하고, 주지스님으로부터 축복을 받는, 스리랑카 불교의 정신적인 지주 역할을 하는 유서 깊은 사찰이었다. 켈레니아 템플은 붓다의 머리카락이 모셔져 있어 붓다의 치아가 모셔져 있는 불치사와 함께, 전 세계의 불자의 성지이기도 했다.

"그렇지! 켈레니아 템플은 눈에 띄기 쉬운 동양인 둘이 보호를 받기에 딱 좋은 곳이지!"

산지바는 엄지손가락을 세워 꼬마에게 감사를 표하고, 급히 헬기를 켈레니아 템플로 돌리도록 지시했다. 그리고 바로 무전으로 지원을 요청했다.

"지금 켈레니아 템플로 지원병력을 보내! 빨리!"

"투투투투."

이윽고 산지바의 헬기는 힘찬 로터 소리를 내며 켈레니아 템플로 향했다.

잠시 후 도착한 켈레니아 템플의 넓고도 잘 정비된 마당은 오스프리 헬기가 착륙하기에 부족함이 없었다. 전 세계 수도승들이 방문하는 성지이기도 한 만큼, 모든 것이 정갈하고 성스러웠다. 산지바는 서둘러 헬기에서 내려 사찰 안으로 뛰어들어갔다. 공양 준비를 하던 어린 수도승들이 신기하다는 듯이 헬기와 산지바를 번갈아 쳐다보고 있었다. 산지바는 곧바로 대웅전으로 향했다.

"어서 오시게."

기다렸다는 듯, 산지바를 맞이한 사람은 켈레니아 템플의 주지인 수랑가 스님이었다. 현 디네시 프리얀타 대통령에 당선되고 켈레니아 템플에 당선 참배를 왔을 때, 산지바도 대통령과 함께 차를 마셨던 큰스님이었다.

"아! 큰스님…."

스스로가 독실한 불교 신자이기도 한 산지바는 두 손을 합장해서 예를 갖추었다.

"혹시, 여기…?"

"잘 보호하고 있네. 무슨 이유인지는 모르나 부처님의 도량에 보호를 요청하는 중생을 모른 척할 수는 없는 것 아니겠나. 잘은 모르지만, 예사 인물들은 아닌 것 같아 부처님의 머리카락이 보관되어 있는 내실에 보호하고 있네. 일반인들은 출입이 안 되는 곳이니, 좀 더 안전할 듯해서 말이야."

"아! 그렇군요. 감사합니다. 예기치 못한 사고가 발생을 해서요."

산지바는 안도의 한숨을 쉬고 수랑가 큰스님을 향해 공손히 두 손을 모아 다시 한 번 합장을 했다.

"스님, 죄송합니다. 긴급한 상황이라서 나중에 다시 한 번 찾아뵙고 따로 인사를 드리기로 하고, 지금은 제 손님들을 만나러 안으로 들어가 보겠습니다."

산지바는 급한 마음에, 서둘러 주지스님과의 만남을 정리하고 부관과 함께 내실로 뛰어들어갔다.

내실은 화려하면서도 아름다웠다. 실제 금으로 장식된 주변의 기둥과 부처의 일대기를 표현해 놓은 천정의 프레스코 벽화들은 옛 스리랑카 민족의 불심을 오롯이 드러내고 있었고, 그 자체가 세계적인 문화유산이었다. 구불구불한 복도를 지나 마침내 도달한 내실의 유리로 둘러싸인 제단 안에는 붓다의 머리카락이 정갈하게 모셔져 있었고, 인류의 스승을 기리는 갖가지 꽃들이 바쳐져 있었다.

"산지바!"

내실 깊은 곳에 숨어있던 도재이와 첸룽이 산지바를 발견하고 어둠 속에서 밖으로 나오며 소리쳤다.

"도재이, 첸룽!"

세 사람은 손을 마주 잡았다.

"미안합니다. 내가 너무 안이하게 생각한 것 같아요! 우선 대통령궁인 템플트리로 옮깁시다. 이곳도 안전하다고는 말할 수 없어요."

산지바와 부관, 도재이와 첸룽 네 사람은 서둘러서 내실 밖으로 빠져나왔다. 불교 대학원을 겸하고 있는 켈레니아 템플로 불교의 정수를 공부하러 세계 각지에서 온 승려들이 허겁지겁 달려나가는 동양인들과 산지바를 피해, 벽 쪽으로 물러섰다. 도재이 일행이 내실을 빠져나와 헬기가 대기하고 있는 중앙 마당으로 뛰어가고 있을 바로 그때였다.

"쿠쿠쿠궁! 와르르르."

건물이 흔들릴 정도의 큰 진동이었다. 세 사람은 반사적으로 소리가 나는 곳을 쳐다보았다. 독일제 HK GMG 유탄 기관총까지 장착한 군용 허머였다.

"헉! 뛰어!"

세 사람의 움직임을 포착한 허머에서 기관총이 불을 뿜었다.

"투투투투."

직경이 40mm나 되는 HK GMG 유탄 기관총탄에, 석가모니가 참선했다는 제단과 깨달음을 얻었다는 보리수나무가 형제를 알아볼 수 없을 정도로 부서지며 공중으로 날아갔고, 제단을 싸고 있는 순금 기둥들이 쪼개지며, 순금 파편들이 사방으로 튀었다.

공양을 준비하던 승려들이 파편에 맞아 여기저기 비명을 지르며 쓰러졌다.

허머는 총구를 돌려, 마당에 착륙해 있던 헬기를 조준했다. 순간 벌어진 사태에 급히 이륙 준비를 하고 있던 터였다.

"퍼퍼퍼퍽."

집채만 한 헬기의 몸통에 어른 주먹이 들어갈 만한 구멍이 일렬로 만들어지더니, 이윽고 꽝음과 함께 헬기는 폭발했다.

"으아악!"

승려들은 갑작스러운 아비규환에 이리저리 뒹굴 수밖에 없었다.

"이리로! 어서!"

다시 내실로 들어선 도재이 일행을 수랑가 큰스님이 어디론가 이끌었다. 수랑카 스님이 세 사람을 데리고 간 곳은 내실 중에서도 가장 안쪽, 석가모니의 머리카락이 모셔져 있는 제단 밑이었다. 수랑가 큰스님이 제단 밑 벽면의 한 부분을 밀자, 아래쪽으로 내려가는 통로가 나타났다.

"쿠쿠쿠쿠."

어느새 허머가 내실까지 밀고 들어오는 소리가 들렸다.

"서둘러요! 어서! 이 통로는 대통령궁 템플트리까지 연결되어 있소. 어서! 어서!"

수랑가 큰스님은 세 사람의 손을 잡아 아래로 이끌었다.

"스님도 우선 몸을 피하시지요!"

산지바가 큰스님에게 같이 몸을 피하자고 권유를 했다.

"아니오, 내가 이곳을 떠날 수는 없어요! 부처님의 도량을 지키는 것이 내 임무니 말이오."

"투타타탕."

내실 안에 있던 세 사람을 보고 허머의 기관총이 불을 뿜었다.

"으악!"

권총을 들고 산지바 곁에 있던 부관이 비명을 지르며 날아갔다. 산지바가 급히 부관을 살피러 갔지만, 전차도 뚫는다는 유탄에 복부를 맞은 부관은 아예 하체가 없었다. 산지바는 정신이 나가 이미 축 늘어진 부관의 머리를 잡고 흔들어 댔다. 이 상황을 보고 수랑가 큰스님이 곧장 산지바에게 달려가 옷자락을 끌었다.

"어서요! 시간이 없어요!"

큰스님의 말에 세 사람은 마지못해 지하 통로로 몸을 숨겼다. 지하 통로의 입구는 어두운 계단으로 내려가게 되어있었고, 그 계단은 대통령궁인 템플트리로 연결되는 작은 공간으로 이어져 있었다. 큰스님은 세 사람의 모습이 시야에서 사라지자, 다시 벽면을 밀어, 입구를 봉인했다. 세 사람을 비밀 통로로 대피시킨 수랑가 큰스님의 시야에 밖에서 내실 벽면을 밀고 들어오는 허머의 모습이 보였다.

수랑가 큰스님은 봉인한 통로 앞에 좌정하고 부처님께 기도를 올렸다.

"투투투투 쩡!"

수랑가 큰스님이 기관총구의 불빛을 보았다고 느끼는 순간, 부처님의 머리카락을 모셔놓은 제단의 방탄유리가 깨져 나갔다. 부처님의 머리카락이 마치 연꽃잎처럼 공중에 흩뿌려졌고, 곧이어, 아무 소리도 들리지 않았다.

지금의 세상은 소멸하며, 다음의 세상은 태양이 뜨듯 밝을 것이라.

- 이슬람교 예언서 하디스 중

디네시 프리얀타

*
*
*

"고생들 많으셨습니다. 이쪽으로 앉으시지요."

디네시 프리얀타 스리랑카 대통령은 사지에서 방금 살아 돌아온 도재이와 첸룽을 따뜻하게 맞이해주었다. 도재이와 첸룽은 디네시 프리얀타 대통령이 권하는 패브릭 소재 팔걸이 소파에 앉았다. 켈레니아 템플에서 묻은 피와 먼지들이 정갈한 아이보리색 소파를 더럽히지 않을까 잠시 망설였지만, 지금은 그런 생각을 할 처지가 아니었다. 곧이어 대통령실 직원이 실론티를 내왔다.

"우유와 설탕을 넣어드릴까요?"

"네, 감사합니다."

도재이와 첸룽은 지난 몇 시간의 생사를 오간 탈출에 거의 탈진한 상태였고, 당분이 필요하던 차였다. 두 사람은 밀크티를 홀짝 한 모금을 들이켰다.

"우선 우리나라에서 위험한 상황을 맞닥뜨린 것에 대해 도재이 기자와 미스터 첸룽께 유감을 표합니다. 중국 정부의 특별한 요청까지 있었는데, 철저하지 못했던 것 같아요."

디네시 프리얀타 대통령이 정중하게 말했다.

"아닙니다. 하지만 많은 경호실 인력과 켈레니아 템플 승려들의 피해가 있어서 저도 가슴이 아픕니다."

도재이도 침울하게 대답했다.

"그러게 말입니다. 안타까운 일이죠…. 제가 중국으로부터 도재이 씨의 신변보호와 안전한 중국행을 요청받았을 때만 해도 출입국 기록만 삭제하면 스리랑카에서 불미스러운 일이 없으리라 생각했는데, 우리가 너무 안이하게 생각했던 것 같습니다.

문제는 지금 공격을 가해오는 상대방이 누구인지도 정확히 파악이 안 되고 있다는 것인데, 우리가 생각하는 수준을 훨씬 뛰어넘는 어떤 조직임에는 틀림이 없습니다. 이 상태라면 내일로 예정된 민항기를 이용한 중국행은 불가능하다는 판단입니다."

디네시 프리얀타 대통령의 판단은 정확한 것이었다. 도재이 일행을 공격해 온 무리는 도재이 일행의 동선까지 정확히 파악하고 있었고, 동원된 무기들이나 병력들도 단순한 민간 조직으로는 불가능한 것이었다. 이미 저들은 도재이 일행이 템플트리 대통령궁으로 피신한 사실도 알고 있을 터였다. 이 상황에서 내일 민간인 신분으로 반다라나야케 공항에서 민항기를 탑승한다는 것은, 사실상 자살 행위였다.

"그렇다면 다른 방법이 있겠습니까?"

첸룽이 조심스럽게 질문했다.

"기존 반다라나야케 국제공항을 통해서 중국으로 가는 것은 불가능하다고 보입니다. 다른 대안이 있다면 가까운 제3국을 통해 몰래 나가는 방법밖에 없을 듯한데…."

"제3국을 통해서 중국으로 간다고 해도 스리랑카가 섬나라인 이상 육로가 없어 그곳이 어디든 제3국까지는 무조건 공항을 이용할 수밖에 없을 텐데요. 저들의 정보력으로 보건대, 모든 공항에 병력을 심어놓지 않았을까요?"

대통령 옆에 부동자세로 서있던 산지바가 입을 떼었다.

"활주로를 이용하지 않는 헬기라면 가능할 텐데 말이지."

디네시 프리얀타 대통령이 무언가 생각이 나는 듯 쥐고 있던 볼펜으로 책상을 두드리며 읊조렸다.

"헬기로 갈 수 있는 거리의 제3국이라면… 어디를 말씀하시는 건지?"

산지바는 도통 감이 잡히지 않는다는 표정으로 디네시 대통령에게 질문했다.

"몰디브까지는 헬기로 갈 수 있잖아. 게다가 몰디브는 1,100개 이상의 섬으로 이루어져 있어 저들이 도재이 기자 일행을 찾는다는 것은 거의 불가능할 것 같은데 말이야."

디네시 프리얀타 대통령은 의자에 몸을 깊숙이 기대며 말했다.

"하지만 대통령님, 저희가 보유하고 있는 CH-47F 치누크 헬기는 최대 항속거리가 630km에 불과합니다. 몰디브 수도인 말레까지는 900km가 넘습니다. 아마 도착하기도 전에 연료 부족으로 추락하게 될 겁니다."

산지바가 대통령에게 조용히 말했다.

"우선, 장착된 무기를 몽땅 떼내고, 운항에 필수적인 장비 외에는 모든 장비를 제거한다면 탑재 중량을 3,000kg 이내로 줄일 수 있을 것 같고, 그 정도 무게라면 몰디브까지의 비행이 가능할 듯도 한데…"

타밀 반군과 벌어진 스리랑카 내전 때 항공대 장교로 근무했었던 디네시 프리얀타 대통령은 전문 지식을 앞세워 산지바의 의견에 대해 물러서지 않았다. 사실 프리얀타 대통령의 입장에서는 어떻게 해서든지 더 이상 문제없이 도재이를 스리랑카 밖으로 내보내고 싶은 생각뿐이었다. 대통령의 의지를 눈치챈 산지바도 더 이상 반대하지 않았다.

"알겠습니다, 대통령님. 말씀대로 가능한지를 확인해 보겠습니다. 한데, 연료 문제는 중량을 줄여서 해결한다손 치더라도 어찌 되었든 활주로는 필요 없더라도 지상의 헬기장은 이용해야 할 텐데, 저놈들이 가만히 있을까요? 저놈들의 정보력을 보면 어떤 헬기장을 이용하더라도 안심할 수 없을 것 같습니다만…"

산지바의 걱정스러운 말에 프리얀타 대통령이 무언가 골똘히 생각하다가 이내 입을 열었다.

"지상 헬기장을 이용하는 것은 위험이 크겠지. 하지만 공중 헬기장을 이용한다면?"

"공중 헬기장이라구요?"

도재이, 첸룽 그리고 산지바 셋 다 눈을 동그랗게 뜨고 대통령을 바라보았다.

정확히 세 시간 후, 도재이와 첸룽 그리고 산지바는 부관들과 함께

토요타 밴을 타고, 콜롬보에서 담불라 지역까지 연결된 A1 국도를 달리고 있었다. 혹시 모를 추격을 피하기 위해, 평범한 밴을 사용하고, 에스코트하는 차량도 없이 밤길을 질주하고 있었다. 모두들 극도로 피곤했지만, 그보다 더 한 긴장감으로 아무 말도 없이 끝없는 밤길만 쳐다보았다.

그때 갑자기 차량이 급정거를 했다. 산지바와 부하들은 황급히 권총을 꺼내어 들었다. 동시에 도재이와 첸룽은 고개를 차량 의자 밑으로 쑤셔 박았다.

"코끼립니다."

"휴…."

운전병의 말에 모두들 안도의 한숨을 쉬었다. 앞 유리를 통해서 다섯 마리의 새끼 코끼리들이 어미 코끼리의 뒤를 따라 뒤뚱이며 일렬로 길을 건너는 모습이 보였다. 그중 어미 뒤를 바짝 따라가는 한 녀석은 짤막한 코로 엄마의 꼬리를 잡고 어미의 보폭을 맞추려 잰걸음으로 종종 따라가고 있었다. 어미 코끼리는 가족끼리의 밤 산책에 웬 불청객이 나타나 불빛을 비추나 싶었는지 한 번 쓰윽 일행이 탄 차량을 쳐다보곤 이내 어둠 속으로 사라졌다. 모두의 얼굴에 잠시나마 행복한 미소가 번졌다.

"지금의 우리들의 상황과는 어울리지 않는 평화로운 광경이군요."

다들 잠시 동안 모든 시름을 잊고 코끼리 가족의 밤 산책을 흐뭇한 표정으로 지켜보았다.

"자, 긴장 풀지 말고 어서 이동합시다."

산지바의 말에 모두 퍼뜩 정신이 들었다. 운전하던 부관은 스스로에게 정신을 차리라는 듯 머리를 탁탁 두 번 치고는 다시 긴장된 모습으로 전방을 주시하며 달리기 시작했다. 낡고 군데군데 갈라진 아스팔트 도로를 두 시간여를 더 달리자 목적지에 다다랐다. 벌써 먼 동이 떠올라 주변이 환하게 밝아오고 있었다. 이른 시간인데도 부지런한 주민들은 벌써 나와 관광객들에게 코코넛과 망고 음료수 따위를 팔 좌판을 준비하고 있었다.

도착한 곳은 시기리야(Sigiriya), 광활한 정글 가운데 거대한 바위산이 우뚝 솟아있었다. 사자바위라는 뜻의 시기리야는 1,500년 전, 높이 약 370m의 거대한 화강암 덩어리 위에 만들어진 천연의 요새이자 세계 8대 불가사의라고 불리는 유적이었다.

아버지를 죽이고 왕위를 찬탈한 카사파 왕이 이복동생의 복수를 두려워해 시기리야 바위산 꼭대기에 왕궁을 만들었던 천연 요새, 언제 쳐들어올지 모르는 동생을 견제하고 막으려 했지만 결국 인도로 도피했던 동생은 군대를 규합하여 카사파왕을 쳐들어왔고, 카사파왕은 패배하여 자결하고 만다는 비극적 역사의 현장이기도 했다.

이 시기리야 천연 요새의 꼭대기는 카사파 왕이 의도한 대로, 사방을 한눈에 볼 수 있어, 어디서든 접근하는 적을 바로 발견할 수 있을 뿐 아니라, 지금은 예전의 화려했던 왕궁의 빈터만 남아있어, 대형 헬기가 착륙하기에도 적합했다. 바로, 디네시 프리얀타 대통령이 말한 천연 공중 착륙장이었다.

"자, 갑시다."

도재이 일행은 모두 차에서 내려 사방을 살피며, 서둘러 시기리야를 오르기 시작했다. 머리 부분은 없어졌지만 여전히 과거의 화려한 문명을 대변하는 듯한 거대한 사자의 앞발 조각을 지나, 시기리야 암벽의 벽면에 설치된 아찔한 1,202개의 철제 계단을 차례대로 기어오르기 시작했다. 벽면에는 카사파왕이 욕망을 충족시키기 위해 나체로 시중을 들게 했다는 500명의 궁녀의 벽화가 보였다.

"어? 저쪽에…."

얼마만큼 올랐을까, 산지바의 부하 중 한 명이 거친 호흡을 몰아쉬며 먼 곳을 가리켰다. 다들 그 자리에 멈춰서 그가 가리키는 곳을 보았다. 눈짐작으로 봐도 10km 정도는 떨어진 곳에서 무서운 속도로 흙먼지를 일으키며 시기리야 방향으로 질주하는 3대의 차량이 눈에 띄었다.

"젠장, 따라붙었군. 빨리빨리!"

일행은 서둘러 꼭대기를 향해 다시 오르기 시작했다.

"타타타탕."

얼마 지나지 않아, 벽에 그려진 반나(半裸)의 시녀들의 몸에 사정없이 총알이 박혔다.

"악!"

맨 뒤에 오던 부하 한 명이 왼쪽 눈을 움켜쥐었다. 그의 손가락 사이로 검붉은 피가 솟구쳤다. 괴한들이 쏜 총탄에 부서진 암벽의 파편에 맞은 것이었다.

"틸라카!"

산지바가 쓰러진 부하에게 달려갔다. 틸라카는 얼굴에 피범벅이 된 채로 말했다.

"한쪽 눈은 보입니다! 제가 여기서 시간을 벌 테니 빨리 올라가십시오!"

틸라카는 뿜어져 나오는 피를 한쪽 손으로 틀어막고 산지바에게 먼저 이동할 것을 권했다.

"말 같지도 않은 소리 하지 말고!"

산지바는 틸라카를 끌어당겨 어깨에 들쳐 메었다. 틸라카를 부축해서 가기에는 정상으로 올라가는 암벽 계단이 너무 좁아 생각해낸 궁여지책이었다.

"시간이 없어요! 빨리빨리!"

모두들 몸을 최대한 웅크리고 계속 위쪽을 향해 올라갔다.

십 여분이나 지났을까, 마침내 놈들도 시기리야에 도착해 암벽을 기어오르기 시작했다. 거의 수직인 암벽은 철제 계단이 위아래 시야를 방해해서 오히려 서로 총을 쏘기는 용이하지 않았다.

"헬기 도착 시간은?"

산지바가 거친 숨을 헐떡이며 다른 부하에게 물었다.

"8분 남았습니다!"

틸라카를 어깨에 짊어지고 오르려니 걸음이 느릴 수밖에 없었다. 산지바의 이마에는 틸라카의 피와 산지바의 땀이 합쳐져 얼굴 전체를 덮고 있었고, 혼자 오르기도 힘든 암벽을 틸라카를 메고 오르는 산지바는 더 이상 호흡조차 할 수 없을 지경이었다. 더욱이 먼 발치 아래에 이미 추격하는 놈들의 모습이 언뜻언뜻 보이고 있었다.

"이리로!"

첸룽이 틸라카를 산지바에게서 뺏듯이 어깨에 들쳐 메고 앞을 치고 나가기 시작했다. 곧 정상이 보였다. 추격하는 놈들의 얼굴이 구분될 만큼 놈들과의 거리는 좁혀진 상태였다.

마침내 정상에 도달하자 고대 찬란했던 카사파 왕조의 화려했던 과거가 눈앞에 펼쳐졌다. 하지만 주위의 풍광을 둘러볼 새도 없이 산지바와 일행들은 권총을 꺼내 아래를 겨누었다.

"탕, 탕, 타타탕."

서로 간 무차별 응사로 주변은 흙먼지로 뒤덮였다.

"헬기는! 헬기는!"

산지바는 응사를 하면서도 연신 주변을 둘러봤다.

"투투투투."

멀리서 헬기 소리가 들리더니 이윽고 거대한 치누크 헬기의 모습이 보였다.

뿌연 흙먼지를 일으키며 치누크 헬기가 시기리야 꼭대기 1,500년 전 카사파 왕이 앉았던 왕좌의 앞에 내려앉았다.

"도재이 기자. 서둘러 탑승해요. 여기는 우리가 맡을 테니까!"

연신 총을 쏴 대며 산지바가 소리를 질렀다.

"산지바, 같이 갑시다!"

도재이는 산지바를 향해 외쳤다.

"후후. 같이 가기에는 내가 너무 무거워요. 나까지 가면 헬기가 추락할 거요. 살을 뺐어야 하는데 말이야 하하! 다음번에 다이어트 하고 같이 갑시다!"

산지바는 이 긴박한 상황에서도 도재이에게 농담을 했다.

"지금 농담할 때예요?"

옆에 있던 첸룽이 산지바에게 핀잔을 주었다.

"농담이 아니라 대통령님 말씀대로 저 헬기는 중량을 최대한 줄이느라 기관총 한 자루도 장착을 안 했어요. 우리까지 타면 절대 몰디브까지 못 갑니다. 게다가 저놈들이 헬기 이륙 후, 사격을 못 하도록 여기서 막아야 합니다. 개인적으로는 그저께 죽은 우리 시아스 복수도 해야 하고 말이오. 그러니 우리 걱정은 말고 빨리 타시오!"

산지바는 어서 가라고 허공에 손을 휘저었다.

탑재 중량을 줄이기 위해 부조종사도 없이 칵핏(조정석)에 앉아있던 조종사가 빨리 타라고 계속 손짓을 해댔다.

첸룽이 도재이를 잡아끌었다.

"갑시다! 시간을 더 지체하면 다 죽어요!"

도재이는 헬기를 향해 뛰어가면서 계속 뒤를 돌아보았다. 산지바는 시원하게 손을 흔들었다.

"살 빼고 다시 봅시다! 하하하!"

마침내 도재이와 첸룽을 태운 치누크 헬기는 굉음을 내며 이륙했다. 금새 아래쪽의 산지바의 얼굴이 손톱만 해졌고, 시기리야 정상까지 치고 올라온 일단의 괴한들이 이미 여러 발의 총을 맞고 널브러진 산지바의 머리에 무자비하게 총알을 박아넣는 모습이 보였다. 곧 헬기는 빠르게 서남쪽 몰디브를 향해 날아가기 시작했다.

신들의 새로운 종족이 태어날 때,
잠들어 있던 자에게 나의 눈이 다시 떠지리라.
- 이집트 신화 『토트의 서한』 중

쿠다두

*
* *
*

아슬아슬하게 몰디브에 도착했다. 기체 무게를 1g이라도 줄이기 위해 침이라도 밖으로 뱉을 지경이었지만, 헬기는 다행히 몰디브 남쪽, 쿠다두 리조트 비행장에 무사히 내렸다. 쿠다두 리조트로 행선지를 선택한 것은 디네시 프리얀타 스리랑카 대통령과 참파 크라운 쿠다두 리조트 회장의 개인적인 친분의 영향도 있었지만, 더 중요한 것은 쿠다두 리조트에는 개인 비행장이 있어 중국으로 비밀 비행이 가능하기 때문이었다.

"어서 오시오."

참파 크라운 회장은 80대의 작고 뚱뚱한 노인이었다. 하지만 주름진 눈두덩 사이로 비치는 눈빛만큼은 보는 사람이 주눅 들 정도로 날카로웠다.

참파 회장의 일대기는 살아있는 전설이라 불릴 만큼 입지전적인 것이었다. 어린 시절 비누 만드는 공장의 노동자로 출발해서 현재 전 세계에 9개의 럭셔리 리조트와 세계 최대의 수상 비행 회사, 개인 공항까지 보유하고 있어, 세계에서 손꼽히는 달러 부자였고, 몰디브 정부가 외화가 부족할 때면 참파 회장에게 돈을 빌린다는 소문까지 있었다.

"어서 오시게. 디네시 프리얀타 대통령에게 연락을 받고 기다리고 있었소."

참파 회장은 일행을 리조트 안으로 안내했다. 쿠다두 리조트는 객실이 50개밖에 되지 않는 작은 규모였으나 최고급 리조트답게, 각각의 객실은 모두 수상(水上)에 있는 워터 방갈로로 완벽한 프라이버시를 보장하도록 설계되어 있었고, 100여 명 VIP 고객을 위해 250명이 넘는 직원들이 분주하지만 정갈하게 움직이고 있었다. 리셉션 로비로 들어가자 아름답고 건강한 미소를 띤 직원이 물방울이 송골송골 맺힌 각진 유리컵에 살짝 푸른색이 감도는 음료 위에 앙증맞은 민트 잎을 올린 웰컴 드링크와 얼린 수건을 내왔다.

"오시느라 힘들었을 텐데 우선 시원하게 목부터 축이도록 해요. 모히또 칵테일이에요. 한국에서 오시는 손님들은 무조건 모히또를 찾더군요. 하하. 무슨 한국의 유명한 영화에서 몰디브 모히또 대사가 있었다지요?"

도재이는 금방 그 의미를 알아챌 수 있었지만, 첸룽은 멀뚱멀뚱 참파 회장의 눈만 바라보고 있었다. 참파 회장은 말을 이었다.

"사실 모히또의 고향은 몰디브가 아니라 쿠바네. 모히또 칵테일의 주원료에는 럼이 들어가는데, 아시다시피 몰디브는 이슬람이 국교여서 알코올인 럼을 넣을 수가 없지. 하지만 두 분이 받은 모히또는 럼이 들어간 제대로 된 모히또니 맛을 한번 보게나. 몰디브까지 왔으니 제대로 된 모히또 한잔은 해야지. 하하."

달콤하면서도 상큼한, 하지만 럼이 들어가 살짝 쌉싸름한 맛이 일품인 모히또는 토핑된 라임과 허브의 향과 완벽히 어우러져 도재이와 첸룽의 긴장과 피로를 단번에 풀어주는 듯했다.

"자, 이제 이동할까요?"

도재이와 첸룽이 모히또를 바닥까지 싹싹 비운 걸 확인한 후, 참파 회장은 리조트 맨 끝 수상 방갈로로 일행을 안내했다. 몰디브 전통가옥을 모티브로 현대와 자연을 조화시킨 객실은 넓고도 쾌적했다. 투명하다 못해 거울을 보는 듯한 몰디브 바다가 객실에 나있는 통창을 통해 도재이 일행을 맞이했다. 도재이와 첸룽이 긴장이 풀어져 잠시 소파에 앉으려 할 때였다.

"이리로."

참파 회장은 한곳을 가리키며 안내를 했고, 그곳으로 다가가자 지하로 내려가는 나선형 계단이 보였다. 그 계단을 따라 내려간 도재이와 첸룽은 눈앞에 펼쳐진 광경에 입을 다물 수 없었다. 수중 객실이었다. 사방을 두께 60센티의 특수 강화 유리로 막고 바닷속 6m 지점에 객실을 만들어 놓은 것이었다. 유리 벽 너머에서 도재이 일행을 가장 먼저 맞이한 것은 연한 청록색에서 에메랄드그린, 심지어 깊은 청록색까지 변화를 보이는 바닷물의 색깔이었다. 적도의 강렬한 빛의 굴절과 반사로 인한 각기 다른 색상과 광채는 보석과도 같은 것이었다. 밝은 모랫바닥 위에 섬세한 모양의 산호들이 자랑스레 펼쳐져 있으며, 밑바닥에 펼쳐진 천연 산호의 군락 속에 개복치나 형형색색의 열대어들이 평화롭게 이리저리 유영하고 있었다.

"많은 일을 겪으셨다는 이야기 들었네. 오늘은 이곳에서 지내고 내일 출발하는 거로 합시다. 이곳의 안전은 내가 보장하겠소. 우선 샤워부터 하고 이따가 같이 식사합시다."

참파 회장의 무뚝뚝하게 들리는 어투였지만, 최대한의 배려와 예우가 느껴졌다.

"감사합니다. 모든 상황이 끝이 나면 꼭 한번 다시 찾아뵙고 인사를 드리겠습니다."

도재이가 깍듯하게 고개를 숙여 인사했다.

참파 회장이 나가자 도재이는 수중 객실에서 바닷속을 바라보았다. 형형색색의 아름다운 산호와 열대어의 향연 속에서 지난 며칠 간의 끔찍한 일들이 머릿속을 스쳐 지나갔다. 아직도 실감이 나지 않았다. 왜 그에게 이런 일들이 벌어지는지, 앞으로는 어떤 일들이 펼쳐질지….

두 시간 후, 도재이와 첸룽은 참파 회장과 식사 테이블에 앉아있었다. 식탁에는 몰디브 전통 음식인 마쓰후니(말린 참치에 코코넛 등을 섞은 음식)와 로띠(밀전병), 그리고 몰디브 전통 양념인 레하(홍고추, 생강, 마늘, 카레잎, 코코넛 오일 등으로 만든 매콤한 몰디브 전통 양념)를 발라 숯불에 구운 닭요리가 먹음직스럽게 준비되어 있었다.

"몰디브 전통 음식에는 밀크티가 어울린다네."

참파 회장은 도재이와 첸룽에게 차례로 밀크티를 따라주었다.

"스리랑카 대통령에게 대충의 이야기는 들었네. 중요한 정보를 가지고 있다고…."

"네. 하지만, 구체적으로 회장님께 말씀드릴 수는 없습니다. 이해해 주시기 바랍니다."

도재이는 머리를 살짝 숙이면서 양해를 구했다.

"아, 물론이지. 나도 구체적인 것이 궁금하진 않다네. 이 나이가 되면 말이야, 알고 있는 것도 지우고 싶은 법이지."

참파 회장은 손을 휘휘 저으며 알고 싶지 않다는 의사표시를 한 후, 로띠에 마쓰후니를 듬뿍 싸서 입으로 가져갔다.

"저도 어쩌다 이런 일에 말려들게 되었는지 아직도 모르겠습니다. 저는 그저 평범한 일개 기자일 뿐인데 말이죠…. 연고 하나 없는 유럽으로 파견된 것까지는 그렇다손 치더라도, 납치, 총격전, 대통령과의 만남, 아, 물론 참파 회장님의 만남을 포함해서 말입니다. 이 모든 일이 지금 저에게 벌어지고 있다는 것이 솔직히 상상조차 가지 않습니다."

도재이는 밀크티를 한 모금 마셨다. 블랙티에 우유를 섞은 밀크티는 블랙티 특유의 쌉싸름한 맛과 우유의 부드러움이 섞여 풍부한 향과 독특한 조화를 이루고 있었다.

갑자기 참파 회장이 도재이를 쳐다보았다.

"자네는 세상에 우연이란 게 있다고 보는가?"

뜬금없는 질문에 도재이는 답을 잠시 망설였다.

"글쎄요, 제게 최근 몇 개월간 발생한 일은 모두 우연이라 생각되는데요. 우연이 아니면 설명할 수 없는 일들이어서요."

"흠, 내가 세상을 좀 살아보니 말이야, 우연은 없더라고. 나는 알 수 없는 누군가의 치밀한 계획이 있을 뿐. 나는 내가 내 인생을 주도한다고 생각했는데 알고 보니 거대한 톱니바퀴의 한 조각이더라구. 그걸 알고 나니 그제야 인생이 편해졌어. 아, 아, 물론 도재이 기자에게 강요할 생각은 추호도 없어. 다만 늙은이가 오래 살다 보니 느끼는 경험담일 뿐이야."

참파 회장의 말에 도재이는 왠지 소름이 돋았다. 그렇다면 지금까지 도재이에게 일어난 모든 일이 누군가의 거대한 계획의 일부란 말인데, 그 계획이 무엇이며, 왜 도재이가 그 계획의 중심에 있는 것일까? 그리고 누가 도재이를 선택했단 말인가?

"설마, 그럴 리가요…. 저는 말씀드린 대로 일개 기자, 그것도 솔직히 말씀드리면 부끄럽지만 기자 생활 이십 년에 특종 하나 제대로 터뜨리지 못한 평균 이하의 기자일 뿐입니다. 설령 누군가가 엄청난 계획을 수립하고 진행한다고 하더라도 저 같은 사람을 사용할 리가 없습니다. 제가 뭐 특별히 잘하는 것도 없고, 내세울 것도 없거든요."

도재이는 실제로 이해할 수 없었다.

"허허허, 나도 그랬지. 내가 한 달에 100불을 받고 비누 공장에서 하루에 14시간씩 일을 했을 때 내 앞에 어떤 일이 벌어질지 기대도, 꿈도 없었다네. 하지만 지금은 이 자리에서 자네들과 차 한잔의 여유를 가지고 있지 않은가? 자네도 언젠가 알게 될 걸세. 지금은 너무 궁금해하지 말고 그냥 지금의 상황을 받아들이게. 때가 되면 모든 것이 드러날 걸세."

'때가 되면 모든 것이 드러날 것이다.' 도재이는 쿠로베 박사가 했던 말을 참파 회장의 입에서 다시 듣게 되어 묘한 기분이 들었다. 참파 회장의 의미심장한 말에 첸룽도 고개를 끄덕였다. 참파 회장은 말을 이었다.

"고생들이 많았으니 오늘은 푹 쉬고 내일 아침에 중국으로 출발하기로 하세. 이미 비행기는 급유를 마치고 대기하고 있다네. 일어나는 대로 아침 식사를 하고 떠나게. 스리랑카에서 올 때 연료 문제로 조마조마했다고 들었네. 내 비행기는 걸프스트림 G650ER 모델로 항속거리가 14,000km까지 나오니까 베이징까지 아무 문제가 없을 거네."

"감사합니다."

참파 회장과의 식사가 끝난 후, 도재이와 첸룽은 객실로 가기 전에 소화도 시키고 타고 갈 비행기도 확인할 겸, 리조트 바로 옆에 있는 개인 비행장으로 발걸음을 옮겼다. 전 세계에서 가장 아름답다는 몰디브의 석양이 온 하늘과 바다를 짙은 오렌지 빛깔로 물들이고 있었다. 이윽고 도달한 참파 회장의 개인 비행장에는 날렵한 모양의 은회색 걸프스트림 제트기가 활주로 끝에서 출발을 기다리고 있었다. 지금까지의 일도 일이지만, 내일 중국으로 가는 도중에 별다른 사고가 없기를 기원하며 도재이는 걸프스트림 제트기로 다가가 날개를 만져보았다. 날개에는 무슨 뜻인지 알 수 없는 글이 새겨져 있었다.

'FATUM PACTA SUNT SERVANDA'

'FATUM'이라는 글귀를 보자 도재이는 파툼 수도사가 떠올랐다.

'그의 이름이 왜 여기에 있을까…?'

"제가 두 분을 중국으로 모시게 됩니다."

도재이가 비행기 날개에 적힌 파툼이라는 글자를 의아하게 생각하고 있을 때, 갑자기 어둠 속에서 파일럿 제복을 입은 신사가 두 사람에게 다가와 인사를 건넸다.

"아, 반갑습니다. 잘 부탁합니다."

기장인 나시드는 쾌활한 사람이었다.

"제가 참파 회장님 밑에서 일한 지 20년이 넘는데, 회장님이 전용기 내주시는 건 처음 봅니다. 하하. 그만큼 중요한 분들이라는 의미겠죠. 아무 걱정하지 마십시오. 안전하게 모시겠습니다. 아, 그리고 이른 새벽에 출발할지 모른다고 기내에서 대기하라고 말씀을 들었습니다. 언제든지 오시면 바로 출발하겠습니다."

"아, 그래도 기내에서 대기하시는 게 불편하실 텐데요. 숙소에 계시다가 저희가 연락을 드리면 같이 이동하시는 것이…."

"사실, 기내에 있는 침대가 더 편하고 비싼 겁니다."

나시드 기장은 도재이의 귀에 대고 장난스럽게 이야기했다.

"하하. 그렇군요. 근데 날개에 새겨진 글귀는 무슨 뜻인가요? 영어는 아닌 듯하구요."

도재이는 파툼 수도사의 이름이 새겨진 문구가 무엇인지 궁금했다.

"네. 라틴어입니다. 참파 회장님이 걸프스트림사에 이 비행기를 주문할 때부터 날개에 새겨달라고 한 문구예요. 저도 궁금해서 참파 회장님께 물었던 적이 있었습니다. 'FATUM'은 '되돌릴 수 없는 신의 결정'이라는 뜻이고, 'PACTA SUNT SERVANDA'는 '약속은 지켜져야 한다.'라는 뜻이라네요. 뭐 참파 회장님이 부적처럼 적어놓은 거 아닐까 생각하고 있습니다. 일단 보기에도 멋있지 않습니까?"

우연치곤 재미있는 상황이었다. 도재이가 신을 버리며 떠났던 파툼 수도사가 다시 눈앞에 나타나 도재이를 지켜보고 있었다.

'파툼 수도사의 이름의 의미가 되돌릴 수 없는 신의 결정이라….'

도재이는 파툼 수도사와 참 어울리는 의미라 생각이 들었다. 처음부터 신에게 속했고, 마지막까지 신에게 속할 사람. 순간 파툼 수도사가 도재이에게 붙여준 '에스카'라는 이름은 무슨 뜻일까 궁금해졌지만, 긴박한 현재 상황에 전혀 맞지 않는 쓸모없는 호기심이었기에 이내 머릿속에서 지워버렸다. 내일 이른 아침 출발을 위해서는 이제 잠을 청할 시간이었다. 도재이와 첸룽은 나시드 기장에게 가볍게 목례를 건넸다.

"아무튼, 잘 부탁드리고 몇 시간 뒤에 뵙겠습니다."

이윽고, 두 사람은 수중 객실로 돌아와 자리에 누웠다. 침대에 누워서 유리 천정을 보니 그루파, 레드스내퍼와 같은 열내 어종들이 여유 있게 밤바다를 헤엄치며 오히려 두 사람을 어항 속 물고기 구경하듯 쳐다보고 있었다. 곧이어 도재이가 객실에서 수중 쪽으로 비추는 조명을 끄자 완벽한 암흑이 찾아왔다. 저 멀리 수면 위 어딘가에 있을 야간 고기잡이배의 불빛만이 가끔 깜빡일 뿐이었다. 두 사람은 잠을 청했지만, 두 사람 다 쉽게 잠이 들 수 없는 밤이었다.

뒤척인 지 얼마나 지났을까, 역시나 쉽게 잠들지 못한 첸룽이 도재이에게 나지막이 속삭였다.

"헤이, 도재이 동지, 잠들었어요? 아직 잠이 안 들었다면 저쪽을 한번 봐요. 저게 뭐죠?"

막 잠이 들려던 참이었는데 첸룽의 말에 잠이 깬 도재이는 부스스한 눈으로 첸룽이 가리키는 곳을 바라보았다. 칠흑 같은 어둠 속에, 가느다란 불빛 두어 개가 두 사람이 있는 수중 객실로 다가오고 있었다.

"느낌이 안 좋은데…."

첸룽이 본능적으로 옷을 주섬주섬 입으며 권총을 꺼냈다. 도재이도 서둘러 옷을 입고 다가오는 불빛을 응시했다. 불빛은 이제 형체를 알 수 있을 정도로 다가왔다. 젯부트(Jetboot: 개인 수중 침투장비)였다.

"투툭."

젯부트에서 발사한 무언가가 수중 객실의 유리를 뚫었다. 객실을 둘러싸고 있는 60cm짜리 보호유리는 다행히 구멍만 뚫렸고 깨지지는 않았지만 검지손가락만 한 구멍 사이로 바닷물이 쏟아 들어오기 시작했다. 하지만 얼마나 버틸지는 알 수 없었다.

"젠장, 빨리 나갑시다!"

도재이와 첸룽은 수중 객실에서 지상으로 올라가는 나선형 계단을 향해 뛰었다.

"쩌저적."

순간 유리가 갈라지는 소리가 나며, 순식간에 엄청난 양의 바닷물이 객실 안으로 밀려 들어왔다. 두 사람은 무릎까지 차오르는 물을 헤치고 지상으로 나가는 계단을 오르기 시작했다.

"퍽, 퍽, 퍽."

두 사람이 밖으로 나가는 걸 눈치챈 침입자들은 사정없이 총을 갈겨댔고, 총질을 못 견딘 수중 객실 유리는 굉음을 내며 산산이 부서졌다. 조금 전까지 도재이와 첸룽이 누워있던 침대가 물속에 떠다녔다.

두 사람은 간신히 지상으로 나왔다. 밖은 조용했다. 수중에서 벌어진 일이라 소음이 없어 아무도 몰랐을 것이다. 두 사람은 서둘러 활주로로 달렸다. 수중으로 침투한 놈들이 바로 쫓아올 것이다. 제트기를 향해 뛰면서 첸룽이 소리를 질렀다.

"나시드! 나시드! 출발! 출발!"

그 소리를 들었는지, 어둠 속에서 나시드 기장이 칵핏(조종실) 유리 너머로 쳐다보는 듯하더니 이윽고 제트 엔진의 시동 소리가 들렸다.

"푸슉! 푸슉!"

어느새 따라붙은 검은색 잠수복을 입은 놈들이 소음기가 기본적으로 장착된, 별명이 '수명 절단기'라 붙은 VSS 빈토레즈 총을 쏘아대기 시작했다. 첸룽도 뒤를 보며 응사했다.

"탕! 탕! 탕!"

소음기가 없는 첸룽의 총은 고요하고 평화로운 리조트의 밤공기를 갈라놓았고, 소리에 놀란 사람들에 의해 수상 방갈로에 하나둘씩 불이 켜지기 시작했다. 걸프스트림 제트기는 서서히 움직이기 시작했다.

"서둘러요!"

나시드 기장이 칵핏 유리창 너머로 미친 듯이 손짓을 해댔다.

두 사람은 숨이 턱에 닿을 때까지 달려 간신히 이륙하는 제트기에 매달리듯 탑승했고, 곧 비행기는 활주로를 벗어났다. 창밖을 보니 갓 활주로에 도착한 괴한들이 마구 쏴대는 총구의 불빛이 보였다. 괴한들의 사격 사거리를 벗어나 한숨을 돌리고 의자에 몸을 기대자 첸룽이 입을 열었다.

"저놈들이 누구인지는 모르지만, 최소한 누구의 지원을 받는지는 알겠어요."

도재이가 귀가 번쩍 뜨였다.

"저놈들이 입고 있는 수중침투 장비 젯부트는 '드비드셔브'사(社) 제품입니다."

"그 회사가 어떻단 말인가요?"

도재이가 첸룽의 눈을 응시했다.

"드비드셔브사는…, 미 국방부가 직접 운영하는 회사입니다."

세상에서 가장 위대한 죄는 '비밀'일지니.

- 『탈무드』

참파 크라운

*
*
*

"네네. 지금 막 이륙했습니다."

"안타깝게도, 회장님이 심혈을 기울여 만드신 수중 객실이 완파되었다고 들었습니다."

"허허, 괜찮습니다. 어차피 이 시간이 지나면 쓸모없어질 이 세상의 물질 아니겠습니까? 제 나이가 이제 팔십이 넘었습니다. 제가 무엇에 욕심이 있겠습니까. 신의 인도가 아니었다면 지금까지의 삶도 없었을 것임을 잘 알고 있습니다. 지금 이 늙은이의 바람은 저들이 완전한 그분의 계획을 잘 마무리할 수 있길 바랄 뿐입니다."

"그렇게 말씀해 주시니 감사할 따름입니다. 회장님께 신의 가호가 있으시길…"

"다음번 콘클라베에서 뵙겠습니다. 총리님."

"다음번 콘클라베는 새 하늘과 새 땅에서 맞게 되겠군요. 회장님도 건강하십시오."

아리엘 이스라엘 총리와의 전화를 끊은 참파 회장은 도재이와 첸룽이 떠난 하늘을 물끄러미 바라보았다. 몰디브의 밤하늘에는 사다리꼴 안의 나란히 늘어선 밝은 세 개의 별, 민타카, 알니탁, 알닐람으로 구성된 오리온 성좌가 밝게 빛나고 있었다. 바다의 신인 포세이돈의 아들이자 사냥꾼인 오리온의 모습이 한편으로는 신의 가호를 받으며 다른 한편으로는 사냥을 해야 하는 참파 자신의 모습과 닮았다는 생각을 했다.

모든 것은 운명이며, 운명은 모든 것이다.
- 헤라클레이토스

장웨이

*
* *
*

"똑똑."

"들어와요."

중국 군사 첩보, 정보기관인 인민해방군 총참모부(GSD) 왕자웨이 부장이었다. 길거리에서 맞고 있던 첸룽을 데려와 최고의 살인 병기로 만든 바로 그였다. 왕자웨이 부장은 성큼 들어와서 깍듯하게 경례를 했다. 중난하이(中南海) 집무실 뒤편으로는 장웨이 주석이 네이멍구 국경 수비대를 방문했을 때, 찍은 사진이 걸려있었다.

"주석 각하, 지금 첸룽이 도재이를 데리고 북경으로 오고 있습니다. 대만에서 전투기 출격이 감지되고 있는데, 우리가 마중을 나가야 할 듯합니다."

"뭐라구? 대만에서?"

왕자웨이 부장의 이야기를 들은 장웨이 주석은 민감하게 반응했다. 안 그래도 지난번 낸시 그란데 미국 하원의장이 대만을 방문하면서 대만을 둘러싼 국제 사회의 긴장이 최고조에 달해 있는 터였다.

"가서 데려와!"

단호한 장웨이 주석의 명령이었다.

정확히 4분 뒤, 남중국해 하이난 섬 부근에 있던 랴오닝 항공모함에서 KJ-2000 조기 경보 통제기 1대와 J-20 제5세대 스텔스 전투기 편대가 이륙했다. 조기 경보 통제기까지 대동한 J-20편대가 발진했다는 의미는, 여차하면 실제 공중전을 불사하겠다는 의미였다.

마하 2.0으로 날아간 J-20 비행 편대는 불과 이십여 분만에 도재이 일행이 탄, 걸프스트림 제트기에 접근했다.

도널드 트럼프 행정부가 출범하고서야 구매할 수 있었던 F-16V 전투기로 구성된 대만 공군 전투 사령부는 중국의 스텔스 편대가 출격했다는 정보를 입수하고, 바로 편대에 귀환을 명령했다. 스텔스 편대와의 공중전은 눈까지 가린 중학생 일진과 UFC 프로 선수와의 싸움과 같은 것이기 때문이었다.

"오, 에스코트가 왔나봅니다!"

첸룽이 창밖에 보이는 중국 공군 편대를 확인했다. 첸룽은 마침내 중국에 도착하는구나 생각을 하니 죽을 뻔한 고비를 수차례 넘기고 무사히 임무를 완수한 스스로가 대견했다.

중국 공군의 호위를 받은 걸프스트림 제트기는 마침내 북경시 창평구에 위치한 사하진 공군 기지에 도착했다. 비행기 문이 열리자 중국

인민 해방군 제34 항공 사단 무장 병력들이 대기하고 있었다. 비행기 계단 밑에는 시 주석이 공식 행사에서 사용하는 이치 자동차 그룹의 홍치 L5 차량이 도재이 일행을 기다리고 있었다.

"오오…."

걸프스트림 제트기 트랩을 내려와 홍치 차량을 본 첸룽은 감탄사를 내뱉었다. 주석이 사용하는 차를 보낸 것은 임무의 중요성을 입증하는 것뿐만 아니라, 첸룽 개인에게는 더할 나위 없이 영광스러운 것이었다.

도재이와 첸룽을 태운 홍치는 제34 항공사단의 경호하에 장웨이 주석이 있는 중난하이에 도착했다. 중난하이에 도착하자 8341부대로 불리는 중앙경위국으로 경호부대가 바뀌었다. 마침내 차가 주석실이 있는 건물 앞에 도착하자, 경호실 요원들이 주석실로 안내했다. 도재이 일행은 붉은 카펫이 깔린 긴 복도를 지나 마침내 주석실에 도착했다.

"어서 오시게. 도재이 동지. 기다리고 있었소."

주석실 문이 열리자 장웨이 주석은 도재이를 매우 반갑게 맞아주었다. 왕자웨이 부장은 임무를 성공적으로 수행하고 무사히 귀환한 첸룽을 덥석 끌어안았다. 첸룽 또한 첫 임무를 무사히 마친 감격에 왕자웨이 부장을 덥석 끌어안았다가 곧이어 장웨이 주석이 그 자리에 있다는 걸 상기하고 곧 차렷 자세를 취했다.

"첸룽 동지 도재이 동지를 모시고 오느라 수고 많았소."

장웨이 주석은 첸룽에게 다가가 악수를 청하고 어깨를 토닥였다. 이윽고 도재이를 바라보고 손을 뻗어 소파를 가리켰다.

"이리로…."

장웨이 주석이 안내한 소파에 도재이가 착석하자, 비서가 차를 내왔다.

장웨이 주석의 집무실에는 왕 페이 중앙 기율검사위 서기, 쨔오웨이 중국 공산당 중앙서기처 서기, 량징루 당서기, 쟝즈이 베이징시 당서기 등 중국을 통치하는 핵심인 중앙 정치국 상무위원들과 대 지능, 외교안보, 정치적 보안을 담당하는 국가안전부(MSS) 부장인 차이이린 국장이 이미 자리를 잡고 있었다. 중국 최고위직들이 모두 한자리에 모였다는 것만으로도, 장웨이 주석이 도재이가 가지고 온 정보를 얼마나 중요하게 생각하는지 방증하는 것이기도 했다.

"듣고 싶은 이야기는 많지만, 우선 차를 한잔합시다. 윈난성에서 만들어진 보이차 중, 곡우(24절기 중 여름이 시작되기 전 시기) 이전에 딴 찻잎으로 만든 첫물차예요. 맘에 들 겁니다."

장웨이 주석은 도재이에게 설명과 함께 비서가 내온 차를 권했다. 보이차 특유의 구수하면서도 날카로운 향이 주석실을 가득 채웠다. 차가 한 순배 돌자, 이윽고 장웨이 주석이 못 견디겠다는 듯 입을 열었다.

"자, 도기자. 피곤하겠지만, 도재이 기자가 그동안 겪었던 일들에 대해서 이제 이야기를 좀 해주었으면 하는데."

편안하지만 위압감을 주는 목소리였다.

도재이는 침착하게, 그러나 가능한 한 상세하게 그동안 본인이 듣고 보고 경험한 것들을 장웨이 주석에게 이야기했다. 갑작스러운 노르웨이로의 발령, 런던 공항에서 받은 허버트 브라운 사장의 마이크로피셔 필름, 미스티 노르웨이호의 탑승과 납치, 제네시스, 쿠로베 박사로부터 들은 전쟁계획, 목숨을 건 탈출, 스리랑카와 몰디브를 거쳐 중국까지 오게 된 그간의 모든 이야기들….

도재이가 이야기하는 동안 장웨이 주석은 때로는 탄성을, 때로는 신음 소리를 내며 끝까지 경청했다. 더욱이 미국이 주도하는 연합국이 중국을 상대로 대규모 전쟁을 준비하고 있다는 대목에 와서는 얼굴이 표시 나게 일그러졌다.

"우리가 의심하던 정황들과 정확히 일치하는 내용입니다."

맞은편에서 심각하게 듣고 있던 차이이린 국가안전부장의 말이었다.

"도재이 기자. 허버트 브라운 사장이 전달한 마이크로피셔 필름은 어디에 있소?"

량징루 당서기였다. 도재이는 조용히 손으로 자신의 머리를 가리켰다.

CODEXREGIUSVOLUSPA41

EZEK382GENOESERV916

642432N310755E

도재이가 단서를 찾을 때를 대비해 수백 번 외웠던 암호였다. 도재이는 행여 한 자라도 틀릴까 온 신경을 집중해서, 머릿속 암호를 왕자웨이 부장이 내민 종이에 옮겨 적었다.

"여기 있습니다."

도재이가 건넨 암호를 받아 쥔, 차이이린 국가안전부장은 즉시 부관에게 명령을 내렸다.

"이게 뭘 의미하는지 해독해 와!"

도재이가 적어준 쪽지를 가지고 부관이 사라진 후, 장웨이 주석이 입을 열었다.

"고생 많으셨소. 피곤하실 텐데 오늘은 이 정도로 하고, 좀 쉬는 게 좋겠소. 첸룽도 수고 많았어요. 왕자웨이 부장, 두 동지를 숙소로 안내해 드리게."

"넵."

왕자웨이 부장이 거수경례한 후, 도재이와 첸룽을 밖으로 데리고 나갔다.

두 사람이 자리를 비우자, 장웨이 주석은 중앙 상무위원들을 한번 주욱 둘러보았다. 다들 장웨이 주석이 무슨 말을 할지 긴장하며 듣고 있었다. 장웨이 주석은 말을 하는 대신, 책상 한켠에 가지런히 놓여있는 숫자판이 없는 두 대의 붉은색 전화기로 향했다. 그 모습을 본 중앙 상무위원들의 등에는 식은땀이 흘렀다.

홍지(紅機)라 불리는 이 전화기는 완벽한 보안을 자랑하는 베이징에 있는, 말이 호텔이지 실지로는 인민 해방군의 비밀 기지인 징시호텔에 있는 교환국에서 연결해 주는 것으로 감청, 도청이 불가능한 전화였다. 홍지는 장웨이 주석이 직접 인민 해방군에게 전화를 걸 때 사용하는 비상 전화이기에, 장웨이 주석이 이 전화의 수화기를 든다는 것은 전쟁과 같은 국가 비상사태를 의미하는 것이었다.

"선제공격을 준비하시오."

장웨이 주석이 수화기에 대고 내린 짧은 지시는 그 자리에 있던 모든 사람을 얼어붙게 만들기에 충분한 것이었다.

마지막 때가 되면 진리가 드러나리라.

- 성서, 요한복음 12:32

비밀

*
*
*

도재이는 사흘 동안, 베이징 영빈관인 '댜오위타이 국빈관' 18호각의 침대에 널브러져 있었다. 댜오위타이(조어대)라는 말은 금나라 장종 황제가 이곳에서 낚시를 즐긴 데서 유래한 만큼, 규모나 전통을 자랑하는 국빈 전용 숙소였다. 주위의 아름다운 풍광과 완벽한 지정학적 보안은 세계 정상들의 방중 국빈들에게 제공되는 숙소로 부족함이 없었다. 화려한 음식과 편안한 잠자리였지만, 도재이에게는 눈에 모래 한 알이 들어있는 것처럼 찝찝한 날들이었다. 도재이는 앞으로 도대체 무슨 일이 벌어질지 감도 잡히지 않았다.

CODEXREGIUSVOLUSPA41

EZEK382GENOESERV916

642432N310755E

도재이는 다시 한 번 머릿속에 있던 의문의 부호들을 종이에 옮겨적어 보았다.

"똑똑."

첸룽과 왕자웨이 부장이었다.

"도재이 동지. 잠도 안 오고 해서, 술이나 한잔하자고 왔어요."

첸룽의 손에는 국주(國酒)라 불리는 마오타이 한 병과 중국 장가계 그림이 그려진 앙증맞은 백주(白酒) 전용 술잔 세 개가 들려있었다. 도재이도 어차피 잠도 오지 않았는데 거절할 필요가 없는 제안이었다.

"마오타이주는 이천 년의 역사를 가진 술입니다. 또한, 세계에서 가장 많이 팔리는 음료이기도 하지요. 현재 마오타이 회사의 시가총액은 미국 코카콜라와 펩시콜라를 합친 것보다 커서 세계 음료 회사 중 단연 1위입니다. 오! 도재이 기자는 한국 사람이니까 삼성전자의 시가총액의 두 배라고 하는 것이 더 와닿겠군요."

왕자웨이 부장은 도재이의 잔에 쪼르륵 술을 부었다.

"마오타이가 귀한 이유는 제조과정이 복잡하고 정성이 많이 들어가기 때문이지요. 밑술을 먼저 9개월 동안 발효시킨 뒤, 일곱 번의 증류를 거쳐 밀봉 항아리에서 3년 이상 숙성과정을 거칩니다. 따악! 한 가지 마오타이의 단점은, 시중에 유통되는 마오타이의 99%가 가짜라는 것뿐이지요."

다들 왕자웨이 부장의 말에 까르르 웃었다. 어느새 서너 순배의 술이 돌았을 때, 왕자웨이 부장이 정색을 하고 입을 열었다.

"곧 선제공격이 있을 겁니다. 주석 각하는 이미 공산당 중앙 군사위원회 합동 작전 지휘 센터로 이동했어요."

왕자웨이 부장은 마오타이주 한 잔을 다시 쭉 들이켰다. 강렬하면서도 향기로운 고량주의 향이 방에 진동했다.

"장웨이 주석은 도재이 기자가 증언한 바이오스피어가 없어진다면 미 연합국 세력들이 중국과 전면전을 시작하지 않을 거라 판단하고 있어요. 어차피 미, 중 전면전이란 핵전쟁을 의미하는 긴데, 그들의 입장에서는 최후의 도피처인 바이오스피어가 없다면 중국에 전면전을 선포하는 일은 없을 것이란 생각이지요.

사실, 우리 중국 정보부는 오랫동안 그들이 대 중국 전면전을 계획하고 있다는 첩보를 입수해 왔어요. 하지만 자신들도 반드시 파멸하게 될 가공할 전쟁을 영악한 자들이 무턱대고 저지르지는 않을 것이라는 생각이었죠. 즉, 전면전 후에 그들이 핵으로 오염된 지구에서 살아남을 최후 도피처를 반드시 어딘가에 준비하고 있을 거라는 예상을 했습니다. 다만, 그곳이 어디인지를 몰랐을 뿐…. 그 최후 도피처의 실체가 도재이 동지의 증언으로 확인된 겁니다."

도재이는 왕자웨이 부장의 말에 긴장하며 반응했다.

"하지만 제가 탈출한 바이오스피어 '제네시스'의 위치는 저도 정확히 모릅니다. 어떻게 선제공격으로 파괴한다는 것인지…?"

"도재이 기자가 기억해 낸 허버트 브라운 사장의 메모…."

왕자웨이 부장이 미소를 띠었다.

"아! 암호를 풀었다는 말씀이군요!"

도재이가 깨달았다는 듯이 소리쳤다. 그때였다.

"똑똑."

"들어와!"

검다 못해 붉은빛이 감도는 탐스러운 머릿결에 빨강, 초록, 갈색 등 중국 전통색상을 사용한 짧은 스커트와 흰색 블라우스를 입은 여인이 들어왔다.

"인사하시죠 도재이 기자. 중화인민공화국 국가안전부 제3 부속실 소속 난웨이입니다."

난웨이라 소개한 여인은 또각또각 도재이에게 다가와 손을 내밀었다.

"반갑습니다. 허버트 브라운 사장의 암호를 분석한 난웨이입니다."

"네, 반갑습니다."

도재이는 고개를 숙이면서 난웨이의 손을 잡았다. 갑자기 실빈과의 첫 만남이 생각이 났지만, 그녀에 대한 기억을 지우려 애썼다.

"사실 암호 해독을 전문으로 하는 저희 부서 입장에서는 도재이 동지가 건네준 암호의 해독은 어려운 것은 아니었습니다. 간단한 몇 가지의 상징들이 있었을 뿐, 그 내용은 명확한 것이었어요."

"난웨이 동지, 뜸 들이지 말고, 도재이 기자에게 자세히 설명해주지 그래. 도재이 동지는 꽤 오랫동안 궁금해했을 텐데 말이야."

왕자웨이 부장은 난웨이에게 빨리 허버트 브라운 사장의 메시지가 무엇인지 도재이에게 설명하라고 공중에 휘휘 손을 저었다. 도재이가 난웨이 쪽으로 바짝 다가앉았다. 그리고 아까 다시 기억을 되살려 적어두었던 메모를 난웨이에게 내밀었다.

CODEXREGIUSVOLUSPA41

EZEK382GENOESERV916

642432N310755E

"좋습니다. 모든 암호의 해석은 어떻게 끊느냐를 파악하는 것이 가장 기본이고 또 중요합니다. 도재이 동지가 건네준 허버트 브라운 사장의 암호의 경우, 우선 첫 번째 줄은 CODEX / REGIUS / VOLUSPA / 41 이렇게 끊어서 해석하게 됩니다."

난웨이는 볼펜을 꺼내어, 도재이가 꺼내놓은 종이에 죽죽 사선을 그어댔다. 도재이는 진지하게 난웨이의 손끝을 응시했다.

"첫 번째 단어인 '코덱스(CODEX)'는 고대 라틴어이고 '레기우스(REGIUS)'는 '왕의 서'라는 뜻입니다. 즉, 코덱스 레기우스는 고대 라틴어로 기록된 '왕의 서'라는 책을 의미합니다. 이것이 허버트 브라운 사장이 남긴 첫 번째 단서가 되겠죠.

저희는 즉시 '고대 라틴어로 기록된 왕의서'라는 책이 무엇인지를 조사했고, 조사 5시간 만에 1270년에 양피지 45장에 작성된 고대 문서가 코덱스 레기우스라는 것을 알게 되었습니다."

"음…, 그렇군요. 그럼 VOLUSPA는요?"

"우리가 찾은 '코덱스 레기우스'에 '볼루스파'란 말이 나옵니다. '볼루스파'는 고대 노르드어로 바이킹족의 샤머니즘적 여자 시인이자 예언자의 이름입니다. 볼루스파는 구세주 오딘과 지식의 여신 프리야의 대화를 기록하고, 인간의 창조와 파멸, 인류의 운명을 예언했는데, 가장 유명한 것은 라그나로크(신들의 최후의 싸움)에 대한 예언으로, 마지막의

41이라는 숫자는 이 라그나로크 예언서 중에 41번째 구절을 의미한 것입니다. 그 구절은 다음과 같습니다.

파멸할 운명의 인간들의 생혈 위에

주저앉을 것이요,

시뻘건 선지피로 신들의 저택을

붉게 칠할 것이요.

그 뒤에 돌아올 여름에는

태양의 빛살이 검게 변하고,

모든 날씨가 위험해질 것이다.

그대 아직도 앎을 원하시는가?

무엇을 알고자 하시는가?

볼루스파라는 예언자는 환상 속에서 구세주 오딘과 여신 프리야의 대화를 통해 인류의 마지막을 보았고, 그 장면을 자신의 예언서에 기록했습니다. 파멸할 운명은 전쟁을 의미하고, 1년이 지난 뒤에도 태양의 빛살이 검게 변해있는 전쟁은 핵전쟁밖에 없습니다. 전 세계가 가진 핵을 동시에 사용하면 핵 분진과 방사능으로 1년 이상 태양빛이 지상까지 도달하지 못하게 됩니다. 즉, 허버트 브라운 사장이 도재이 기자에게 전달한 암호의 첫 줄은 명확하게 핵을 사용한 세계 종말 전쟁을 가리키고 있습니다."

인류를 멸망시킬 마지막 전쟁, 쿠로베 박사의 말과 일치했다. 난웨이는 쉬지 않고 다음 줄을 해석했다.

"다음은 두 번째 줄입니다. 두 번째 줄은 EZEK382GENOESERV916는 EZEK / 382 / GENOESE / RV / 916으로 나누어집니다. 두 번째 줄은 허버트 브라운 사장이 유대인이라는 점에서 착안해 보았더니, 의외로 쉽게 풀렸습니다. EZEK는 성서의 구약 에스겔서를 의미하는 약어였습니다."

"그렇다면 '382'라는 숫자는?"

도재이가 알겠다는 듯이 맞장구를 쳤다.

"그렇습니다. 에스겔서 3장 82절, 아니면 에스겔서 38장 2절이겠지요. 에스겔서 3장은 82절이 없습니다. 따라서 38장 2절이지요.

> 인자야 너는 마곡 땅에 있는 로스와 메섹과 두발 왕 곧 곡에게로 얼굴을 향하고 그에게 예언하여

사실 이 구절 자체만으로는 허버트 사장이 이야기하려 한 것이 무엇인지를 아는 것이 쉽지 않았습니다. 그 해답은 다음 단어인 'GENOESE'에 있었지요. '제노이즈'는 1457년 이탈리아의 이름 모를 여행가가 그린 중세 해상 지도였습니다. 현존하는 가장 오래된 해상지도이며, 당시 유럽에서 가장 혁신적이고 정확한 지도였습니다. 저희는 제노이즈 지도 사본을 입수하여 에스겔서 38장 2절과의 연관성을 찾으려 노력한 결과, 제노이즈 지도에 지금 한국 위치에는 '마곡', 지금 중국 위치에는 '곡'이라고 에스겔서와 동일한 지명이 적혀있는 것을 발견했습니다.

즉, 에스겔서에 '곡' 대신 '중국'을 '마곡' 대신 '한국'을 넣으면 한국땅

에 있는 인자, 즉 누군가에게 중국에 가서 종말전쟁을 알리라는 의미가 됩니다. 중국에 가서 종말전쟁을 알리는 한국땅의 '누군가'가 누구인지는 이야기할 필요가 없을 것 같군요."

도재이는 한숨을 길게 내쉬었다. 난웨이는 말을 이어갔다.

"다음 구절은 앞의 EZEK가 에스겔서를 의미한다는 것을 알면 쉽게 풀립니다. RV는 성서 요한계시록의 약자입니다. 즉, RV916은 요한계시록 9장 16절이죠.

마병의 수는 이만만이니 내가 그들의 수를 들었노라

이만만의 마병, 즉 이억의 군대를 의미합니다. 현재 지구상에서 이억 명의 군대를 보유하고 있는 나라는 중국밖에 없습니다. 즉, 중국이 선제공격을 해야 한다는 의미가 됩니다. 이제 허버트 사장은 마지막 암호를 제시합니다. 선제공격을 해야 할 정확한 위치입니다.

642432N310755E

도재이 동지가 이야기한 바이오스피어 제네시스의 좌표입니다. 북위 64도 24분 32초, 동경 31도 07분 55초. 노르웨이와 러시아의 국경 지역 콜라반도 북쪽 지역입니다."

허버트 브라운 사장의 죽음의 메시지는 명확한 것이었다. 이스라엘 정부와 유대인의 지원을 받고 미디어 사업을 키워가던 허버트 사장은, 인류 종말 시나리오가 실행되고 있는 것을 알게 되었고, 그들의 입장에서는 배신행위인 인류의 종말을 가져올 핵전쟁을 막기 위해서 바이오스피어 '제네시스'를 파괴하라는 메시지를 도재이를 통해 중국에 전달한 것이었다. 도재이는 난웨이의 설명이 끝나자 맥이 풀어져 바닥에 털썩 주저앉았다.

"이미 창정-18호 인민해방군 094A형 전략 핵잠수함과 093형 핵 공격 잠수함이 출항했습니다."

왕자웨이 부장이 마오타이 한 잔을 쭈욱 들이키며 비장한 표정으로 말했다.

마지막에는 모든 숨겨져 있던 것들이 드러나게 되리라.

- 헤르메스 경전 『타블렛 13』

류 샤오밍

*
*
*

지난 60일간의 긴 항해는 고달픈 것이었다. 창정-18호 핵 추진 잠수함을 이끌고 미국의 눈을 피해 베링해를 지나 극지방의 빙산 밑으로 목표지점까지 도달하는 것은 크나큰 도전이었다. 마침내 함장인 류 샤오밍의 앞에 거대한 구조물의 모습이 보였다.

"류 샤오밍 함장입니다. 목표물 포착했습니다. 발사 허가 요청합니다."

"발사 허가한다. 목표물 파괴 후 즉시 복귀하라."

항공병부 사령관의 허가가 떨어졌고, 류 샤오밍 함장은 1,500명의 민간인이 목숨을 잃는다는 생각에 잠시 망설였지만, 핵전쟁을 막아야 한다는 생각에 이내 단호하게 미사일 발사 버튼을 눌렀다.

"함내 충돌에 대비하라!"

핵탄두가 장착된 잠수함 발사 탄도 미사일(SLBM) 6기를 보유하고 있었지만, 비무장 수중 구조물을 파괴하는 데에는 비 핵탄두 대함 미사일이면 충분할 것이었다. 곧이어 두 발의 대함 탄도 미사일(ASBM)이 목표물을 향해 불을 뿜었다. 이윽고 미사일은 정확하게 목표에 명중했고, 엄청난 수중 폭발이 일었다. 폭발 충격에 창정-18호 잠수함은 크게 흔들렸지만 이윽고 안정을 찾았고, 목표물은 산산조각이 나서 잔해들이 심해를 어지럽히고 있었다.

"와! 성공이다."

모든 승조원이 환호했다.

"목표 타격 완료. 목표 타격 완료. 복귀하겠습니다."

류 샤오밍 함장은 미국과의 충돌 없이 임무를 완성한 것이 너무나 만족스러웠다. 60일간의 숨죽이는 잠행 끝에 목표물을 완벽하게 파괴하고 집으로 돌아갈 생각에 환호하던 승조원들의 얼굴을 파랗게 질리게 한 무전이 들어온 것은 바로 그때였다.

"SLBM(잠수함에서 발사하는 대륙 간 탄도 미사일) 발사! SLBM 발사! 목표는 뉴욕과 워싱턴!"

"히익! 다, 다시 한 번 명령 확인 부, 부탁합니다."

류 샤오밍 함장은 손발이 덜덜 떨려왔다.

"핵 미사일을 발사하란 말이야! 저놈들이 베이징으로 핵 미사일을 이미 발사했어! 발사! 발사!"

항공병부 사령관의 다급한 목소리에 류 샤오밍 함장은 머리가 아득해졌지만 명령은 명령이었다. 부들부들 떨리는 손으로 SLBM 발사 스위치를 눌렀다.

'이제 세계는 종말을 맞을 것이다.'

핵탄두를 장착한 JL-3 미사일이 연속으로 수면으로 솟구쳐 올랐다.

마지막은 불타는 해와 함께 오게 될 것이니,
해가 불타면 지구도 함께 불타오르게 되리라.

- 노스트라다무스 예언서

마지막

*
*
*

장웨이 주석은 공산당 중앙군사위원회 합동작전지휘센터에서 창정-18호의 교신을 기다리고 있었다. 핵전쟁을 일으켜 인류를 멸망시키고 극소수의 선택된 자들만 살아남을 공간을 파괴함으로써, 얼마나 지속될 지는 모르지만 지구의 운명을 연장하게 될 것이었다.

바이오스피어 '제네시스'를 파괴 즉시 미국을 비롯한 연합국들이 그 사실을 알게 되겠지만, 프로젝트 자체가 극비였기에, 더욱이 그 목적이 반인류적인 인류 말살이었기에 공식적으로는 '제네시스'의 존재 자체를 부인할 것이었다.

"주석 각하! 임무 완수했습니다."

항공병부 사령관의 보고가 있자, 장웨이 주석은 고개를 끄덕였다.

그때였다. 비상 위성라인 전화가 울렸다.

"주석 각하! 미국 대통령입니다!"

"흠…."

어차피 올 전화였지만 장웨이 주석은 긴장할 수밖에 없었다. 우선, 전화상으로라도 그간의 수집된 정보와 도재이 기자의 증언을 이야기 해서 기선을 잡고 볼 일이었다. 장웨이 주석은 크게 헛기침을 한 번 하고 위성 전화기를 귀에 대었다.

"장웨이 주석입…."

"버즈 올드먼 미 합중국 대통령입니다! 당신은 해양자원을 탐사하는 순수 민간 해저시설을 파괴했습니다. 1,500명의 죄 없는 과학자들과 민간인들이 수장되었소. 당신과 당신의 국가는 이 사태에 대한 책임을 지고 대가를 지불하게 될 것이오. 지금 이 시간부로 미국과 연합국들은 중국을 상대로 전쟁을 선포합니다. 어떠한 타협이나 어떠한 조건도 수용하지 않을 것이오!"

일방적인 대화 후 전화가 끊어졌다. 이어서 비상 위성전화가 연이어 울리기 시작했다.

"각하! 영국 총리 전화입니다!"

"각하! 이스라엘 총리 전화입니다!"

장웨이 주석은 머리가 혼란스러웠다. 그들이 준비한 전쟁을 피하기 위해서 펼친 완벽한 작전이었고, 그동안 중국이 수집한 정보와 도재이 기자의 증언, 그리고 허버트 브라운 사장의 암호까지 모든 것이 완벽하게 맞아 떨어지지 않았던가? 한데 미국과 연합국의 즉각적인 선전포고는 장웨이 주석의 예상과는 완전히 거꾸로 돌아가는 것이었다.

장웨이 주석은 등에 식은땀이 흐르기 시작했다.

"각하! 미 본토에서 대륙 간 탄도 미사일이 발사되었습니다. 핵탄두가 탑재된 ICBM(대륙 간 탄도 미사일)으로 확인되고 있습니다!"

위성데이터를 보고 있던 분석관이 비명을 질렀다.

"각하! 오오츠크해에 있던 미국 핵 잠수함 미시간호에서도 SLBM이 발사되었습니다!"

"각하! 인도에서도 핵탄두 미사일이 발사되었습니다! 지금까지 발사된 미 연합국가의 대륙 간 탄도 미사일만 140기가 넘어가고 있습니다! 그중 17기는 러시아로, 9기는 북한으로 날아가고 있습니다."

"베이징을 비롯한 중국 주요 도시까지 미사일 도달 시간이 23분 남았습니다! 각하! 명령을 내리셔야 합니다!"

왜 일이 이렇게 된 것일까? 저놈들은 다 같이 죽자는 것인가? 장웨이 주석은 머리가 깨질 듯 아파왔다.

"각하! 17분 남았습니다!"

이미 저우비창 중국 인민 해방군 총참모장이 핵 가방을 들고 장웨이 주석 앞에 서있었다.

"러시아와 북한에서도 긴급 타전이 들어와 있습니다. 아! 지금 북한에서도 일본과 한국으로 미사일을 발사했습니다!"

"우리가 가진 핵 미사일이 총 몇 기인가?"

장웨이 주석은 저우비창 총참모장에게 물었다.

"현재 대륙 간 탄도 미사일은 270기가 있으며, 미국을 위시한 전 세계 주요 도시에 목표가 정해져 있습니다. 각하, 지금 중국 본토로 날아오고 있는 핵 미사일로 최소한 중국과 러시아, 한반도 그리고 일본은 원시 시대로 돌아가게 될 겁니다. 결단을 하시죠…."

장웨이 주석은 잠시 눈을 감았다가 뜬 후, 저우비창 총참모장이 건넨 가방을 열었다. 보안코드를 입력하고, 장웨이 주석의 지문과 홍채를 사용한 생체신원을 확인했다. 신원이 확인되자 발사 버튼에 붉은 불이 들어왔다. 장웨이 주석은 마지막으로 주변을 한 번 둘러본 후, 버튼을 눌렀다. 동시에 서부 간쑤성 란저우에 있는 64기지, 중부 허난성 뤄양의 66기지, 랴오닝성 선양에 위치한 동북지역을 담당하는 65기지, 윈난성 쿤밍의 62기지, 허난성 화이화에 있는 63기지에서 270기의 핵 미사일이 동시에 하늘로 떠올랐다. 그중 64기지에서 발사한 ICBM은 워싱턴 백악관을 조준한 것이었다.

"각하를 모신 것은 영광이었습니다."

저우비창 총참모장은 장웨이 주석에게 거수경례를 했다.

40만 년을 이어온 호모 사피엔스종이 멸종하는 데는 채 한 시간이 걸리지 않았다.

세상이 멸할 때, 바다는 땅이 되고, 땅은 바다가 되리라.
불은 하늘을 삼키고, 하늘은 땅으로 떨어지리라.

– 불경, 『불설백미』 중

에스카

*
*
*

"왜애애앵!"

"실제상황! 실제상황! 미국 연합국과 중국의 핵전쟁이 시작되었습니다. 또한, 북한에서 남한을 향해 미사일이 발사되었습니다. 국민 여러분은 최대한 빨리, 지금 있는 곳에서 가장 가까운 지하 대피소로 대피하시기 바랍니다. 식수와 간단한 비상식량만 챙기고 나머지는 그대로 두고 최대한 빨리 대피하시기 바랍니다. 실제상황입니다!"

도재이는 한반도 전역에 울려 퍼지는 사이렌 소리에 넋이 나가 버렸다. 중국에 제네시스의 비밀을 폭로하고, 한국으로 돌아온 지 한 달여 남짓, 중국 정부의 권유에 따라 회사에 복귀 없이 중국 정부가 마련한 안가에서 초조하게 사태가 마무리되길 기다리며 하릴없이 컴퓨터만 들여다보던 중이었다.

"이럴 수가…."

'제네시스'를 파괴하면 그들의 최후의 도피처가 사라질 것이기에, 그들이 계획한 전쟁을 막을 수 있을 것이었다. 모두가 공멸할 수밖에 없는 전쟁을 그들이 선택한 이유가 무엇일까? 도재이는 충격과 혼란에 빠졌다. 그때였다. 도재이의 앞에 놓인 컴퓨터에 이메일 도착 알림음이 울렸다.

"띵."

도재이는 반사적으로 이메일을 열었다. 발신자는 빌데르베르크였다. 파툼 수도사가 소속되어 있다던 바로 그곳이었다. 도재이는 서둘러 이메일을 열었다.

에스카, 신의 계획은 언제나 완벽하다네. 에스카, 그대는 그대의 역할을 마쳤고, 나는 나의 역할을 마쳤다네. 내가 처음 자네를 보았을 때, 자네의 눈동자에서 신의 모습을 보았었지. 태초의 순수함과 절박함, 신 외에는 기댈 곳이 없는 자네의 절망적인 상황까지 모든 것이 완벽했지. 자네는 선택되었고 신의 뜻을 이 땅에 실현하도록 훈련되었네.

에스카, 워싱턴데일리타임즈에 합격 통지서를 받던 날, 에스카가 나에게 첫 번째로 합격 소식을 알린다며 전화했던 것을 잊을 수 없다네. 비록, 그것이 신의 계획하에서 이루어진 필연적인 결과이었고 이미 알고 있던 사실이었지만, 에스카 자네의 흥분되고 기쁨에 넘치는 목소리는 아직까지 이 부족한 수도사의 마음속에 아련히 남아있다네.

아스카, 런던 공항에서 상자를 전달받았을 때를 기억하는가? 자네는 허버트 사장이 보낸 것으로 알고 있겠지만, 그 메시지는 신이 보낸 것이었네. 자네에게 최고의 무게감으로 신의 명령을 전달하기에 허버트 사장은 더할 나위 없는 적임자였어. 하지만 그는 신의 일을 하도록 선택된 자에게, 신의 메시지를 전달하는 메신저일 뿐이었네.

허버트 사장은 신의 마지막 계획까지 알고 있는 콘클라베 일원이기도 했지만, 한편으로 정해진 종과 한정된 숫자만 태워야 하는 방주에, 어쭙잖은 연민으로 무분별하게 동물을 받아들이려 했던 이기적 낭만주의자이기도 했지. 그것이 허버트 사장이 메신저의 역할이 끝나고 끝까지 우리와 함께할 수 없었던 이유라네.

하지만 신이 정한 구원의 숫자는 변경될 수 없는 것이네. 자네도 알다시피 요한 사제가 쓴 묵시록에 밝혀진 그 숫자는 십사만사천 명이네. '되돌릴 수 없는 신의 결정'은 누군가에게는 비탄과 고통일 수 있지만, 이 또한 지나가면 깨닫게 될 신의 뜻이겠지.

아스카, 쿠로베 박사와 실빈은 새 하늘과 새 땅을 창조하기 위한 헌신의 상징이라네, 다른 것은 몰라도 그 두 사람이 자네에 대해서 가지는 사랑과 연민은 내가 장담할 수 있네. 자네가 모르게 자네의 제네시스 탈출을 돕는 일은 상당한 준비와 치밀한 계획이 필요한 도전이었네. 마리아 겐코 교수와 케네스 올라지데 탐사관의 헌신적인 역할이 없었다면 불가능한 일이었지. 이 자리를 빌려 미스티 노르웨이호에서 초대되었던 모든 이들의 헌신과 희생에 다시 한 번 경의를 표하네.

올레순 앞바다에서 뱃사람 톰은 자칫 자네를 만나지 못할 뻔했어. 해류가 우리의 계산보다 다소 세서, 자네의 표류 위치가 우리의 계산보다 북쪽으로 13km나 벗어나 버렸다네. 아! 걱정하지 말게나. 자네가 만나봐서 알겠지만 우직하고 충성스러운 뱃사람 톰의 헌신적인 수색으로 언제나처럼 신의 뜻은 실현되었지.

올레순 항구에서 첸룽에게 자네를 자연스럽게 인도할 수 있도록 애써준 노르웨이 앙트와네트 왕세자비께도 특별한 감사를 드린다네. 세간의 잔인하고 가혹한 비난에도 왕세자비의 자리를 지켰던 것은 오로지 신의 뜻을 이루기 위함임을 생각하면 이제 실현된 새 하늘과 새 땅에서 그간의 헌신의 대가를 보상받기에 흔들어 차고 넘치기에 틀림없는 것이겠지.

나는 프리얀타 스리랑카 대통령과 몰디브 참파 크라운 회장에게도 특별한 감사를 보내고 있네. 그분들의 희생과 지원이 없었다면 신의 계획은 완성되지 못했을걸세. 하지만 이 과정에서 신의 완벽한 계획을 온전히 알지는 못했지만, 그분의 큰 계획 속에 불가피하게 목숨을 잃은 산지바와 시아스 같은 충성스러운 몇몇에 대해서는 깊은 애도와 안타까움이 있는 것도 사실이네. 하지만 170년간 벌어졌던 십자군 전쟁에서 '데우스 불트(Deus Vult, 신의 뜻대로)!'를 외치며 신의 이름으로 죽어 나간 사람의 숫자가 오백만 명이 넘는다는 사실을 새삼 상기해 볼 때, 이번의 작은 희생 또한 신의 자비였음을 고백할 수밖에 없다네.

자네는 선택되었고, 완벽한 그분의 계획 속에서 자네의 역할은 완벽하게 마무리되었네. 비록 신의 뜻을 완성하기 위해서이긴 하지만, 자네를 향한 인간적 연민과 비애를 지울 수 없기에 마지막으로 이 메시지를 보냄으로 자네를 사랑하는 마음을 표현하고자 하네.

이제 새로운 땅과 새로운 하늘이 열릴 것이고, 태초의 제네시스가 다시 도래할 거야. 에스카. 신의 섭리 안에서 평안하길.

'되돌릴 수 없는 신의 결정!' FATUM! 라틴어로 참파 회장의 제트기에 써있던 말!

"이게 도대체…"

쿠로베 박사의 말이 불현듯 떠올랐다.

"여러분이 보고 듣고 경험하는 것은 완벽한 허상입니다. 그 날에 우리들은 '누구도 상상하지 못한 곳'에 있을 것입니다."

도재이는 급히 노트북을 열어 검색창을 열었다. 파툼 수도사가 소속되어 있다고 이야기 한, 빌데르베르크회를 검색했다. 검색엔진은 거침없이 관련 내용을 화면에 쏟아내었다. 빌데르베르크회가 가톨릭교의 한 분파라고만 생각했던 도재이는 화면을 보고 경악했다.

빌데르베르크: 미국, 유럽 제국에서 정계, 재계, 왕실 관계자들 약 150명이 모여 비밀리에 정책을 결정하는 모임. 국제연합(UN), 외교관계협의회(CFR), 삼극위원회(Trilateral Commission)보다 더 강력하고 중요한 국제 비밀조직으로 알려져 있음. 참가자 출신국은 미국, 캐나다, 영국, 프랑스, 독일, 이스라엘, 팔레스타인, 기타 유럽 연합임. 회의 내용은 단 한 번도 외부에 노출된 적이 없으며, 어떠한 언론에 대해서도 취재활동이 허락되지 않음. 이 조직의 의장이 그리스 출신으로 '되돌릴 수 없는 신의 결정'이라는 닉네임을 쓰는 인물이라는 것이 이 비밀 조직에 대해서 알려진 유일한 정보임

도재이는 충격과 허탈함에 식은땀이 등줄기를 타고 흘러내렸다. 도재이의 구원자, 도재이를 신으로 인도한 파툼 수도사가 비밀조직의

수장이라니!

"그렇다면…?"

도재이는 파툼 수도사가 세례명처럼 자기에게 준 이름 '에스카'가 떠올랐다. 도재이는 허겁지겁 검색창에 라틴어 ESCA를 검색했다. 도재이는 단 한 줄 검색된 의미를 보고 그 자리에 털썩 주저앉았다.

라틴어 ESCA: '미끼'

도재이는 갑자기 혼잣말로 중얼거리기 시작했다.

"제네시스가 아니었어. 내가 납치되어 끌려갔던 젠네시스는 그들이 목적한 최후의 전쟁을 일으키기 위한 미끼였어. 나는 중국이 그 미끼를 물게 하기 위한 또 다른 미끼, 시나리오 속의 배우였던 거야…. 파툼 수도사와의 만남, 그의 가르침, 워싱턴데일리타임즈 입사, 노르웨이로 발령, 실빈과의 만남, 미스터노르웨이호, 납치, 제네시스, 탈출, 청어잡이 배의 구출, 스리랑카, 산지바, 몰디브, 참파 회장, 허버트 브라운 사장의 암호, 중국…. 모든 것이 이날을 위한 완벽히 짜인 시나리오였어…."

도재이는 다시 한 번 쿠로베 박사의 말을 떠올렸다.

여러분이 보고 듣고 경험하는 것은 완벽한 허상입니다. 그 날에 우리들은 '누구도 상상하지 못한 곳'에 있을 것입니다.

"제네시스가 아니었어! 그들은 이미 여기에 없어!"

도재이는 갑자기 웃음이 나왔다.

"후후후… 하하하… 큭큭큭…."

그때, 눈앞에 섬광이 번쩍였다.

새로운 하늘과 새로운 땅이 있으리니 고통과 슬픔은 사라지리라.

– 성서, 요한계시록 21:1

제네시스 (2)

*
*
*

파툼 의장과 미 합중국 대통령을 비롯한 십사만사천 명의 사람들은 한데 모여 멀리 보이는 지구가 내뿜는 최후의 불빛을 보고 있었다. 바이오스피어 창 너머로 보이는 지구는 서로가 쏴 대는 핵 미사일로 대낮같이 밝은 모습이었다.

"지구상에서 다시 인류가 생존할 수 있을 정도로 방사능이 제거되기까지는 최소 100년 이상이 걸릴 것입니다."

쿠로베 박사가 맨 앞줄에 서서 지구의 섬광을 물끄러미 바라보던 아리엘 고르스키 이스라엘 총리에게 말했다.

"당신이 이 프로젝트를 제안했을 때 가져왔던 신문기사요."

아리엘 이스라엘 총리가 미리 준비한 듯, 옛날 신문을 정갈하게 스크랩한 것 한 장을 쿠로베 박사에게 건넸다.

달 표면에서 60m 깊이에 수십 km에 이르는 거대한 지하 용암 터널과 이곳으로 통하는 큰 구멍이 발견됐다고 일본 우주 항공 연구 개발 기구 (JAXA)가 24일 밝혔다. 달에서 거대 터널이 발견된 것은 이번이 처음이다. 터널 안은 기온 변화가 적고 달에 떨어지는 운석 등을 막아줘 향후 달 탐사 기지로도 활용될 수 있을 것으로 전망된다. 이 터널은 JAXA가 달 주변을 도는 위성 '가구야'를 통해 탐사한 것으로 터널의 높이는 20~30m, 폭은 최대 400m에 이르는 것으로 추정된다. 화산활동이 활발했던 것으로 여겨지는 지점에서 지름 60m, 깊이 60m의 구멍을 발견해 JAXA가 이 구멍의 태양광과 그림자를 분석한 결과 용암 터널의 존재 가능성을 확인했다.

JAXA 측은 이 용암 터널이 달 표면에 흐르던 용암이 갑자기 식어 굳고 그 밑에 있는 용암은 계속 흘러 터널이 만들어진 것으로 보고 있다. 달은 지표에 운석이 많이 떨어지고 인체에 유해한 우주선 잔해 등에 노출돼 있지만, 이 터널은 지표면에서 깊이 위치한 데다 지구 쪽을 향하고 있어 교신이 쉬워 유인 달 탐사가 시작되면 천연 기지로 활용할 수 있을 것으로 보인다. JAXA 측은 "주변 지형이 비교적 평탄해 우주선의 착륙과 이동이 쉽고, 적도와 가까워 태양 에너지 확보도 용이하기 때문에 유력한 달 기지 후보지가 될 수 있다"고 설명했다.

- 1996년 10월 26일 재팬사이언스

"벌써 그렇게 됐나요?"

쿠로베 박사의 말에, 엘론 미 항공 우주 국장이 옆에 서서 거들었다.

"해저 제네시스에서의 실험을 통해 달 지하 용암 터널 내에 바이오 스피어를 창조한 지난 30년간의 거대한 계획이 오늘로 마무리가 되었군요. 지구는 이제 리셋 버튼을 눌렀습니다. 우리 다들 새로운 지구의 탄생을 축하하는 축배를 듭시다."

엘론 국장의 말에 모두 앞에 있는 와인잔을 들었다.

"파툼 의장님께서 한 말씀 하시죠."

"감개무량합니다. 낮에는 영상 127도, 밤에는 영하 183도까지 떨어지는 달의 온도를 극복하기 위해 선택한 용암 터널에 진정한 우리만의 제네시스를 건설하기 위해 최대의 노력을 기울여주신 모든 분들에게 경의와 감사를 드립니다.

1969년 7월 16일 신의 위대한 계획의 비밀을 지키기 위해 '아폴로 11호 프로젝트'라는 그럴듯한 명칭으로 인류가 이곳에 첫발을 디딘후, 셀 수조차 없는 신의 자녀들의 희생과 헌신으로 우리가 오늘 이 자리에 서있습니다. 특히, 존 F. 케네디 미 합중국 대통령과 같이 우리와 뜻을 같이하지 않는 분들에 대한 신의 심판을 대리하는 과정은 우리로서도 쉽지 않은 희생을 동반한 것이었습니다. 또한, 달에 대한 세간의 의혹과 이목을 화성에 집중시키기 위한 과정도 미항공우주국(NASA)과 언론의 거의 무한한 희생과 헌신을 바탕으로 한 것이었습니다. 하지만 언제나 그랬었고, 앞으로도 그럴 것처럼 모든 것은 합력하여 선을 이루었고, 마침내 신의 위대한 뜻대로 우리는 지금 이곳에 서 있습니다."

파툼 의장은 감격에 겨운 듯 잠시 연설을 멈추고 좌중을 한번 둘러보았다. 이윽고 크게 한 번 호흡을 한 뒤, 힘주어 말을 이어갔다.

"또 특별한 감사를 표할 분들이 있습니다. 2001년 지구의 식물을 옮기기 시작해, 최근까지 제네시스의 모든 수송을 맡아주신 스페이스 A사(社)의 메릴린 햄튼 대표, 달 표면의 토양에 플라스틱을 녹여 3D 프린팅으로 이 위대한 인류의 걸작을 완성해 주신 디멘션사(社)의 에릭 스튜어트 대표, 마지막 퍼즐을 완성하기 위해서 애써주신 쿠로베 박사님과 실빈 양께 이 자리를 빌려 특별한 감사를 표합니다."

파툼 의장의 말에 메릴린 햄튼, 에릭 스튜어트, 쿠로베, 실빈은 고개를 숙이고 가슴에 손을 얹음으로 화답했다.

"또 물심양면 지원을 아끼지 않았던 각 연합국에 다시 한 번 감사의 인사를 전하면서, 아쉽게도 이 자리에는 계시지 않지만, 1969년 이 제네시스 프로젝트의 초대 사령관이자 인류 최초의 달 착륙선 아폴로 11호 닐 암스트롱 사령관의 감동적인 선언으로 건배 제의를 대신하겠습니다."

파툼 의장은 다시 한 번 좌중을 한 바퀴 주욱 돌아보고는 깊게 숨을 들이쉬었다. 그리고 잔을 높이 치켜들었다. 지구와의 거리 때문에 지구보다 1.28초 늦게 보이는 지구의 핵폭발의 섬광이 파툼 의장의 얼굴에 뚜렷한 음영을 만들어 냈다.

"한 명의 인간에게는 작은 한 걸음이지만, 인류에게는 위대한 도약을!"

파툼, 쿠로베 다카시, 실빈 아니타, 아미르 세리프, 알렌 체커, 이스마엘 J. 쿠르드, 클라크 에버딘, 해리스 트루먼, 마리아 겐코, 케네스 올라지데, 버즈 올드먼, 디네시 프리얀타, 아리엘 고르스키, 참파 크

라운, 아름무크 헤르지, 제랄드 슈, 폴 맥도널드, 데이비드, 라미네즈,
메시츠 앙트와네트, 켈빈 로이뷔, 카스파알, 아네르스 다니엘센, 베릿
안데르센, 세바스찬, 켈레츠 은디디, 빌 미르자야노프, 메릴린 햄튼,
에릭 스튜어트, 엘론, 그리고 십사만사천 명의 선택받은 자들은 잔을
높이 들었다.

* 십사만사천의 선택받은 자들을 기념하며, 이 소설을 십사만사천 자로 구성하였음을
  밝힙니다.

어린 시절 로빈 쿡과 댄 브라운의 소설을 처음 접했을 때의 감동은 대단한 것이었습니다. 한국의 소설과는 완전히 다른, 마치 치밀한 설계도를 보고 있는 듯한 소설을 나도 한 번 써보았으면 하는, 막연하지만 어렴풋한 소망이 있었습니다.

10년도 훨씬 넘은 어느 날, 잊을 수 없는 꿈을 꾸었습니다. 바로 이 소설의 모티브가 되는 꿈이었습니다. 오랜 기간 해외에서 일하며 떠돌던 저에게 그 꿈을 소설로 한번 써보자는 막연한 계획이 들었지만, 어디서 시작을 해야 할지 막막하기만 했습니다. 이런 저에게 틈이 날 때마다 조금씩이라도 작업을 해보라는 아내의 격려에 어설픈 글을 시작한 지 벌써 10년이 넘은 것 같습니다. 아직도 서툴고 아쉬운 부분이 많지만, 이 책을 탈고하면서 오랫동안 마음속에 앙금처럼 있었던 인생의 짐 하나를 덜어낸 듯해서 홀가분합니다.

처음 이 소설을 쓸 때 초등학생이었던 아이들은 이제 성인이 되어 대학 생활과 군 복무를 하고 있고, 서울 근교 밭작물을 키우던 농촌이었던 우리 마을은 대형 아파트 단지와 쇼핑몰이 들어섰습니다. 시간

의 흐름만큼 빠르게 변화된 세계의 모습들을 최대한 소설 속에 반영
하려 노력했지만, 여전히 눈에 띄는 부족한 부분들이 있는 것도 사실
입니다. 첫 번째 도전에 이만하면 되었다는 자족감과 조금 더 완성도
높은 글을 써보고 싶은 욕심 사이에서 몇 개월이 또 지난 듯합니다.

　그만두고 싶을 때, 포기하지 않도록 격려해 준 가족들에게 이 책을
바칩니다. 그리고 처음 글을 쓰는 초보 작가에게 기꺼이 출판의 기회
를 허락해 주신 도서출판 생각나눔에도 진심으로 감사드립니다.